叶

地势坤，君子以厚德载物。

与罗斯玛丽的夏日

The Lido

[英] 莉比·佩吉 著
王冬佳 译

浙江人民出版社

第一章

上帝爱你们

从布里克斯顿地铁站出来便是诺丁山狂欢节的现场，周围车水马龙，充斥着白噪声，街角处一个人伸着脖子朝向人群："上帝爱你们。"

一个票贩子站在地铁口吆喝："今晚布里克斯顿学院巡演的门票，你买我就卖啊，布里克斯顿学院巡演的门票！"一些宣传人员正试着往下班路过的人手中塞宣传册，只是那些人都紧攥着拳头，一个劲儿地冲他们摇头。拨开拥挤的人群，再经过那些卖香的摊位以及星巴克的标志牌，路对面是已经在街头屹立数年的莫利斯百货商店。不远处 TK Maxx 商场橱窗里的霓虹灯闪烁着，灯光照着那张"我爱布里克斯顿"的牌子。

今天，卖花的摊位摆着一盆盆春日里盛开的花：水仙、郁金香以及婀娜多姿的牡丹。卖花的是一位老者，扎着暗绿色的围裙，指甲里塞满泥土，脖子上挂着条金链子。无论什么样的天气，在他这里都能买到象征着"对不起"和"我爱你"的花，而且价格便宜。每束鲜花都用棕色的纸包起来，外面系着丝带。

挨着地铁站的是电动大街，街上是熙熙攘攘的人群，还有鳞次栉比的摊位，从蔬菜到手机充电器，应有尽有。空气中飘散着甜味和鱼腥味，那些鱼放在一堆冰块上，一天下来，冰已经从白色变成粉色，提醒你永远也别吃粉红色的雪。

街道两旁的商人你追我赶地调整价格，像玩飞盘一样飙价，快速接住，再赶紧扔回去。

"十元三个，十元三个。"

"可不能示弱，五元三个，五元三个。"

"五元三个？我这儿五元五个！"

一位年轻的妈妈脚踩着一堆被压平的纸箱和散落的香蕉叶，拉着一辆购物车，带着孩子在市场上转悠。她慢悠悠地走着，偶尔停下来仔细地翻看那些蔬菜，先是拿起来，然后翻来覆去地看，像一个饲养员在给小狗做检查一样。终于，她从钱包里掏出零钱，买了一些她相中的蔬菜。这时，一个男人正拿着相机给摊位拍照，透过镜头拍着五颜六色的蔬菜。不一会儿，他转身去了卖冻鱼的摊位。

街对面，凯特正急匆匆地沿相反的方向走着，她是《布里克斯顿纪事报》的一名记者，此时正要回家。或许，她还不知道要买些什么。已近春日，可凯特依旧生活在一片阴云之下。这阴云如影随形，无论她怎样挣扎都挥之不去。就这样，她在人群中穿行，恨不得立刻回到家，关上门，爬到床上。不工作的时候，她大部分时间都待在床上。此时，她走在街上努力屏蔽周围的声音，尽量不让它们影响到自己，避免情绪的崩溃。所以她只顾低着头，将注意力放在路面上。

"对不起，借过一下。"她一边说着，一边头也不抬、看都不看一眼地从一位体态丰盈的老人身边走过去。

"不好意思。"罗斯玛丽这样说着给凯特让开路。她看了看这个匆忙赶路的年轻女人的背影（身材娇小，梳着中长的马尾辫，因步伐轻快，辫子几乎要飘起来）。罗斯玛丽笑了，回忆着当年走路两脚生风时是怎样的感觉。如今，86岁的她，去哪里都走不快了。她带着买来的东西慢悠悠地走出市场，朝公寓（位于布罗克韦尔公园边上）走去。这位老人下身穿着一条朴素但十分干净的裤子，脚上套着一双舒服的鞋子，上身披着一件适合在春天穿的防水服，一头薄薄的灰色鬈发从脸颊上抹过去，被一只夹子夹着。随着时间的流逝，她的身材发生了巨大的变化，变得连她自己都不太认得了，不过那双眼睛依旧如初——浅蓝色的眸子，纵使嘴上没有笑，眼睛里也总是带着笑意。

今天是罗斯玛丽的购物日。她逛遍了自己喜欢的店铺和摊位，到艾利斯（果蔬摊老板）那里打了个招呼，再买上一袋子可以吃一周的食物。接着，她走进一家由弗兰克及其合伙人杰梅因开的二手书店。三个人聊了一会儿，罗斯玛丽和他们的金毛猎犬斯普劳特一同坐在靠窗的位子上，打量着书架上添了哪些新书，或者上周自己没注意到的书。她喜欢待在那儿，闻着上千本发了霉的旧书的味道。

从书店出来以后，她又和朋友霍普到布里克斯顿园（位于电动大街后边的室内市场），在她们喜欢的那家咖啡馆享用了一块蛋糕。对于罗斯玛丽和霍普来讲，这里依旧是那个格兰维尔过街拱廊，那个老市场，只有在那里霍普才能找到加勒比海风味的食物，想当年，她12岁搬来布里克斯顿的时候是多么怀念这个味道。如今，这里早已被一家家独立餐厅、商店、摊位挤满。她们至今都无法适应这番变化，不过她们喜欢这家咖啡馆，那个年轻的咖啡师了解她们的口味，只要透过窗户看到两人朝这边走来，他就开始为她们冲泡咖啡。而且，这里的蛋糕超级美味。

罗斯玛丽每次走进这里，调味料的香味、人们在走廊餐桌旁用餐聊天的吵闹声就一股脑地朝她涌来——她每周都会光顾这里，对于这里的吵闹声与味道，她早就习惯了。市场里的风有些大，几家餐馆为顾客提供了毯子，以供顾客就餐的时候披在肩上或是盖在腿上。一缕缕灯光从高耸的天花板上投射下来，即便在这春日里，也令人感觉自己置身于圣诞节时的市场。

霍普和罗斯玛丽一边喝咖啡一边聊天，谈到孙女艾叶莎和女儿杰米拉（她一如既往地忙于工作），霍普很是骄傲。杰米拉是自己的教女，一想到她，罗斯玛丽就很开心，那孩子通过了终极医学考试，罗斯玛丽给她送去了鲜花和贺卡，贺卡上写着："亲爱的医生……"

紧接着，霍普和罗斯玛丽追忆起在图书馆共事的日子，她们每周都是如此。

"还记得罗伯特第一次鼓起勇气约你出去时的场景吗？"罗斯玛丽笑着说道。霍普的丈夫罗伯特曾是一名汽车司机，几年前退休，年轻那会儿每隔几天他倒班休息的时候，他都会拜访书店，迫不及待地想要看看霍普沙漏般的完美身材。

霍普说："他总要磨蹭好长时间。我还记得那时你常常站在梯子上，高得别人看不到你，他来这儿的时候，你就把书堆摞起来逼着他跟我说话。"

说着，两人一起大笑起来，她俩很喜欢每周的这个时候。突然，罗斯玛丽的脚开始疼起来，她只好无奈地准备回家。

"下周还这个时候见。"离开的时候，罗斯玛丽说道。她上前抱了抱霍普，这才意识到，霍普已经是个68岁的老太婆。想到这儿，罗斯玛丽更加用力地抱了抱她——对于罗斯玛丽来讲，霍普永远是那个朝气蓬勃的年轻姑娘，想当年她18岁来图书馆工作的时候，罗斯玛丽一直照顾她。

"那咱们就下周的这个时候再见。"霍普说道，她一边挥手道别，一边转过身，去接艾叶莎放学，这是她一天中最欢喜的时刻。

罗斯玛丽经过公交站点前排队的人群，又经过了路口，转角处有一家老电影院，影院门前的黑板上白色的字写的是本周上映的影片的名称，电影院对面是一个大型的广场，老人们坐在广场的椅子上抽烟，周围几个年轻人在玩滑板。

她继续向前走，离地铁站越来越远，这时大大小小的商店没有了，取而代之的是一排排楼房和一栋栋公寓。最后她到了霍特南妮，那是一家历尽沧桑的老式酒馆，里面有很著名的现场音乐表演，三三两两的人坐在里面喝啤酒、吸烟，外面的凳子时而散发出一股味道。她从这里左转，上了一条环绕公园的马路，这条路一直通往她居住的那栋高层公寓。

这栋楼里的电梯经常出故障，今天倒是正常运行，她松了口气。

罗斯玛丽在这栋公寓里住了大半辈子。当年，她跟丈夫乔治刚结婚就搬到这栋新建的公寓。他们的屋子进门是客厅，最引人注目的莫过于那个占据右边整面墙的书架。客厅旁边是厨房，里面摆着一张餐桌、两把椅子和一台摆放在洗衣机上的电视。罗斯玛丽一边将买来的东西放下，一边穿过客厅打开阳台门。阳台上，她那套海蓝色的泳装正摇摇晃晃地挂在晾衣绳上，活像一面旗子。此外，还有几盆植物，并不是十分名贵的品种（那不适合她），无非是几盆薰衣草罢了。远处布罗克韦尔公园里的景色足以让她屏蔽掉电动大街的喧嚣和吵嚷的人群。

春天的脚步越来越近了，令公园披上了一层绿衣。她能看见树、网球场、花园和小山丘。山丘上有座旧宅院，那里过去是一座庄园，如今被用来举办大型活动，一些孩子常常去那里买零食。两条铁路环绕在公园周围，一条是贯穿伦敦南部的真的铁路；另一条则是一个小模型，只在夏天的时候用来给小孩子们玩儿。太阳就要落山了，罗斯玛丽看到人们下班后在那里散步，享受着日渐变长的白天。跑步的人先是沿着山路往上跑，之后又下来。公园边上、离她家阳台最近的地方有一座低矮的红砖式建筑，那里有一个美得无可挑剔的蓝色游泳池，被周围的建筑环抱着。泳池的泳道被几条绳子隔开，地板上放着浴巾，游泳的人像花瓣一样漂在水面上。罗斯玛丽太了解那里了，那里算得上是海滨浴场吧，她的海滨浴场。

第二章

拯救泳池

凯特每天早上步行去上班的时候都能看到那些陌生人，他们要么在等公共汽车，要么匆匆忙忙地走出小区，又急急匆匆地钻进停在路边的车里。此外，她还能看到熟悉的面孔。每天都能看到那些人，他们变换的衣服和发型就像变幻的天气一样，让凯特感到时间在流逝。

在繁华的主街上，凯特总是能遇到一位高个子、秃顶、额头凸起的男人，无论何种天气他都穿着一件黑色皮上衣。沿街而行时，凯特可以通过与他的相遇地点来判断自己上班的时间是早还是迟。若是在主街的一端遇到他，就意味着时间充裕，她可以停下来买杯咖啡；若是在另一端遇到他，恐怕就得加快脚步了，有时甚至需要快走加小跑。

此外，还有一名年轻的女士，她梳着一头暗色的头发，有着朝气蓬勃的脸蛋，她喜欢一边听音乐，一边点头打拍子，有时还会跟着哼唱。一个年轻人经常陪在她身边，那人脚上穿着一双马丁靴。他在身边的时候，她总是喜欢把耳机搭绕在脖子上挽着他的胳膊跟他说话。今天，她独自一人。

又在街上遇到她，凯特差点就要跟她点头打招呼，可转念一想，她们并不熟悉。她不知道这位女士叫什么名字，也不知道她每天都朝与自己相反的方向走是要去哪儿。虽然她们并不认识，但是她对这位女士的脸就像主街上的 H&M[1] 品牌店、电影院或是超市那样熟悉，她就像是周围环境的一个组成部分，像布里克斯顿建筑里的砖头一样。

在这样的春日里，天空突然乌云密布，下起雨来。凯特狠狠地咒骂了自己一句——原来，她把雨伞落在家里了。倾盆大雨很快打湿了她的全身，等到《布里克斯顿纪事报》办公室的时候她已经成了落汤鸡。刚进来，她就在楼梯上碰见了报社的摄影师杰伊。他朝她笑了笑，黑紫色的山羊胡被嘴角牵动，一头鬈发张狂地绕在脑袋周围。他高大魁梧，身材浑圆，楼梯上的大部分空间被他占去。他们不常在一起工作，只是早间在布里克斯顿遇到时彼此会点头打招呼或者挥手致意。他总是笑呵呵的，即便是她心情最差的时候，看到他也能笑起来，只是这笑意并没有显露出来。

"早上好啊！"两人在楼梯相遇的时候，他带着一口浓重的伦敦南部口音打招呼道。

"早上好！这是要出去吗？"

"是啊，有活儿要忙，"他指了指肩上的相机包，"有个采访。一家新餐馆开张，那里原来是一个酒吧。听我爸回忆说，他像我这么大的时候去过那里喝酒。"

"噢，那待会儿见啦，"凯特回应着，"别忘了带——"

还没等她说完，他指了指挂在背后帆布包上的雨伞。

她点头回应了一下，继续往办公室走去。

她一边把湿透的上衣搭在椅子靠背上，一边听编辑问道："最近还去游泳吗？"

费尔·哈里斯一直都不怎么在乎自己的身体，脸颊上永远透着一股紫青色。他日日与娇妻（或者如谣言所传的，有时是跟别人的妻子）在酒吧畅饮，脸色跟红葡萄酒一样。再看他手边，总少不了牛排和薯

---

1 瑞典连锁服饰品牌。——译者注

片,这些东西与橡皮救生圈没什么区别,终有一天会让他赔上小命。他并不富裕——从未想办法将这家报纸升级为国家级刊物——不过,在吃吃喝喝方面,他倒是很舍得花钱。

她摇了摇头:"没有,是刚才淋了雨。我不太会游泳。"

她撒谎了。其实,她会游泳。若是哪天突然掉进水里,她知道该如何游到岸上。在水中,手脚如何配合才能不让自己沉下去,这些基本常识她都知道。十几岁之后,她就没游过泳了。上学的时候有游泳课,不过从下定决心不再游泳的那一刻起,她就不再做这方面的打算了。那时,她正处在青春期,姑娘们都觉得自己的身体像一件不舒适的衣衫,恨不得赶紧脱掉。她依旧记得当时内心发生的变化:一群唧哇乱叫的假小子变成了三三两两躲在水边羞答答的姑娘,胳膊交叉着努力遮挡自己正在成熟、不愿被人看到的身体。

"那样的话恐怕就难办了,"费尔说道,"我们给你找了个泳池的活儿。当然了,你游不游泳不重要,不过,会游泳的话或许能帮你更加深入地了解整件事情,比如,了解问题的症结……"

凯特尝过泳池里漂白粉的味道,也记得半裸着站在同学面前时心里的忐忑。费尔二话不说,隔着一堆书(用于将两人的书桌分隔开来)直接把一本折起来的小册子扔了过来,小册子落在她的键盘上。它的封面上有一张黑白照片,画面是一处露天泳池,泳池有一个高跳台,上面有一个人像一只燕子展翅那样张开双臂正在准备起跳。打开小册子,里面是一张彩色的照片,凯特猜想那应该是泳池现在的样子:湛蓝的水,孩子们一边用胳膊划水,一边用腿使劲儿地蹬水。

小册子上用大号字写着"拯救我们的泳池"。接着,她看了看里面的文字:"我们这座泳池自 1937 年开始营业,如今要被迫关停。市政委员会已公开表示,财政支出困难,现有一家名为天堂居的房产公司意欲投标购买这栋建筑,他们想要将我们心爱的泳池改建成一处私人会员制健身房。我们难道要眼睁睁地看着这一切发生吗?如果你觉得自己能够为这件事建言献策,请联系布洛克韦尔泳池的工作人员。"

下面有一个笔迹干净利落的落款,"布洛克韦尔泳池游泳人。"凯特推断,小册子是用同一把剪子和同一台复印机制作出来的。她猜得没错。

"你是想让我写这个题材?"凯特问道。

目前为止,凯特在《布里克斯顿纪事报》写的都是些寻找失踪宠物、道路工程进展或计划通知之类的文章。这一版块的位置接近排版的末尾,但不是像体育版块那样在最后面的位置,读者根本读不到这一版。总之,这类故事无法提高她的知名度,而且根本不在她的导师指引她成为新闻界大咖的方向上。问题是,她妈妈一直在搜集这类题材,所以无意间增加了她的心理压力。

"等你成名了,就会庆幸我保留了这些东西。"她越是这样说,凯特就越发陷入窘境,而且这种状况像穿在身上的衣服一样,想脱都脱不掉。

"是的,"费尔说道,"我觉得这个不错。你知道吗?天堂居已经在布里克斯顿建了四个街区。如今,他们售卖的房子高达数百万美元。他们觉得布洛克韦尔泳池如果能改造成一家私人会员制健身房,那儿的房子就更值钱了。"

他转过身来朝向凯特:"你说你想写专题报道,这个故事正好。"

在学会跟人打交道之前,凯特一直在跟各色故事打交道。她四处搜罗,在图书馆里埋头苦读,尽情地享受书香。她时常把自己想象成《哈利·波特》中的赫敏·格兰杰[1]或是《五伙伴历险记》中的乔治,或是《诺桑觉寺》中的凯瑟琳·莫兰,她总想着有一天能够成为那样的人物。等上了小学二年级,课本中的人物就成了她的朋友。他们同她一起坐在图书馆里,她用书挡住自己塞满三明治的嘴巴,以为这样就不会被管理员发现,其实,管理员只是装作没有看到而已。

---

1 《哈利·波特》系列女主角。

如今，她讲起了别人的故事。即便是给那些丢失宠物的人做采访，凯特也觉得非常有意思。人们常常被她的问题所惊到——"您对斯莫丝最早的记忆是怎样的？""如果您当初没有买下米洛，生活会有何不同呢？""如果贝利能开口讲话，但只能讲一句话，您觉得它会说什么？"

编辑会将她的采访内容浓缩成一条最简洁的信息——"斯莫丝，一只3岁的虎斑猫，9月3日从奥利弗住宅区走失，至今未归。若能找到，必有酬谢。"——但是，她依旧将这些故事留在脑子里，当作一本挚爱的旧书，时而拿出来翻看。

这次的故事是编辑硬塞给她的，就像抛到她手里的球，不过她并不打算扔掉。

第三章

86岁也青春永驻

一座没人游泳的泳池看上去太缺乏生气。天色尚早,救生员正卷起泳池上的苫布,他拉扯着塑料苫布,面带困意,一声不吭。罗斯玛丽站在阳台上,看到泳池上方升腾起一团雾,仿若一个会呼吸的生灵。天空泛着蓝色,但天气依旧冷得让人瑟瑟发抖。她双手捧着一碗粥,看到救生员急忙穿上羊毛衫,他做完工作后回到了屋子里,水面一片寂静。

一对绿头鸭飞过来,打破了水面的沉寂,只见它们滑翔着飞落到水面上。看来,它们把这里当成了自己的领地。罗斯玛丽喜欢在晨光中望着它们,阳光洒在水面上,像漂浮着的五彩纸屑,两只鸟儿在这寂静无人的泳池里尽情地享受着。

陆续有人过来游泳了。他们不怎么说话,可能是因为还没睡醒,也可能是因为周围寂静的环境,或者怕惊扰了两只绿头鸭。人们熟悉这两只鸭子,而且就在它们身边游泳。后来,两只鸭子看到人逐渐多起来,觉得自己应该离开了,才从水面上蹿起,飞出泳池。

救生员像一名网球裁判一样,从椅子上站起来巡视着整个泳池。看着游泳的人上来下去,这已然成为他的晨间必修课,罗斯玛丽亦如此。喝完粥后,她走回房间,拿起放在门口固定位置上的泳装袋。

每天早晨7点,罗斯玛丽准时来到泳池。整装完毕,她推开更衣室的门，踏入冷水区。可以的话，她会一个猛子扎进水里。不过，目前的情况不允许她这样做，只见她走到池边，腿脚比大脑意识晚了3分钟才感受到周围的环境。身体总是不如意识那般敏锐，上了年纪的人都是这样，所以她凡事都得耐着性子。

她一边朝扶梯走去，一边看了看池里游泳的人：一双双胳膊露出水面，能看清的只有蛙泳人的脸。

从扶梯下到水里，罗斯玛丽觉得自己像一棵在风中摇摆的树，树枝咯吱作响。她放松下来，身体随着水漂动，瞬间被冷气包围，她慢慢适应着水温，之后一脚蹬开游了起来。接着，她稳健地朝那团雾气游去。罗斯玛丽看不见远处泳池的尽头，不过她知道只要继续蹬水向前游，就一定能到泳池的那一边。罗斯玛丽今年86岁，但是水中的她，可谓青春永驻。

活到这么大的岁数，罗斯玛丽一直都待在布里克斯顿。即便在战时，她也没离开这里（她是当时留守的为数不多的几个孩子之一）。有时，泳池里的水会被消防员抽去灭火，除此之外，泳池都对外开放，无论什么时候，只要她愿意，都可以来游泳。起初，她感到内疚，因为父亲和朋友的父亲都在战场上厮杀，而她却在水里畅快地游泳。不过，她也遇到过几次险情，那是在晚间时分，炸弹落在泳池旁边的公园里，落在达利奇路。她记得，被炸的第二天，她去公园看到那些在碎石瓦砾中流离失所的家庭，周围的邻居正帮他们从已毁的房屋中抢救财物。

可不管发生了什么，泳池还是幸存了下来。距离炸弹事件已经过去了几个月，生活不该就这样一直消沉下去——就像盛装打扮的她被束缚太久一样。她终究会脱掉上衣，甩掉鞋子，回到青葱岁月。那几年，泳池确实冷寂不少：布里克斯顿的孩子们大都被撤离到城外的乡村避难，男人们离家在外，女人们操持家务，救生员也不经常过来。所以，她常常独自享受那一池清凉的碧水。

隔着游泳池的墙,她听到一辆公交车驶离了公交站。此外,还听到了轰隆隆的火车声,那火车在赫恩山稍作停留,接下来便向拉夫伯勒枢纽站进发。罗斯玛丽的生活一向围绕着几个地方,其中包括图尔斯山、布里克斯顿山、斯特雷塔姆山、赫恩山这几座山,此外,她还常去几座"庄园":达利奇、西诺伍德、图汀。在她口中,这些名字熟悉得像牙膏牌子一样,在这些地方,仅从公交车的外观,她就能判断那是哪一路车;仅从汽车发出的声音,她就能判断它到了哪一站——必定是阿柏、拉索、达基、霍灵本、塔尔马中的一个。

过去,她能把街上所有的店面都记住;如今,她的记忆力越来越差。有时,她甚至觉得有人在故意跟自己开玩笑。每当熟悉的事物被陌生的事物取代时,她都要将头脑中它们原有的样子抹去,替换成新建的地产中介公司或是咖啡馆。如此不停地更换记忆中的信息着实是一件难事,不过她一直都在努力。若不尽快熟悉这些地方,恐怕就会迷失在这座不再属于她的新城市里。她希望有一天在生活中累积的这些信息能派上用场。如果把脑袋里的数字、名称和街道通通清除,或许还能腾出些地方给其他有用的东西,比如一种新的语言,或者毛衣的织法。冬天的时候,织毛衣的手艺绝对有用。

罗斯玛丽游蛙泳时,动作稳健,头部时而扎进水里时而抬出水面,让耳朵完全没入泳池。在水里,她能看到自己伸向体前长满皱纹的手,恐怕连她自己都不清楚这座泳池到底存在多少年了、自己多大年纪了。看到那皱纹,她总会吃惊。年轻姑娘是不会长皱纹的。想当年,她还是个年轻的女孩儿,早上来游泳的时候,泳池边的上方挂着一只大旧钟,救生员一边甩弄着哨子,一边巡视池子里的人群。去图书馆上班之前,她也会来游泳——想要上班不迟到,她就得赶紧换衣服,否则上上下下摆书的时候,很可能头发还在滴水。

"还没横跨海峡呢,罗斯。"晚上回家的时候,乔治会这样说。

"正努力呢。"

如今，图书馆关闭，乔治也走了。她在浅水区一端停下来倚着泳池壁，打算慢慢地走到扶梯那边。她想象着，若这泳池变成只供住户使用的健身俱乐部，将会是怎样一番情景，虽然身体已经适应泳池的水温，可出水的时候她还是会打寒战。顺着扶梯爬上来之后，她发现自己已经不再年轻，还感受到了膝盖带给她的病痛。年轻的时候，她从未在意过膝盖这回事；如今，膝盖像老年人的公交卡一样令她憎恶。所以，她总是按照规定买票乘车。

第四章

已经忘了快乐的感觉

下班后,凯特步行回家,她从环抱主街的住宅区穿过,从几栋公寓楼旁走过时,她仰起头,朝公寓的窗子望去,想象着里面正在上演着怎样的故事。

一家人围坐在客厅吃着晚饭,电视屏幕的光照在他们脸上,映衬着惊讶、悲伤与不屑一顾的表情。一个年轻的姑娘正拿着一把二手小提琴练习着,美妙的巴赫钢琴曲从摩天大楼的五楼飘散出来。

小提琴演奏家楼下住着一对夫妇,他们正站在阳台上轮流吸着同一支烟,两人你递给我,我递给你。他们把自己裹得严严实实,却都光着脚,两人的脚离得很近,几乎挨在一起。隔壁公寓的女士下班一进家门就注意到了这对夫妇甜蜜恩爱的场面。她打开阳台门,将上衣扔在沙发上,顺势往衣服上一躺,双手交叉放在肚子上,深吸了一口气。

一楼住着一对上了年纪的老夫妇,正坐在厨房里吃晚饭。他们两人挨着坐,看到窗外有一只狐狸正从庭院穿过。吃完饭,两人拉起彼此的手坐在那里。

在一大栋联排别墅里,一家人分散到各个房间,虽说每个人都有自己的生活状态,却很和睦。隔壁住着两个女孩儿,她们正在乔装打扮,一个扮演公主,另一个扮演蜘蛛侠。公主和蜘蛛侠拉起手,一起蹦到床上。

有些窗子后面上演着悲剧，另一些窗子后面则流淌着笑声与爱意，虽然它既不张扬也不耀眼，却十分真实，像屋子里静静地铺着的地毯。

从这里经过的时候，凯特在想，或许在这座城市的某个地方，有人像她一样独自一人坐在房间里吃着罐装的花生酱。她在想：如果将那些跟家人讲的事，比如，早晨不愿醒来，已经忘了快乐的感觉，讲给这些陌生人听，他们是否会理解呢？

当然，她不会跟任何人坦陈自己的孤独。二十几岁的年纪，不应该是孤独的。二十几岁正是人生中广交朋友、遇到不靠谱的男友、花大把时间出去度假、昏天暗地喝酒的年纪，总之，是人生中最为美妙的时段。她总能在社交媒体（脸书）上看到那些欢庆生日、出去游玩的人，仿佛那才是真正地享受生活。手机屏幕上的他们，好似浑身都闪着光，仿佛生命的活力都跑到了他们身上，没在她这里留下一丝迹象，或者说给人的感觉是这样。她觉得自己像一只悲伤、残破的泰迪熊，被人遗忘在地下室的长凳子下，可是她却不会跟任何人讲——真希望能够有人将自己捡起来带回家。

与凯特合租的有四个人，其中有两名学生，其余两个人她只知道她们有事做，却不知道她们具体是做什么的。她们回家的时间不同，回来之后就把卧室的门关上，偶尔会从过道去一趟洗手间。她听到过那些人在屋子里活动的声响（墙壁较薄），也从浴室的地漏中看到过那些人的体毛，可是她并不知道那些人住进来之前来自哪里，也不知道那些人喜欢什么电影。她根本就不了解那些人。

当然了，那些人也不了解她。可话又说回来，有什么需要她了解的呢？她有一个姐姐，名叫艾琳；还有母亲、继父、住在安提瓜岛的父亲及其女友，他们也只在某些特别的日子（生日、圣诞节、毕业季）才会给她打电话。

"生日快乐，凯特。"

"谢谢，爸爸。你那儿天气还好吗？"

"还好。你那儿下雨了吗？"

"下了。"

"爸爸想你了。"

"嗯，我知道。再见，爸爸。"

"再见，凯特。"

凯特和艾琳从小跟母亲以及继父布莱恩住在布里斯托尔的郊区。母亲在一家广告公司上班，她喜欢穿各种颜色的衣服，喜欢讲笑话。相比之下，布莱恩则显得沉稳得多，他是搞学术的，专门研究中世纪某一特定时期的历史，至于具体是哪个时期，凯特总是记不住。他总是穿着一件厚厚的套头羊毛衫，戴着副圆框眼镜，当他从艾琳那儿听说自己这身打扮在她的同学当中很受欢迎时，是很开心的。

凯特7岁那年，布莱恩搬来家里，那时她还小，什么都不懂。彼时，于她而言，所谓的生活就是接受现状，未曾想过去改变生活。当时艾琳比凯特大6岁，胆子特别小，像小猫一样，家里来了人她就会马上躲开，要是谁突然动一下，她就一下子蹿到沙发底下。不过，随着时间的推移，四个人逐渐培养出了使彼此自在舒适的氛围。他们都扮演着自己的角色，各司其职。凯特的母亲负责带她们去画廊，结束后会问她们对画廊里的画有什么见解，问她们欣赏画作之后的感想；布莱恩则负责为她们读报纸、辅导作业，偶尔还会偷着给艾琳口袋里塞些钱，方便她跟朋友们出去玩儿。凯特和艾琳也扮演着各自的角色：凯特是个害羞的小妹妹，只顾埋头读书；艾琳则显得更冷淡一些，凯特很听姐姐的话，她表现好的时候，姐姐会表达一下关爱之情，以此作为鼓励，就像小狗表现好的时候主人会奖励它几块饼干一样。升入二年级的第一天，姐姐就教她把校服穿得更规整，以防因裙子的长度和领结条纹不合适而被人说"没脑子"或者"搞怪分子"。

凯特在布里斯托读的大学，一方面是因为住在家里可以节省花销；另一方面是因为她还没做好离家的准备。大学毕业获得学士学位后，她又去伦敦攻读新闻硕士学位，后来在布里克斯顿的一家报社找了份工作。

去伦敦的时候，凯特本以为会认识更多人。可她在那里待了两年多，依旧是老样子。认识的无非是跟她合租的人，那些人喜欢把厨房里要清洗的东西摞成堆，像玩儿层层叠[1]游戏一样，甚至还会把浴室里的黑霉菌当作完美的装饰物。

早年结交的那些朋友依旧待在布里斯托，他们从没想过要去伦敦。他们说喜欢待在熟人多的地方，如果想出去玩通宵，布里斯托完全能够满足他们的需求。他们觉得伦敦的消费水平太高，搬去那里生活并无太大意义。谈到消费水平高的问题，朋友们说得没错，但凯特又不能总是回布里斯托跟朋友相聚。大约在一年前，她就已经不再回去了，而且似乎也没有人太在意她，所以在那之后，她便没再跟布里斯托的朋友联系。

有时凯特会有一种莫名其妙的孤独感，有时眼中会藏着一抹痛楚，有时又像重物压在肋骨上，沉得无法动弹。等压力累积到一定程度必须要释放出来的时候，她就读《消费导刊》，想象着自己可能会去做的事情——或许到肖迪奇来一次闪电约会，或许到城中某栋建筑物的屋顶跳一支无声迪斯科，又或许学习织一条搞怪的裤子，穿到酒吧里去逗趣（人们经常玩的一种游戏）。可是，当她想到所谓的闪电约会无非就是一遍遍地介绍自己的姓名、与三十几个陌生人纠缠，便觉得毫无意趣。她还觉得，自己跳迪斯科实在没什么意思，想到只有自己对着那条裤子发笑，更是感到无聊透顶。

所以每天下班后，她都直接回家，只有冰箱里什么都没了的时候，她才会去附近的超市买一些可口的速食，到那里的售货架上随便挑些什么酒。回到家，她会把吃的在微波炉里加热三分钟，接着便回到卧

---

[1] 新型益智游戏。——译者注

室，把门关上。

她的卧室不大，不过足以放下一张双人床和一张小桌子。屋子里没有书架，一摞摞书堆起来，歪歪斜斜地靠着一边的墙。桌子上有一台笔记本电脑，还有一盆别致的盆栽，那是她搬进来时妈妈给她买的。"祝你在新家住得愉快。"花盆上的标签还在，那是一张蜜蜂形状的卡片。

走进卧室，她打开酒，坐在床上看各种纪录片，诸如那种想砍断自己的胳膊的男孩儿之类的片子。看着看着，她就哭起来，奇怪的是，她似乎完全能够体会灵魂迫切地想要逃出肉体的感受，或者（如果没能成功逃脱的话）将肉体大卸八块任凭其随便游走的感觉。或许是喝了酒的缘故。她每天晚上都至少要喝上一杯酒，这样会让她脑袋晕乎乎的，但那也总比清醒状态下受那无休止的恐惧与烦忧折磨好。

她总是熬夜到很晚，盯着电脑屏幕上的光，希望从中找到些安慰，希望找到一些跟自己一样熬夜坐在电脑屏幕前、脸颊被屏幕照得很亮的人。直到困倦得无法继续查找信息的时候，她才会关上电脑，并把它放到床边。可是有时，她一躺下来就会哭，脸周围的枕头都被浸湿了。哭的时候，她总是尽力憋着，不让合租的人听到；可是有些时候，她还是会忍不住大声抽泣，仿佛遭遇溺水一般。奇怪的是，每当她大声哭出来的时候，内心就有一种莫名的期待，期待那些听到自己哭声的人能够过来敲她的门，把她从床上拉起来，告诉她一切都会过去。可是，一直都没有人来。等眼泪哭干了，她躺在黑暗中，眼睛睁得很大，像完全麻木了一样。再后来，她就睡着了。

第五章

水会对你温柔以待

游泳俱乐部的孩子们真是天不怕地不怕。罗斯玛丽看他们像蝌蚪一样沿泳道一上一下地在水里游动。他们还小,可站在泳池边等待入水的那一刻,却那般自然。孩子们相互推搡着,入水前将头上颜色鲜艳的泳帽往下使劲儿一拉。

罗斯玛丽坐在咖啡馆里看着外面的泳池,她发现了几个先天运动素质不错的小家伙:他们的个子明显比同龄人高很多,身体呈锥形,像甜筒冰激凌一样。而有些孩子的个子则相对矮一些,腆着小肚腩,泳衣上明显隆起一块,不过这些孩子跳进水里所表现出来的勇气着实令她震惊。教练员口哨一响,他们就像翻倒的瓶子一个接一个地跳进水里。

孩子们坚信水会对他们温柔以待,坚信身体在入水的一刹那会自然而然地做出反应。罗斯玛丽多希望自己也能对自己的身体有着那般自信,遗憾的是,她的身体不总是听从她的支配。

"您是罗斯玛丽吗?"

罗斯玛丽将注意力从泳池那边拉回来,抬头看了看眼前这位身材娇小的年轻女孩。只见她手里拿着一个笔记本和一沓纸。身上衣服的颜色不是灰色就是黑色,似乎她整个人都融入了这样的色调中,脑后梳着凌乱的马尾辫。

"您不介意我坐在这儿吧？"年轻女孩问道，"前台的人告诉我，若是想问有关泳池的事情找您最合适了。"

"我是罗斯玛丽，你说得没错。你想知道关于泳池的什么事？"

"我叫凯特·马修斯，在一家报社工作。听说这家泳池可能被关停，我们对此很感兴趣，想写点这方面的文章。这是您设计的吗？"

说着，她拿出宣传册——"拯救我们的泳池"。

罗斯玛丽看了一眼，脸唰的一下红了。看到上面的笔迹和影印出来的效果，她觉得有些不好意思——从外表上看，这宣传册设计得着实有些简陋。

"的确是我设计的。不过，我不知道能不能帮上你。"

凯特把椅子拉出来，大理石地面上留下了一道刮痕，随后她坐下来，跟随罗斯玛丽的眼神望向泳池。

"他们很可爱，"凯特说道，"真不错。"两人一同看着那些孩子，他们正听从教练的口令"拨水""用力蹬水"。虽说孩子们还小，可游起泳来跟鱼一样快。

"我想帮你。"罗斯玛丽盯着泳池看了一会儿，数条胳膊和腿畅快地划着水，白花花的水浪翻腾而起。这个游泳班的训练就要结束了，速度最快的孩子已经在泳池的一头等着了，看着其他人在水里上蹿下跳。最慢的一拨孩子继续朝终点游，蹬水的时候比那些速度稍快的孩子更加卖力。

"我不能坐视不管。不过，我听说天堂居地产商正在用大笔资金打通关系，委员会又拒绝不起。"

罗斯玛丽停了一下，看着泳池那边。孩子们上上下下畅快地在水里游着，太阳追赶着孩子们的身影，当他们的脑袋出来换气的时候，阳光正好照到他们脸上。

"天堂居，"罗斯玛丽笑了笑，"他们肯定不知道什么是天堂。"

"我听说过他们的一些事情，"凯特说道，"我们报社之前做过对他们的报道，听说他们已经建了几个新的时尚街区。"她停了一下，"我来这儿是想采访您，罗斯玛丽。"她说道。

"采访我什么？"罗斯玛丽回应着。

"是报社派给我的任务。我觉得在新闻旁边附上您的简介，效果会很好。一段新闻报道附上一段人物史，我觉得会更好——听那些在这里住了有些年头的居民讲一讲，在他们心中这个泳池有着怎样的意义。经理告诉我，您是这个泳池最忠实的游泳者。"

罗斯玛丽笑了笑，她想起了杰夫（泳池的经理，她对他再熟悉不过了）。接着，她看了看凯特，心里犹豫着要不要相信她。对于记者，罗斯玛丽本能地带有戒心，实际上，她从未跟这类人打过交道。眼前的这个年轻女孩看上去并不像罗斯玛丽印象中的记者，更像是个孩子。

"您在这里游了多长时间了？"凯特问道。

"嗯，一辈子了。"

在罗斯玛丽的记忆中，生命的时光无一不与泳池有关——这里是她日常生活的一个重要组成部分，就像在阳台上喝的那杯茶一样。

"你游泳吗？"她这样问凯特。

"不，不怎么会游，我是想说，我……"凯特的声音越来越低，进而整个人都跟着缩在椅子上。泳池另一端，一位男士做了个完美的燕式入水。罗斯玛丽能看出凯特心中的担忧。一条油腻的马尾辫，看来该洗头了，眼睛下面还有黑眼圈。只见她头低低地坐在椅子上，两肩稍稍向前倾斜，似乎在保护身体的其他部位免遭伤害。罗斯玛丽刚才的戒备心完全被打破了，像潜水者入水时冲破的水面一样。

"你要是能下水游一下，我就接受采访。"罗斯玛丽说道。

凯特听后大为震惊，褐色的眸子里少了几分自信。她沉默片刻，最终还是点头答应了。

"好吧，"她慢声说道，"那么，我们什么时候开始采访？"

"这个先不用考虑，"罗斯玛丽回答道，"你先游泳，然后我们再约采访的时间。这是我的邮箱,游完泳后发邮件给我。别担心,这就跟骑自行车一样,"她说,"一旦学会就不会忘记。"

接着,罗斯玛丽跟凯特道别准备回家,此时她自己都很纳闷:为何要逼着这位可怜的姑娘与自己达成这一约定?不过,罗斯玛丽觉得凯特身上有一种特质,而且她敢肯定,这姑娘有必要下水游一游。

第六章

有些话题像天气，跟谁都能聊上几句

更衣室里一位孕妇正在换泳装。她着实为自己的体型感到惊讶，它简直像一个沙滩球、一个紧绷着的球，却又像一个星球、一整个世界。只见她将泳装套在凸起的肚子上，那不只是一块凸起，而是一座小山。她能感觉到里面的小家伙儿正在这座星球的中央踢自己。

"没错，亲爱的，"她悄声说着，"我们这就要去游泳了，宝贝。"

更衣室里似乎没有人介意她的自言自语。怀孕的时候，孕妇看似不太正常的行为总是能够获得周围人的理解，她最近发觉，自己就连上厕所都没有了规律，情绪也不稳定，而且一周只吃得下两个（好吧，就算是三个）汉堡。

她的分体泳装的腰身一直低到臀部，一条形如月牙的鲜肉从泳衣下面挤了出来。要知道，这身衣服上周还合穿。她将毛巾搭在大肚子上，随手将换下来的衣服放到包里，锁上柜门，之后又把毛巾从肚子上拿下来，搭到肩上。

一个年轻的女孩儿帮她打开门，这似乎是有身孕的人才能享受的礼遇，以后，她一定会怀念这个时期。接着，她笑着走出来，到了泳池边的平台上，太阳照着泳池，朝她微笑。她把脚伸到水里，轻轻地碰了碰湿漉漉的钢管。再看那双脚踝，已经肿得浑圆，脚指甲也没涂指甲油：因为肚子太大，没办法弯下腰去涂指甲油。当她从泳池的一侧走过，她觉得人们都在看着自己，而且她也确实看到他们在看自己。

没怀孕的时候，她从来没跟陌生人有过如此多的交流。怀孕这个话题就像天气一样，跟谁都能聊上几句。聊天中，有人建议她朝左边躺，缓解脚踝的肿胀，还有人给她看了无数张他们的孙子、孙女的照片，有些陌生人还在生产上给了她诸多建议。其实，她喜欢这样被人关注。这是专属于她的福利，完全没有老公的份，这令她很开心。虽然她不愿承认，但实际上她担心孩子未来会爱老公比爱她多一些。

从扶梯上下来的过程的确很艰难，可一旦进入水中，连续8个月上涨的体重仿佛一下子都消失了——水支撑着她和肚子里的孩子，凉爽得令她顿觉精神了不少。怀孕的人总是身体发热，肚子里孩子的体重一天天增加，这种凉凉的感觉让她的整个身体都舒服起来。

游泳的时候，她会想一些家庭琐事。比如，一定要记得去买猫粮、收拾垃圾桶，给婆婆打电话，感谢她做了午餐。她划水的动作舒缓有力，这对母子在水中犹如一艘稳健前行的轮船。天空中点缀着片片云朵，颜色犹如大象的皮肤，微风在树丛中缭绕。每当游到树荫处，她就会想起家里那个小花园，琢磨着是否应该在那里放一架秋千。或许，应该等孩子学会走路再说，可是到底应该先准备什么呢？或许，应该准备一架儿童秋千。

她用力地蹬水，感觉孩子也在肚子里蹬踹。

坐在泳池边上的一个女人一边把泳帽套到孩子头上，一边朝她微笑。所谓最美丽的人，可能就是如此吧，她一边游一边想着。

今晚，她老公下厨；其实，最近一段时间，绝大多数晚饭都是他做的。她正想着今晚能吃到什么：希望不是米饭和炒菜，难道是面条？想到这她的身体突然扭动了一下，其实米饭和炒菜也没有那么讨厌。

想当初，她把自己怀孕的消息告诉他时，两个人都流下了幸福的泪水。那晚，他把嘴唇温柔地抵在她的肚脐上，不停地亲吻她的肚子。

几周后，两人又开始因为忐忑不安而哭泣，她甚至都不记得是什么事情惹得她流泪，只是突然觉得自己像个心中隐藏了大秘密的孩子，对她而言，这个秘密太过沉重。起初，她只觉得兴奋不已，可紧接着这种情绪就完全失控。她的丈夫也一定有着同样的感受，因为他们两人一边哭一边发抖，突然好想回到二人世界。生活中，他们像一艘船的两支桨，有着足够的体力与经验保证这艘船沿正常航线航行。可孩子的出现，无疑会让这艘船驶离原来的航线。

最后，他把她的情绪安抚下来。他买来一些书，想读给她听。她一直不愿碰这些书，担心里面提到吸奶器或是柔软的婴儿头骨会让自己抓狂。不过，两人还是一起坐下来，像备考般认真研读，这之后，一切才恢复正常。

她在浅水区休息片刻，背靠水池边，双手抚在被肚子撑起的湿漉漉的泳衣上。如果放在过去，看到怀孕的女人在公共场合这样抚摸肚子，她会觉得很厌恶——这本是一种极为私密的举动。如今，她却不由自主地做着这样的动作。

她迫不及待地想要把孩子生出来。怀孕实在辛苦，期盼到了极限。不过她希望能够永远保持游泳时的那种状态——母子俩亲密无间，比跟任何人的关系都要亲近。泳池里的水环抱着他们，他们拥抱着彼此。

第七章

一旦学会便不会忘记

　　凯特没有想到的是，买泳衣居然会是一次大的挑战。她站在更衣室的荧光灯下，仔细打量着镜子里的身体。以前，她一直都很苗条，可在过去的几年里，由于饮食不规律，再加上经常吃花生酱，身体渐渐发福。看着镜子里的这个人，她几乎认不出了。臀部，太肥了；大腿，太粗了，而且还有堆积的脂肪团；胸，一如既往地小。

　　凯特不是那种可以旁若无人地裸着身体的人。她先火速到浴室冲了个澡，然后穿上衣服，就连在家里换睡衣，她都是急急忙忙的。小时候，父母洗完澡从浴室走回卧室，中途不经过她的房间。他们一家也不是那种会光着上身晒日光浴或者干脆一丝不挂的人。她骨子里是一个传统的人。

　　衣服软塌塌地堆在更衣室的角落里。牛仔裤的裤管上还保持着她双腿的形状，只是有些打弯，仿佛影子跌倒在地上。她急切地想要伸手去拿衣服，无奈还有一件泳衣要试穿——这已经是第四件了，她得赶紧做决定。

　　罗斯玛丽提条件说，只有凯特去游一次泳，她才接受采访，当时凯特差点就拒绝了。可是，对于她来讲，这是第一个适合她的故事题材，也是一次向费尔证明自己的机会，借此她才能编辑撰写出真正的让母亲骄傲的文章。

而且，罗斯玛丽的话对她也是一种激励："这跟骑自行车一样，一旦学会便不会忘记。"毕竟，曾几何时，凯特也很喜欢游泳。小时候，在她还没有被自觉意识影响的时候，常常跟艾琳去附近的泳池游泳，那个泳池的池底绘着海豚和海豹，一眼四处喷溅的喷泉让孩子们开心得尖叫。在水下，艾琳常常游到凯特两腿中间，用肩膀将她托起来。她还记得当年与姐姐一同在水里嬉笑玩耍、无忧无虑的快乐时光。或许，如果能尝试着再次下水，还能找回当年游泳的感觉。

凯特盯着镜子里自己的肚子，它软软的，一道黑而浓重的汗毛宛如破折号般从肚脐眼一直到裤腰处。汗毛，这是成长过程中令人备感恐惧的东西。这里怎么能长汗毛呢？14岁的时候，她就开始尝试着用刀片、脱毛蜡或是除毛膏（闻着像培乐多彩泥的味道）去除。可无论是刮还是拽，又或是清洗，都无法将一个十几岁孩子最初发现这些汗毛时的不适心理调整过来。

她拿过泳衣，先把脚伸进去，从臀部拽上来，接着向上拉到胸部。莱卡面料的味道一下子冲到她嗓子眼，还没等下水，她就感觉像快被淹死了一样。店里很热，她感觉胳膊下面有一种熟悉的蜇刺感，脑袋一阵眩晕。

原来是恐慌症犯了。现在可不行，她这样想着，不能在这里。可是，在这间更衣室里，恐慌症已然向她袭来，空间小得令她无法忍受。恐慌感将其淹没，充斥这个狭小的隔间，它先从外部挤压着她，接着又从她的体内喷涌而出。她身上穿着泳衣，这感觉一拥而上，逼得她直往下蹲，一直跪到地上；一时间竟呼吸困难，她开始大口大口地往嘴里吸气，可这里并没有足够的空气。她想要喝水，可手在包里乱摸一阵之后才发现，自己竟然把水瓶落在家里了。就这样，她竭力维持呼吸，胸部高高地隆起。恐慌犹如两只巨手，掐住她的太阳穴，使劲儿挤压。

不要哭，不要哭，她安慰着自己，可是眼泪却已涌到脸颊。

一、这里太热了；二、拜托，赶紧停下来吧；三、还是停不下来；四、深呼吸。五、六、七、八、九，几分钟后，她终于顺利地控制住了自己的呼吸。这时的她坐在更衣室的地板上，看着镜子中间的一道裂痕，她心想：它跟我一样。她瘫坐在地上，浑身一点儿力气也没有。

凯特的恐慌症第一次发作时是在百货商场的美容用品区。那时，她初到伦敦，正准备攻读新闻学硕士。成长过程中，焦虑情绪一直埋藏在她内心深处，就等有朝一日发作。她一向不喜欢人多的场合。小时候，每当其他小朋友邀请她去主题公园参加聚会或者约她一起去看电影的时候，她总是假装胃痛，跟妈妈说去不了。而实际上，她那样做是因为她害怕去人多的场合。比起外出社交，她更愿意静静地坐下来看本书。有的时候，妈妈发现她喜欢蜷缩在衣柜最下边的隔间里睡觉，腿上放着一本打开的书。在那里看书，周围有妈妈的衣服和香水味将她严严实实地包裹起来，她觉得很安全。

与实际生活相比，凯特从书中能够获得更多的舒适感。她喜欢一遍遍地读自己喜欢的故事——预先知道故事的发展趋势能够让她安下心来，就像自己在导演一个故事。如果是一本新书，一旦发现情节发展并非如己所愿，她就会先把书合上，稍作休息，等调整好心态，做好准备阅读一篇风格迥然的故事（或者是能继续阅读）时，再阅读。只是，实际生活中不容许她这样做。

刚搬到伦敦的时候，她觉得一切都失去了控制，生活像一辆驶离轨道的汽车，在柏油路上颠簸前行，刮刮碰碰。周围的一切都是全新的、庞大的、陌生的，她觉得自己渺小而孤独。

硕士入学第一天，老师在教室里一边来回踱步，一边听同学们讲述各自的事情。凯特说了一些有关布里斯托和自己家的事。

"我是一个地地道道的布里斯托人，我喜欢喝苹果酒。"

接着，其他同学也轮流发言。

"我叫乔，是一名校报主编。我曾经针对大学校园里的种族歧视现象做过系列调查,并获得国家级奖项的提名。"

"我是海莉埃塔。我定期在《独立报》和《卫报》上发表文章。"

"我叫卢卡斯,读本科时期在剑桥大学英国文学专业排名第一,此外,我还是学生会会长,年级排名第一。"

就这样,学生们一个接一个地发言。每轮到一个新同学,凯特就觉得自己又逊色了几分。于是,她满心质疑:我来这里能干什么呢?她真的很羡慕他们,可是她无法像他们那样用语言包装自己,这令她感到自卑。

下课后,她打算去牛津街逛逛,给妈妈买生日礼物,那是她首先想到的地方。当时正值上下班高峰,她从没在地铁里见过那么多人。她像海上的一根浮木,被人流涌来涌去,随着人流进到站台,后又被挤到门口,接着被推进门,还不小心撞到前边的一个陌生人。

从地铁站出来,她来到地面上的街道,可情况并没有好转。正装出行的人们行色匆匆地穿梭于购物者之间,看样子是准备回家。凯特从人群中挤到交叉路口,接着又缓慢地沿着街道往前走。每走几步,就会迎面遇见一辆婴儿车或是一群购物的人。每当有人撞到她或是购物袋碰到她时,她的心跳就陡然加速。当时虽然已经是9月末,天气却异常闷热,隔着衣服都能感觉到汗从后背流了下来,无奈周围的人将自己挤得严严实实,她根本没办法把衣服脱下来。

当时的她已经不记得自己是要去百货商场了。突然,她发现自己来到卖香水的专柜,殷勤的销售员上来就将瓶中的香水朝她喷了一下,这些人总是对顾客露出咄咄逼人的微笑。

正当凯特从一位身穿白色制服、打扮得像牙医助理的女人身边经过时,那女人问道:"需要帮助吗?"弄得凯特整个鼻腔里都是香水的味道。那香气黏糊糊、甜兮兮的,就像上衣口袋里放了很长时间、胶黏的梨形糖果一样。

周围的人像一群昆虫。她头晕目眩,像有上千面镜子照出了上千个自己——就在电梯、廊柱以及化妆品区销售员手拿化妆盒让顾客试用新款口红的地方。在那里，连地板都能照出人影来，黑亮色的地面映着她那张惊恐的脸。

周围的一切都是热的，氛围沉重，她眼睛里一阵刺痛，像有人哗啦一下拉开窗帘，瞬间那令人无法招架的、过亮的阳光涌了进来。紧接着，她发现自己已经动弹不得，瘫坐在一家知名护肤化妆品牌柜台旁，惊恐得不成样子。接着，她哭了起来，妆花了，泪水顺着脸蛋往下流，一个个黑点子弄脏了她的白色上衣。

凯特怎么也想不到，有一天自己会在百货商场里，众目睽睽之下瘫坐在地上，不知缘由地大哭，那种感觉无法用言语表达。若是灵魂能够出窍，她一定会站在远处打量一下此时的自己，看看这个疯女人到底是何许人也，她这是怎么了。

接着，画面切回到运动品商店，她再次穿好衣服，擦了擦脸上的眼泪。之后，她又捋顺了头发，打开更衣室的门，走到柜台前。

"我已经决定了，谢谢你，"她说着，"就要这件了。"

从表情上怎么也看不出，这个叫凯特的年轻女孩刚刚经历了恐慌症发作，而知道这一切的只有她一个人。

第八章

雨中游泳的乐趣

天下起雨来,泳池里的人走得差不多了。罗斯玛丽站在自家阳台上探头张望,楼上的阳台为她遮挡住了春雨。泳池里只剩下两个人,她有些不解,因为她一直视雨中游泳为人生中的一大乐事。这种乐趣无法言明,就像早晨往粥里额外加一匙红糖一样让人舒心,或者说,就像把双脚伸进暖暖的袜筒(放在暖气片上烘干了的袜筒)里那样。

下雨时,天空与水面的界线变得模糊不清。"水面上"与"水面下"的颜色从黑白相隔变成一片昏暗的灰色,上上下下都是水。其他几个来游泳的人犹如知己般注视着彼此,像那满心骄傲新晋升为父母的人一样,总觉得自己的孩子比别人的孩子可爱。他们觉得自己的孩子身上有着特别之处,而且只有他们自己才能看出这种特别(这里指雨天在泳池里游泳这件特别的事)。

几周前,也是这样一个雨天,她第一次听说泳池可能被关停的消息。那天,她像往常一样去游泳,杰夫叫住她,把消息告诉她。杰夫是个中年人,仅从面相上罗斯玛丽就能看出他人不错。上班的时候,他总是穿衬衫、扎领带,不过在教别人游泳的时候,迫于需要,他只好穿上教练的服装。鲜红的衣服从那件帅气的灰色西装的底边露出来。

"皮特森夫人,在您离开之前,我需要跟您说件事。"她经过前台的时候,杰夫这样说道。就是在那个时候,他告诉她,泳池入不敷出的状态已经持续了很长一段时间，一周前，一家地产开发公司——天堂居，向委员会递交了标书。据他所说，他们想把这里改建成一处专供内部居民使用的体育场馆——其实他们还有一个目的，那就是卖掉布里克斯顿那边他们正在建的公寓楼。

"真不知道是否应该告诉你这些，"他说，"不过我听说，他们甚至讨论要把泳池填平，在上面建一个网球场。很明显，他们一定觉得网球更受业主欢迎。"

他说，这件事虽说还没有定论，但已是十有八九的事。

"真是太糟糕了，"罗斯玛丽说道，"你还有两个可爱的孩子。"

杰夫有一个8岁的儿子、一个10岁的女儿，他把孩子们的照片贴在前台后面的一张告示板上。周末的时候，孩子们就会来这里游泳，每每从泳池出来，他们就直接跑向他，给他一个大大的拥抱，弄得他两条裤腿都湿漉漉的。可是，他似乎从不厌烦。

"市政委员会会给你分配其他工作吗？"

"希望会吧。"杰夫说。不过，从他的语气中能够听得出来，他并没有对这件事抱多大希望。

那天游泳的时候，罗斯玛丽脑子里不断浮现出泳池被人用水泥灌封、不再对外开放的情景，对此，她无法接受。到家之后，她终于忍不住大哭起来。

几天后，她到附近的图书馆制作了一些宣传单。她将自家影集中的照片垫在一张纸下面，纸上是她手写的一些文字，一起放到影印机上，印了上百张宣传单。趁着打印的工夫，她把这里所有准备张贴的宣传读物都看了一遍——有附近电影院和瑜伽课的活动宣传广告，还有传授性健康知识的小册子。一大摞宣传单复印出来之后热气腾腾，像刚被熨过的棉花。有趣的是，它们闻起来很香。

她决定放几份在图书馆里。接着，她开始分发传单，像沿着泳池周围的路线撒面包屑那样，她把宣传单塞进与住在同一街道的邻居家的门缝中，还在泳池的咖啡馆和更衣室里留了一些。男士们看到这位老妇人在镜子上贴传单，多少有些惊讶。

"我86岁了，活了这么长时间，你们认为我之前遇见过这种事情吗？"说着，她还摆出一种令人不解的手势。

接着，画面切回到公寓里，罗斯玛丽从阳台的凳子上站起来，回到屋里，阳台门依旧开着，这样能听到外面的雨声。只见她走进厨房，从微波炉上拿起一个黑色笔记本，开始翻阅那些手写的食谱笔记，后来终于找到一份心仪的食谱。只见她的手在那页纸上停留片刻，随即指尖沿着熟悉的笔迹与字体曲线游走。接着，她打开冰箱，把从超市里买的东西拿出来，试着做起乔治最喜欢吃的蔬菜饼来。她一边做饭，一边从内心深处打捞着一份份记忆，像一张张爱不释手的唱片，在她的脑海中不停地播放。饭香溢满整个公寓，罗斯玛丽想起第一次遇到乔治时的情景。

这座城市与整个欧洲一同欢庆，庆典跨越了街道与国界。妈妈们将一张张长桌搬到自家所在的街道上，一直摆到街道另一端的交会处。树上挂着彩旗，每家的窗户上都插着英国国旗。每家人分站在桌子两侧，一侧的人将桌布抖开，站在桌对面的邻居则配合着抓住另一边使劲儿地摊开铺到桌子上。有的妈妈穿着茶花连衣裙，布料是从不用的窗帘上裁剪下来的，还有的妈妈穿着宽松的无袖套衫，毛线都是给孩子们修补旧毛衣时剩下的，今天她们穿上这身衣服，心里美极了。一直以来，她们都是这样缝缝补补地凑合着穿，这才度过了那个艰难的时期。

各家各户都敞着门，美食的香味从屋子里飘出来，像从宾馆跳出来的行李箱一样。只是，盛食物的土瓷餐具与此时的气氛不太搭：蓝白相间的盘子是12号住户拿来的，做工讲究、带有玫瑰花图案的餐具是14号住户的，至于玻璃酒杯，是从整个街道的住户中拼凑来的。花瓶里插的参差不齐的花是从公园里采来的。

真可谓是胡吃海喝的一天：洋葱肉汁配土豆泥和猪排、英式派和滴汁三明治。大家暗自比拼，看谁做的无花果蛋糕最好吃。不过，由于用的都是同一种配方，味道没什么两样。如果非要说有什么区别的话，可能梅森夫人做的那份水分稍微充足些——或者说不那么干？又或者说，布斯夫人做的那份稍微甜些？

罗斯玛丽至今还保留着那天拍的照片，孩子们都衣着整齐、尽情地吃着。照片上，她蹲坐在那里，搂着邻居家的孩子。那时，她刚刚16岁，由于情势所迫，不得不帮其他的家长照看小一点儿的孩子。男孩子的袜子拽得很高，凸出来的膝盖从短裤下钻出来；女孩们的鬈发上扎着蝴蝶结；刚学会走路的孩子穿着袖子蓬松的运动衣跟跟跄跄地走路。她看到她们身后那张桌子上摆着的较为讲究的茶杯，还有人们的笑脸，旁边21号住户的那只可爱的姜黄色猫咪正在享用掉到地上的咸牛肉。

不过，她还有另一番不同寻常的回忆——那天的篝火晚会。

桌子终于被清走了，街道上只给狐狸留下了星星点点的面包屑。小一点儿的孩子都去睡觉了，他们不太懂得刚刚经历的那一天有着怎样重大的意义，反倒觉得吵闹声和飘荡着的旗子很讨厌。等他们长大之后，再回头想想，可能会装作记得一些吧。

对于年纪大一点儿的孩子来讲，那一天可谓是偷闲的良机——逃向转瞬即逝的自由，往常10点半的晚钟一响，他们就得回去睡觉。那天他们去了公园。她不知道是谁先想要去那儿的，不过没过多长时间，大家看着天上的焰火就找到要去的地方了。她还记得当时胸中燃起的烈焰，记得那些红红的脸颊。心脏里的血液像要喷涌而出，看上去生机勃勃，让人觉得活力万分。人们乱七八糟地围成一圈，有人还往火里扔树枝。几个女孩子把旗子披在肩上，跳起康筇舞来。

她满嘴都是烟味，感觉身体跟着烟一同飘了起来，烟像从她身体下面钻进来，要架起她的膝盖，或者要将她整个人抬起来，带着她飘走。透过暗夜中的篝火，她隐约能看到泳池的轮廓。当时她还在想，泳池里的水是不是也有一股烟味呢。

几个朋友拉着她的手在草地上转圈。她们嘴唇上沾着甜菜根的汁液，是从储藏室偷出来吃的，脸颊被火烤得通红，像被人掐过一样。跳舞的时候，她注意到火光闪动着的场景：火焰上空有一只旗子在飘扬，一对情侣在拥吻，还有漂亮的条纹裙子。那火焰正在她心中欢唱着。

她就这样转圈地跳啊、跳啊，无意间发现了一个男孩，正安静地站在一旁。注意到他之后，她就忍不住朝他那边张望，像一位芭蕾舞演员在集中精力定位脚尖的落点一样。朋友们松开她之后，她头晕目眩地在草地上摇晃。他带着16岁少年那种满满的自信看着她，就目前的形势来看，他以后肯定不用上战场了。

他挥了挥手。而她，没有回头去看那个站在身后、比自己更漂亮的女孩子，因为她敢肯定，他是在朝她挥手。接着，他绕过篝火朝她走来，她等着他来找她。看他有些邋遢的身影、凌乱的头发、两条大长腿、挺直的鼻子和粉白的嘴唇，看他在黑暗中微笑着。只见他将两手插进宽松的棕色裤子口袋里。

"我叫乔治。"他走上前说道。

他们聊了一整晚。罗斯玛丽了解到，他住在离这三条街远的地方，战争开始时搬去了德文郡避难，如今刚从那儿搬回来不久。

他告诉她，他的父母在车站路经营一家果蔬店，他的父亲是一名空袭督察兵，逃离了前线，之后就把店铺的经营权交给了他的母亲。他还告诉罗斯玛丽，他收到母亲的来信，说沿街的房子遭遇袭击，邻居们纷纷遇难。他还记得之前住在那里的男孩子们——他们至今仍住在多塞特郡的亲戚家，他在想，伙伴们此生还能否搬回来，能否再见到他们。

他没有兄弟姐妹，小伙伴们则说，他们从未见到过像他这样的独生子。在德文郡的时候，他跟其他五个男孩儿住在一栋房子里。据他所说，在那里，每间房至少住一个人，唯一一个可以独处的空间就是防空洞。但即便在那里也没有绝对的私密空间，因为年纪小的男孩经常玩捉迷藏，总会有孩子藏在防空洞里。

他告诉她，在德文郡的时候，他帮着照顾菜园子；他告诉她，院子里种了些什么东西；他还告诉她，埃克塞特遭燃烧弹轰炸那晚，村子里的人都从屋里跑出来，观望那红彤彤的天空。

罗斯玛丽告诉乔治，她从未离开过布里克斯顿。她的母亲不愿让她离开。"我是你的妈妈，没有妈妈你怎么能应付得来？"她对他学着母亲的话，不过她自己倒是有离开的想法，只是不愿扔下母亲一个人。

那时，她母亲习惯做家务，但是在战时，绝大多数时候她都在照看膝下的一群儿女，他们也跟罗斯玛丽一样，没有被送到别的地方去。后来，学校被临时改建成消防站，罗斯玛丽就帮妈妈在厨房里建了一间临时教室。她们不在这里洗菜，而在壁炉上方那条绳子上挂了几张世界地图。罗斯玛丽喜欢写粉笔字时手中的粉笔发出的吱呀声，也喜欢父亲的书香，她这样说。

她告诉他住在城里是怎样的感觉。她还给他描述了遭遇空袭时的场景，她跟母亲和邻居们蜷缩在后院公用菜园里的家庭防空洞里。她还他讲投弹时发出的轰鸣声，还有那一阵阵离她们越来越近的恐怖的爆炸声，不过，当一轮袭击过去之后，她们就又松了口气。那些人袭击了整个布里克斯顿，家家户户被炸得面目全非，剧院也被毁了。炸弹与横尸成为日常生活中人们从未见过的、触目惊心的景象。

不过，她接着说，大规模轰炸过后，自由和谐的生活就又开始了；当她独自走进那些前门已被炸毁的建筑当中，还能依稀看到里面的家具，孩子们不用去学校了，因为学校里已经没有多少学生和老师了，没有哪家学校能坚持下去，所以她可以随便挑个时间去游泳池，潜到水里，暂时忘掉那如火如荼的战争。她跟他说，有时候平躺在水池里，望着开阔的天空,周围的一切就仿佛回到了战前一片和谐的景象。

乔治谈论着德文郡,她从来没见过大海,一脸崇拜地听他讲海上暴风雨的故事,体会着他那种指甲里塞满沙子、耳朵里冲进盐的感觉。

"从海里一出来,舔一舔嘴唇,总有一股炸鱼薯条的味道。"

那天晚上,空气中满是篝火、浓烟,罗斯玛丽似乎闻到了大海的味道。

"罗斯玛丽,你为什么不跳舞了?"她的好朋友贝蒂喊道,只见她踉踉跄跄地朝罗斯玛丽走来,松散着辫子,光着脚,她把自己那双舒适的鞋子丢到草丛里,那里有一堆差不多样子的鞋子。接着,她在罗斯玛丽和乔治面前停下了,朝罗斯玛丽挤了挤眼。

"这位是谁?"贝蒂问道,她身穿一件过膝的高领长裙,双手叉在腰上,这让罗斯玛丽想起了她的妈妈。

"这是乔治。"

"噢,那乔治为什么不邀请你跳舞呢?"

如果跳舞的话,他们就没办法听对方讲话了。贝蒂叹了口气,又回到篝火那边去了。

此时,又剩下他们两个人,乔治转过头对罗斯玛丽说:"回来之后我还没去过泳池,一起去吧——下周六怎么样?"

罗斯玛丽想了一会儿才反应过来,他这是在约她,在这之前,从来没有人约过她。她感觉身体里的各路神经交错在一起,像吃了一种甜蜜的毒药。不过,她当时已经16岁了,而且战争刚刚结束,她根本没有理由拒绝。

第九章

一边游泳，一边看天空

其实，人脱光衣服都是一个样子。来到前台的是牙医、律师、全职妈妈和轮休的警官，可一旦进到水里，大家就成了一些穿着不同型号莱卡泳衣的肉身。男人们满心好奇：谁穿的是游泳短裤，谁穿的是紧身泳裤？他们可能会认为，通过一个人外在的装扮就能看出他里面穿的是哪一种，其实不然。

有时候，那个最为其貌不扬的人反而是游泳健将。比如，背后长着浓密汗毛、身材微胖的男士以及一些裹着紧身裤的家伙，他们一进水就游得飞快。相反，总会有这样的人，他满脸自信地跟大家打招呼，还像个专业游泳队队员那样在岸边做拉伸运动，可一旦游起来却像只折了翅膀的蝴蝶。

那位刚刚下夜班的年轻医生一沾凉水，顿觉神清气爽。虽然身体疲累，可她想要这样的感觉，晨光照在她的脸上。只见她先来了个快速自由泳，游到尽头就在水里来个滚翻，接着再游个来回。游泳的时候，她大脑放空，她的世界里只剩下水。游泳后，她回到家，虽说是大白天，但还得拉上窗帘。

一位汽车司机已经在她旁边游到第 9 个来回；游泳时，他那肌肉健硕的胳膊将水拢起，后又将水花（宛若颗颗星辰）甩到身后。他戴着一只水下 MP3 播放器，听着莫扎特的音乐。

杰梅因也在这里。今天他的合伙人弗兰克负责看店,所以这样的早晨完全属于他自己。昨晚,两人因为资金问题(也有过度劳累而四肢酸痛这一因素)大吵了一架。两人睡得很晚,但他依旧醒得早。醒来后,他穿着睡袍光着脚从公寓楼上下来,在藏书间喝了杯浓咖啡。

当初,是弗兰克劝杰梅因从其自家的会计公司离职,一起开了这家店。长这么大,弗兰克一直在书店工作,刚开始,他在约克郡一家古书店打工,他在那里长大,来伦敦研修哲学的时候,周末他也去书店打工。同学们还以为他是个派对狂——没错,他确实喜欢伦敦自由开放的氛围,尤其是当朋友们带他去酒吧的时候,他觉得那是他人生中第一次实现自我的释放。不过,周末可是个神圣的日子,那是他在皮卡迪利大街的水石书店工作的时间。他觉得毕业后能在水石书店求得一份全职工作便是真正有意义的事了。

第十章

好想再回到小时候

公共更衣室里，没有免费的隔间，所以凯特脱衣服的时候只好拿毛巾稍作遮挡。由于实在担心被人看到自己赤裸裸的样子，情急之下动作幅度之大连她自己都没有想到，看来她身体的柔韧度还不错。换衣服的时候，恐慌症又犯了，喉咙、胸口和头像受到了挤压一样。她用尽全身力气保持冷静，一面想办法脱衣服，一面死死地拉住遮挡在周围的毛巾。

与她相比，其他游泳的人似乎已经看惯了他人裸体的样子。一位年纪较大的女士光着身体从浴室出来，走到更衣区，浑身上下只有头上包了块毛巾。她的衣柜跟凯特的衣柜挨着。只见她站在敞开的衣柜旁边，伸手去拿泳装袋。接着，她打开头上包着的毛巾，开始梳理她那银灰色的短发。看样子，她一点儿也不着急换衣服。

其实，不止她一个人这样。就连与凯特年纪相仿的两位女士也会在换衣服的时候聊天，一瓶护肤露在两个人之间扔来扔去，涂抹之后的皮肤发亮。凯特发现自己的眼睛盯在了她们美妙而硕大的胸脯上，倒不是被其所吸引，只是出于单纯的好奇。此时她才意识到，原来从小时候起，除了自己，她没见过其他裸体女人。

"谁能跟我换50美分的零钱？"一位女士问道。这样赤裸着身体问整间屋子的人，如此直接，凯特对这个人真是印象深刻。她真想上前应答。可是,她没有50美分,或者说她没有信心与人搭话,于是只好继续往上拉拽泳衣,再把毛巾围在身上,之后,她一股脑儿地将衣服放到柜子里,将钥匙挂到手腕上。

出来后,她站到泳池台上,一边下意识地拉住围在身上的毛巾。她瞄一瞄四周,想看看是否有人在看自己。虽然没发现有人在看她,可她还是觉得那些人的眼睛盯着自己的身体。她记得小时候在学校游泳时的场景,那时她很讨厌自己的身体,现在依旧如此。接着,她健步走到泳池边上。只要到了水里,就不会有人再看她了吧。

正当她走到阶梯前准备下水时(她第一次在这家泳池游泳),心里突然质疑起罗斯玛丽的话来。若是自己真的忘记了怎样游泳该怎么办?

当初是姐姐艾琳教会她游泳的。那时,凯特只有6岁,艾琳12岁。小的时候,凯特从来没意识到自己与姐姐之间有着6岁的年龄差,也没有想过姐姐艾琳跟普通人有什么不同。随着慢慢长大,凯特逐渐意识到,自己的存在是无法挽救父母的婚姻的。

艾琳可以在没有稳定器的情况下双手松开车把骑自行车,她数学学得好,熟悉元素周期表,知道如何搭配衣服、化妆,她的头发也是自己见过最长的,那是一头完美的褐色鬈发,弹力十足。此外,她游起泳来快得像一只海豹。

那是一个周六,学校放假,艾琳(不情愿地)同意带她出去,这样好让妈妈安心工作。客厅里堆满了A3纸大小的图片和文字,都是凯特不认得的。

"可是,我不会游泳。"艾琳提议去泳池的时候凯特这样说道。她在学校上过游泳课,但是在没有人帮助的情况下,她不可能独自从泳池的一边游到另一边。

"这很简单,"艾琳说道,"跟我们在海滩玩水是一样的,唯一不同的是,你得在水面上打水,而且胳膊和腿要配合起来。我示范给你看。"

对于凯特来说,到了这个节骨眼,想拒绝已经晚了;艾琳已经把泳衣装进包，而且径直从后门出去了，在带上凯特一起去之前，她要看看附近有没有同学可以一起去。

"我不会走开的，我保证。"艾琳说道，凯特用力蹬水的时候，她两只胳膊伸到凯特肚子下面将其抱住。凯特下巴没入水中，抬头看着姐姐，只见她穿着女士比基尼泳装，正低头看自己，而且露出了只有姐姐才会有的微笑。

"你保证吗？"凯特说道。

艾琳做了保证，然后把手从凯特腰部移开。只见凯特沉到水下，瞬间整个世界以及她对世界的信仰都被颠覆了，水进入她的眼睛、嘴，又从鼻子里喷出来。不过，她硬是爬了上来，在水里挣扎了几下，直到身体浮上水面，接着便向前游去。

等她张开眼睛，把眼泪挤掉以后，第一个看到的就是艾琳，她正骄傲地冲自己笑。

看到两个姑娘头发湿漉漉地回家，妈妈一阵大怒。

"你带她去泳池了？"她大喊，"她还不会游泳！"

"别装出一副很关心我们的样子，只要不是在家里烦你，去哪儿你都不会管。"艾琳喊道。

"我会游泳！"凯特喊道。

当然了，老话说得没错：游泳这种技能，只要学会了就不会忘记。凯特进到冰冷的水里，她想起了姐姐那令人备感鼓舞的微笑还有飞一般的感觉。冷水让她的心脏一阵狂跳，感觉血液、脚趾、乳头…到处都是凉水。她低吼了一声扎到水里，水立刻从身体四周冲刷而来，之后便是一片沉静。她那双看上去苍白的手从身体前伸开，在蓝色的水中摸索着。紧接着，她蹬了一次水，双臂紧跟着往下压水，支撑她上来换气。一出水面，她就听到水花溅落的声音，还有孩子们毫无掩饰的、快乐的尖叫声，紧接着，她再次进入水中，迎接她的又是一片令人释然的安静。

逐渐适应水温并找到节奏之后,她的心跳稍微舒缓下来。冷得打寒战,这种感觉着实痛苦,不过却能令她提起精神。冷得她浑身起鸡皮疙瘩,以至于过了很久之后都觉得肢体是麻木的。游泳的时候,她一直在做深呼吸。

她游泳的节奏比较慢。蛙泳的时候,右腿总是喜欢向上勾水,仿佛右脚被绑了一根绳子,只要一游,绳子就会被一个类似木偶师傅的人牵起来一样。虽然上学的时候老师给她纠正过,可她还是没能改正这种螺旋式的蹬水动作。

她知道,自己既不高雅也不优雅,身体素质也算不上好。可是,她居然游了起来,而且在水中,她的心安静了下来。

从泳池里出来之后,她冻得瑟瑟发抖,赶紧把之前放在池边的毛巾拿过来,围在身上。到了更衣室,她发现有一个隔间是空着的,就赶紧奔过去,接着放心地把身后的门锁上。她把毛巾铺在凳子上,在上面坐了片刻,喘了口气。这时候的她,成就感油然而生,只是精神上有些疲惫。她想起了大学同学,那时候,他们似乎认为整个世界都以他们为轴心;她还想起了姐姐,好想再回到小时候——无忧无虑,姐姐教她游泳,总能保护她。这时,没在泳池边发作的恐慌症突然来袭,直到将她淹没。她把头放到两膝之间哭起来,一只手捂住嘴巴,好不让更衣室的人听到她的哭声。

第十一章

你觉得我能成为一个重要的人吗？

到了晚上，泳池就只属于他们两人了，而这两个人，则是属于彼此的。

"今晚天黑后到公园大门处来找我。"一个火热的下午，乔治一边吻着罗斯玛丽的脸颊，一边贴着她的耳根这样说道。自几个月前相识以来，他们两人就总见面。午间休息时，他们就偷偷溜出去——乔治在一家果蔬店工作，罗斯玛丽在一家图书馆工作——两人骑车去布洛克韦尔公园。通常情况下，骑得快的话，他们能在一起待上 20 分钟。到了那里，两人把自行车往树边一靠，他的篮子里总是塞满报纸，装着他们的午餐——火腿三明治和一只青苹果，两人一同享用，吃得津津有味。

罗斯玛丽一边跟他聊天，一边随意地用雏菊编织花环，其实，连她自己都记不清到底说了些什么。他就那样一边倾听，一边练习倒立。

其实，他更擅长在泳池里倒立，如今，他下定决心要在陆地上练成这一本事。于是，他从头手倒立开始，只见他头部顶在树根处，脚向上踢起来，随后他双腿搭在树干上，倒立着环视周围的景象。

"你也应该这样看看周围的景色！"他说道。于是，她把手里那一串枯萎了的花放在草地上，挨着他做起了头手倒立。一条灰白色的小河从公园里蜿蜒地流淌出来，一位年轻的母亲正推着一辆儿童车沿河边散步，鸟儿们在天上飞翔。

"你晚上一定会来的,对吗?"分开时,他这样问道。

她从未做过出格的事情,而且不太敢一个人走夜路。

"是的,"她犹豫了一下说道,"我会来的。"

吃晚饭的时候,她心里一阵忐忑。虽说不饿,可也不想让父母看出任何端倪,所以她吃得比平时要多。

"这丫头的食欲不错嘛。"看到她又往嘴里塞了一块土豆后,父亲这样说道。接着,她帮妈妈把盘子放在水槽里刷洗。母女俩挨着站在那里,两人拿肥皂打肥皂沫的时候胳膊肘几乎挨到了一起,她们之间那种安静的气氛仿若有一条胳膊,悄悄地搭在两人的肩上。

罗斯玛丽想跟母亲说些什么,给她讲些高兴的事,或者说些有趣的故事逗她笑,听她叫自己"罗斯",仿佛又回到了小时候。不过,她想不出什么可以让母亲开怀大笑的故事,满脑子都是被夜色笼罩的公园大门。

晚上,收拾完桌子,再把盘子干净整齐地摆到架子上,罗斯玛丽吻过父母,跟他们道晚安。之后,他们坐到火炉边的椅子上听着无线电广播,她则不声不响地躲回到卧室看书。

这种时候哪里还能读得进去书呢,她一遍又一遍不停地梳着头发,望着窗外,等太阳彻底落山,他们一上床睡觉,她就可以出去了。

阳光逐渐退去,房间从金黄色变成灰色,紧接着天黑了下来。她摸黑换上最漂亮的一条裙子,花样已经褪色,不过依旧漂亮——深蓝色的底衬着白色的花。裙子前面的口袋是她后缝上去的,掩盖着被撕破的地方,此外她还在腰间系了一条丝带。

她动作尽可能轻地推开窗户,瞬间,一阵暖风搅动了窗帘。她抓住窗框,抬腿翻到窗外,紧接着跳到花坛里。还好,他们住的是一楼。她光着腿跳过花坛边的时候,被花朵扎得发痒,鞋底的花纹留在发干的土地上。

大街上飘荡着无线电广播的声音。那一晚,家家户户的窗户都开着,好让暖风吹进去。等赶到公园的时候,乔治已经在那里等她,他靠在大门上,一条腿向上提起,一只脚放在钢轨上。为了让她眼前一亮,他悉心打理了一番头发。可无论怎么调换站姿,看上去都有些紧张,或者至少在她看来是这样。抑或是因为她自己有些紧张。一看到她,他就笑了,那笑容里带着问候,而且坦荡直率,犹如张开的手臂(或是开心的招手),就这么直接上前来迎接她。

"过来吧!"说着,他两手手心朝上叠放到一起,中间凹进去,做成杯子的形状,接着又在她面前俯身蹲下。她把脚放到他手上,伸手够到栏杆,随后他托着她站起身,她整个人身体上移,到了围栏顶部。

上了围栏之后,她双腿一跃,跳到另一边。下落的过程中,裙子像巨浪一样翻腾起来。

"希望你没看到我的内裤,乔治·皮特森。"

"我怎么敢呢,罗斯玛丽·菲利斯。"

紧接着,他像一只蜘蛛爬上围栏,跳下去时顺势抓住了她的手。

两人一起往公园走去。走得越远,从周围住户家投射来的光就越来越弱,还好有月光照亮,乔治认得路。罗斯玛丽没有回头看。

沿途一路走来,他紧紧地握着她的手,在这样的黑夜,光线暗淡,树丛投下了一块块斑驳的影子。

之前聊天的时候,两人可以毫无保留地互诉心事,语调轻快,宛如雏鸟一般,可今晚不同。她听着他们的脚步声,似乎还听到了心脏的狂跳。走路的时候,她看着他的脸部轮廓。哪怕是在黑暗中,她也能认清他的脸。她早就亲吻过他脸颊的每个部位了,还如痴如醉地闻过他脸颊的味道。

很快,他们来到一片黑乎乎的物体的暗影下,走近才看清,原来那是游泳池周围的砖墙。远处,老树上低垂的枝叶正好悬在泳池上空,在黑暗中望去,像一位张着胳膊的巨人。

接着,他们沿河岸朝树那边跑去。两人一路磕磕绊绊,松厚的树叶沾在满是泥土的膝盖上,像黏糊糊的面粉那样。

两人到了树下,抬头一看,这树比他们想象中的要高。

"我可能不行。"她说。

"一定可以的。"他说。

他再次托起她,不过这次要够到最低的枝干,那枝干上长满了绿苔,湿乎乎的。顺着它往前爬的时候,她紧紧地抱住枝干,指甲抠进厚厚的绿色苔藓中。有那么一瞬间,她害怕极了,可若是提议回去又实在太丢脸。于是,她为了放松情绪,抓住了另一边较低的树枝,就这样,她面对着墙,两脚开始在下面探索,直到碰到一把木制的野餐长椅。

她一边转过身,一边把凳子当作跳板,直接跳落到泳池台上。

周围的一切都静悄悄的,像一片被人保护起来的神秘之地。那时,月亮高高地挂在天上,沐浴在银河系的光圈中。水面上的一块苫布被掀开了,在这样的黑夜中,水面看上去像一层溜滑的冰面。远处,在游泳台的另一头,她认出了救生员平时坐的椅子,现在那里是空的,在一片静寂中它看管着夜晚的泳池。站在游泳台上,她能够依稀分辨出墙上的钟和一圈盘起来的绳子,那绳子像一条沉睡的水蛇。

这时,突然传来一阵声响,原来是旁边的乔治洗完膝盖后在短裤上擦手的声音。

她静静地待在那里,感觉心脏像气球一样冲撞着胸腔这只牢笼,若是有谁把气球线剪断,它肯定会从喉咙里飞出来,飘到天上去。

她什么都没说,只是慢慢地走到泳池边上,将水池一角的苫布卷起来一点儿,水池瞬时露出了一抹银色。乔治走到另一边,把另一角的布也卷起来。后来,两人索性把整个布都卷了起来,泳池终于露出来,水面是那样完美,好像稍一碰就会碎掉一样。

此时,两人分别站在泳池的两侧,黑暗中,他们很难看清彼此的脸。

罗斯玛丽弯下腰来,小心翼翼地解开粗革皮鞋的鞋带。她将鞋子整齐地摆在身旁,又脱掉白色的袜子。她看到泳池另一边的乔治也在脱鞋袜。

接着，两人互相看着彼此，光着脚，身上依旧穿着衣服。再后来，他们跳下水。可能是她先跳下去的，也可能是他早她一秒，但是两人一同溅起了水花，那水花就如同水面上的叹号一般。

在水下，她整个人被裙子和头发围成一团。这样完美的夜晚，她仿佛跳入了地下一个又黑又冷的洞里，她能够看清泳池对面有人在动——有人跟她一起跳进洞中。

她像个橡木塞子一样浮到水面上来。乔治则漂浮在水上，脚趾伸出水面，发出一阵银铃般的笑声。

她朝他游过去，用手指尖划开了夜幕。紧接着，她扭过身体，也漂浮在水面上。月亮像是被某个小孩子画到天上去的，星星也像被钉子钉上去的。她看着天空，想象着它们也在看自己。一时间，她竟感到一丝悲伤，这悲伤直击胸口。

罗斯玛丽潜到水下，用游泳池的氯水将咸涩的泪水洗干净。接着，她一口气游了两个泳程，之后出了泳池。

乔治依旧漂浮在水面上。周围很安静，只有手指在身边拨水时水花溅落的声音，黑暗中一圈圈水波荡漾开去。

"你觉得我能成为那样的人吗？罗斯玛丽。"

她坐在泳池边上看着他，膝盖蜷到胸口，身上还在滴水。

"什么意思？"

"你觉得我能成为一个重要的人吗？"他说。

"为什么这么问？"

"像这样看着天空，你会觉得它太广阔了，看上去很重要。"

"我觉得你现在就很重要。"

"所以，你觉得我以后能成为那个重要的人？"

"是的。"她说，"没错，你一定能，我知道。"

混凝土台的沙子硌着她的脚，她的头发搭在脸上，心脏在身体里

- 49 -

打着寒战,胃里一阵疼痛。她好想钻进他身体里去,看看是否合自己心意,想设身处地地体会他的感受、在他的血液里穿梭、在他的大脑里畅游。一时间,这种想法竟令她欲罢不能。

虽然看不清楚,但她能够感觉到他在冲着她笑。他翻过身来,游到泳池边上。他拽着她的手爬上来,之后又把她从台面上拉起来,两人一同站在池边,湿漉漉的手臂紧紧地抱着彼此。像大人一样接吻的时候,她颤抖得像个孩子。

没有人教老虎打猎,那是天性使然。接吻的时候,她的身体也自然而然地做着反应,用舌头寻找着对方的嘴。她身体里像着了火一般。那一刻,她再也不惧怕这黑夜了。

紧接着,拥抱着的两人松开彼此,身上本就凌乱的衣服费了他们好一番力气才脱掉。

脱了衣服的两人好像第一次见面一样,都很紧张,裸着身体面对面站在泳池边上。

"我不想伤害你。"他说。

"你不会伤害我的。"

接着,他们把湿漉漉的衣服放在地上,一起躺下来,她的温度传递给他,他的温度也传递给她。他亲吻着她的脸颊、眼睑和嘴唇。地上很粗糙,硌着他们的身体,他们偏还长着瘦瘦的胳膊肘和膝盖,她痛得叫了一声,心脏像要跳出来一样,他紧紧地抱着她,她感觉身体充满活力与野性,感觉自己时而在水中浮起来,时而又沉下去。

失去童贞并没有让她觉得吃亏。黑夜中,他们抓住彼此,紧紧地拥抱在一起。

回到家,她悄悄地从卧室的窗户爬进去。把裙子挂在椅背上晾干,然后爬到床上,拉过粉色雏菊花样的被子盖在身上。正要睡着的时候,她想起夜空中遥望着她的月亮,想着自己是否应该为这件事而感到羞耻,可转念一想,可能早在几千年之前,人家就已经见识过这样的场面了。

第十二章

被比赛的发令枪声吓得不敢挪步

那一晚,凯特给艾琳打了数周以来的第一个电话。

"你好啊,陌生人。"艾琳拿起电话说道。

"好啦,是我不好。"凯特用膝盖抵着下巴回应道,"人家一直在忙嘛。"

"难道是有太多的聚会要参加?"

"算是吧。"

凯特能够听到电话那边叮叮咣咣的声响。她想,艾琳一定是在她那间时尚的敞式厨房里给丈夫马克做晚饭,用耳朵和肩膀夹着电话。她想象得到那洁净光亮的灶台面以及艾琳身后一尘不染的生活区域,米色沙发更是打理得一尘不染。或许,马克早就倒好了红酒,笑着递给艾琳,二人心照不宣。一想到艾琳——是巴斯[1]一家公关公司的资深职员,丈夫的事业正做得风生水起,身边的朋友非富即贵——凯特就觉得自己被落下很远,好像艾琳已经在前面跑得没了踪影,自己却依旧杵在起跑线上,被比赛的发令枪声吓得不敢挪步。

"最近在忙什么?"凯特问道。

"刚跑步回来——本周第三次跑步。"

"真棒——干得不错。"

---

[1] 英国一城市名。——译者注

"保持身体健康呗。"

"我看，你的身体已经够健康的了。"

艾琳大笑。

"那是因为你不跟我住在一起。马克或许就不像你那样想。工作太累人了，我都不记得上一个愉快的周末是多久之前的事了；公寓需要维修，天知道得花多少钱；还有，我还是没怀上。有那么几天，我几乎连能穿的干净衣服都没有。真庆幸我的精神还没错乱。"

凯特不知道该说些什么。她相信自己的姐姐，坚信姐姐是幸福的，就像坚信自家房子上的砖瓦足够结实、能够遮风挡雨一样。艾琳一定是幸福的，因为她有幸福的资本，而且凯特相信，姐姐幸福是自然而然、水到渠成的事。可此时听艾琳所说——难道这是在暗示自己，她的生活没么完美吗？或者说，这是凯特第一次认真倾听？凯特不知道该说些什么，总是欲言又止，索性就什么都不说吧。

"不好意思，我不是故意要跟你唠叨这些，"艾琳说道，"你怎么样——最近有什么新鲜事儿？"

还没等把话斟酌好，凯特就脱口说道："我开始游泳了，在一个游泳池。而且，我现在正在写有关它的一篇文章。"

"哇哦，"艾琳说着，"就是那家露天泳池，对吗？嗯，看来你比我勇敢！"

为了不受合租人的影响，她房门紧闭，蜷在床上。她真想哭。不过，她还是忍住了。

艾琳也停顿了一下——厨房里叮叮当当的声音消失了。片刻间，电话里除了两姐妹静静的呼吸声，其他什么动静都没有。

"你那里一切都还好吗？凯特。"停了一会儿，艾琳问道。

凯特意识到，这是一个跟姐姐倾诉心事的契机——向姐姐求助的信号已经传递出去。可是，她有太多事情要说，一时间却不知道从何说起。

"我还好，"她轻快地回答道，"我看，我还是先吃晚饭吧——一会儿再聊？"

"当然可以。随时恭候。"

道别过后，凯特立马挂掉电话，她从床上一骨碌站起来，坐到桌旁，打开笔记本电脑，打开一个网页。接着，她本能地走到门口，确认门是关上的，这才在谷歌的搜索栏里输入了一行字："运动与焦虑症"。等待搜索结果时，她感觉自己心跳加快，胃里犹如打结了一般，那种感觉就像小孩子偷用父母的电脑查东西一样。

"在室外游泳时，身体处在冷水中，能令人享受到一种其他任何事物都无法给予的快感，"一篇文章这样说道，"每当我情绪低落的时候，就尝试着去室外游泳。出来的时候会感觉好很多。"

她关上电脑，准备上床休息，这时，她想起了跟艾琳之间的聊天内容。想起自己在约翰·路易斯百货商场和泳池更衣室里大哭的情景。实际上，她根本不知道怎样才能帮助自己治疗病症，不过，当她用羽绒被紧紧地裹住自己的时候，她终于做出决定，无论如何都要尝试一下，让那些谎话（对姐姐撒的谎）都变成现实。没错，她要再去游一次泳——静观其效。只再游一次，想着想着，她睡着了。

第十三章

所谓朋友并不一定是真正意义上的朋友

第二天早上,前台坐着一个身穿羊毛衫、名叫艾哈迈德的高个子年轻人,正笑着跟那些来游泳的人打招呼。艾哈迈德梳一头短发,靠前的头发高高耸起,下巴上的胡子被刮得干干净净,耳朵后面夹着一支笔,他的面前放着一本打开的书,在为顾客提供服务的间隙,他就看看这本书。要想考入大学研读商务学专业,成绩得达到3个B才行。前几次的模拟考试,他得了两个C和一个D。他这个人,虽然外表看上去不在乎自己的成绩,实际不然。他很在乎成绩,有时甚至害怕尝试,害怕自己无论怎样努力也得不到想要的成绩。

"早上好!"他兴高采烈地跟前来游泳的人打招呼,有几位常客还停下来跟他简单地聊了几句。他看着那些人推开转门进入更衣室,确认没有人滞留在门廊处之后,就背对着门外那一汪完美无瑕的、碧蓝色的水池接着看起书来。

几年前,他没有为自己的课业担心过。那时候,他总是跟一群朋友混在一起,若是看到他为功课担忧,朋友一定会嘲笑他。是哥哥坦米尔扭转了他的想法。那时,坦米尔已经上了大学,一次周末,15岁的艾哈迈德终于得到父母的允许前去探望哥哥。坦米尔带艾哈迈德去了学生酒吧,点了两杯酒。"别告诉妈妈。"他一边说,一边把桌上的酒杯滑到艾哈迈德面前。坦米尔跟弟弟说自己特别喜欢上学,他享受离家的幸福，还有那全新的自由感。酒吧里时不时地进来人，跟坦米尔点头打招呼。他朝那些人抬抬手，笑了笑，不过依旧陪着弟弟。

"要知道，所谓的朋友并不一定是真正意义上的朋友，"坦米尔突然这样讲。艾哈迈德刚要开始辩驳，却被哥哥打断了。

"我知道，现在你一定觉得身边这些人都是朋友，那是因为他们要拉上你一起——虚度光阴；那是因为，他们没什么人生目标，终将一事无成。如果你继续这样，恐怕要永远被拴在家里了，根本无法像我现在这样。这难道是你想要的吗？"

艾哈迈德闷闷不乐地看着杯子里的酒，瘦削的身体向前弓着，像个孩子，完全没有青少年长大成人的样子。

"我是因为关心你才这么说。"

听到这里，艾哈迈德抬头看看哥哥。以前，他从未听过这番话。坦米尔的脸变得通红，他环顾四周，像是害怕周围有人听到一样。看得出来，他有些不好意思，可不管怎样还是说了出来。

"好吧。"艾哈迈德说道。他虽然嘴上没说，但心里已经意识到哥哥是对的。

"我能再来一杯酒吗？"

"再给你来半杯吧。不过，你要是敢跟妈妈讲，我可不会饶了你。"

有时，艾哈迈德的几个老朋友会来泳池前台找他，想拉他下班以后一起去公园里喝啤酒。杰夫每每看到这些人（他发现这些人既不是来游泳的，也不是来做运动的），都会走上前来请他们离开。

"看来我们运气不错，雇到了你这样的员工。"那些人走后，杰夫总是这样对艾哈迈德说。每当这个时候，艾哈迈德就会觉得心里暖暖的，后来他才意识到，原来那就是所谓的自豪感。

第十四章

龟兔赛跑的结局是兔子输了

罗斯玛丽的泳装袋是时刻整装好的,跟她的雨衣、雨伞一起放在前门旁边的椅子上。袋子里有一件泳衣,她有三件同款的海蓝色泳衣。每次看到衣标上的型号,她都会惊讶得不敢相信。以前,她一直都很苗条。穿上这件泳衣,她感觉自己像一位身材曼妙的少女穿了一件肥婆的衣服般委屈。袋子里还装着她的一条毛巾、一副泳镜、一顶紫色的泳帽、一把梳子、一瓶身体乳和一只装着50便士的科尔曼芥菜罐头瓶。走路的时候,她身上总会发出叮叮当当的响声。

这天下午与往日不同,从家出来的时候,她没有带门口放着的泳装袋,而是直接去了泳池。走向咖啡馆的途中,她到泳池前台逗留了一下,跟艾哈迈德打了声招呼。

"学得怎么样啦?艾哈迈德。"她问他。

"进度有些慢,皮特森夫人,"艾哈迈德说,"有些慢。"

"没关系,要知道,龟兔赛跑的结局是兔子输了。"

说着,罗斯玛丽推开转门,来到泳池台上。她沿着泳池走过去,到了泳池咖啡馆。咖啡馆里的桌子面朝泳池,她挑了一张空桌,在旁边的椅子上坐下来。

那天早上,她收到了凯特发给她的第一封邮件。

"我昨天去游泳了,"她说道,"水太凉了!那么,您这回能接受我的采访了吗？时间允许的话，您看今天下午怎么样？"

罗斯玛丽到得有些早——她喜欢坐下来静静地看着泳池，就好像自己在里面畅游一般。看着孩子们在浅水区戏水，她总会想起自己第一次学游泳时的场景。那时，泳池刚开业，庆典上，市长把一位穿着衣服的女孩扔进了水里（那位年轻女孩的父亲还因为市长选择了自己的女儿扔进水里而备感荣耀）。

"我发誓，我不会松手的。"罗斯玛丽一边用力地蹬水一边听母亲这样对她说。

"我不会松手的，你肯定没事。"结果母亲一松手，罗斯玛丽就沉了下去，喝了一大口水。好在没事。

"对不起，我来晚了。"

这声招呼打断了罗斯玛丽的回忆，她抬头看了看，凯特正面带微笑地站在她面前。

"你没有迟到，是我来早了。"罗斯玛丽回应道。

凯特坐下来，她从帆布包里拿出笔记本和录音机。

"感谢您能来见我，罗斯玛丽。"她说道。这时，一位服务员走过来，凯特点了两杯茶。

"游泳游得怎么样？"罗斯玛丽问道。

凯特嘴角向上一挑，露出一副似笑非笑的表情。

"水很凉！"她说道，"真不知道您每天是怎么游的。"

罗斯玛丽大笑。

"等着瞧吧，你一定会上瘾的。"

"在冷水里待上一阵后——我的确很享受。"凯特承认。

罗斯玛丽挑起一边的眉毛笑了笑。

服务员过来了，端着两杯茶。之后，就又剩她们两人，罗斯玛丽把手伸进包里。

"我要给你看一张照片。"她一边说，一边在包里摸索着。随后，她拿出一本书来,书里夹着那张照片。

"这张照片里的人,如今在世的就只有我了。"罗斯玛丽说着,把照片递给凯特,上面留下了一个拇指指印。

照片里,姑娘们站成三排,有的互相搂着脖子,有的把手搭在旁边人的胯上,有些则紧紧地挎着彼此的胳膊,搭在那平平的胸上。这些人穿的都是普通的连体泳衣,裤腿短到大腿根,像穿短裤一样。看样子,她们也就10—13岁的样子,笑得那样真实。照片上的孩子们看上去活力四射,到现在她都无法相信,如今只剩下她自己一个人。

"年纪最长的站在后面,最小的站在前面。"她说道。

"哪个是您?"

罗斯玛丽笑着指了指前排的一个小姑娘,她梳着短发,头发上还滴着水,脸上长着星星点点的雀斑。

"你好啊!罗斯玛丽。"罗斯玛丽说道。她看着那个年轻时候的自己,脸上泛着慈母对孩子般的爱意。当她抬起头时,发现凯特正在看着自己。

"等你到了我这个年纪就知道了,"她说道,"你会开始怀念过去的自己。"

凯特看了看照片,又看了看坐在眼前的这位老妇人。

"你有兄弟姐妹吗?凯特。"罗斯玛丽问道。

凯特大声笑起来,接着又赶紧捂住嘴,好像连自己都没有想到会发出这样大的声音。

"不好意思,"她说道,"我应该给您做采访!不过,是的,我有个姐姐,叫艾琳。"

"你爱她吗?"

凯特惊愕了片刻,然后笑了笑,说道:"我比任何人都爱她。"

罗斯玛丽朝她这边转过身来。

"多希望我也能有姐妹呀,"她说着,"兄弟也行啊,可惜我是独生女。"

凯特赶紧记在笔记本上。

"听您说,从记事起您就一直在这里游泳?讲一讲您小时候有关泳池的一些事吧。"

有太多的事情要说了,可干巴巴的文字又不足以表达。这时,画面、声音以及百感交集的感觉像氮气一样一下子朝罗斯玛丽喷涌而来,弄得她脑子一阵晕。

"一般人跟你讲述他的童年时,总会提到明媚的阳光,"她说道,"在他们的记忆里,一切都是美好的。可现在我要告诉你的是,他们没有讲实话。"

她给凯特递了个笑脸。凯特放下笔记本抬起头,回敬了她一个笑容。

"当然了,记忆中一定少不了美丽的艳阳天,不过,我印象比较深的是雨天的一次游泳。战争开始之前,我记得学校的游泳课就是在这里上的。当时我们还很小,可无论什么样的天气,老师都会要求我们来游泳。绝大多数时候,我们都很听话,因为我们喜欢这个泳池。我们喜欢到教室外面去,喜欢走着穿过公园——其实,大家通常是跑着穿过公园的。

"大多数时候,我们觉得游泳是一件幸福的事,哪怕天气不好,也无所谓。可是,有一天……我记得,应该是周四吧,因为当时我们都以为这无聊的一周终于要过完了,可又不能彻底松懈,因为接下来还有个星期五……总之,有一天下午,到了该游泳的时候,天下起雨来。操场的柏油路上积了很多水,我们坐在教室里都能听到窗外公共汽车低吼着从旋涡里疾驰而过、溅起水花的声音。

"大家都央求老师,别让我们去游泳了。有几个胆大的姑娘跟老师说大家体温过低,有的还说自己得了战壕足病。老师责骂了他们一通,说他们不该拿战壕足这种病开玩笑。

"那天下午,我们没有跑着穿过公园,而是都举起伞,躲进雨衣里，雨水把鞋子都浸湿了。到了泳池，我们就慢腾腾地换衣服，老师在雨棚下等我们。

"我也记不起来是谁了，总之，有人突然想出了一个主意，要戏弄一下老师。我们从更衣室出来的时候，泳衣外面都罩着雨衣。不等老师反应过来，我们就跑着跳到泳池里，雨衣在水面上铺散开来，像穿了条裙子。然后，全班同学就这样游完了整个泳程。

"这时，老师被气得要发疯。他们把我们从水里拖上来，跟我们说这种行为是可耻的。后来，身上滴着水的我们被送回了家。一到家，妈妈看到我身上的雨衣都被弄湿了，又发了一通火。不过，我爸爸倒觉得这很有意思，整晚都在笑个不停。"

凯特说："太有意思了。那现在呢？这附近也有其他泳池，为什么选择这里呢？"

罗斯玛丽转过身，看到浅水区有一位母亲和一个孩子，那孩子用狗刨式向母亲游过去，母亲则张着胳膊，满脸笑容。他们头上是一片广阔的天空。看着他们，罗斯玛丽不明白，为什么凯特还会问这种问题。诸多感慨，她无法一一言明，只给凯特讲了其中的一个缘由。

"因为熟悉这里，"罗斯玛丽说道，"因为这里有着特殊的意义，没有哪个地方能跟这里一样，包括早晨照在水面上的阳光，包括从布洛克韦尔公园山顶俯视泳池时看到的景色，就连这里的味道都是熟悉的。每当我穿过公园朝这边走的时候，还没看见那红砖建筑，就已经闻到这里的味道了。那是一种混凝土受潮的味道，中间夹杂着公园里割草机刚割过的草的味道和漂白粉的味道。从那里走过，就连皮肤上也泛着一股漂白粉味。"

说着，罗斯玛丽把前臂抬到面前，深吸一口气闻了闻。没错，就是这个味道，漂白粉味渗入了她的皮肤，就像篝火晚会上的烟气浸入帐篷布里一样。她闭上了眼睛。曾经，乔治对她说，这辈子都不用买香水了，因为她身上已经有了泳池的味道。漂白粉就是她的香水，他这样说。

婚后，他们没去度蜜月。一来，他们支付不起蜜月费用；二来，那年夏天，布里克斯顿的天气堪称完美，他们根本没有必要去别的地方。他们两人休了一周假，每天都到泳池里去游泳，乔治在太阳底下舒展身体，皮肤被晒成了褐色，像一根被熏过的木头，罗斯玛丽则坐在阴凉的地方看着他，感觉他像一片雪花，随时都会被晒化。两个人一做完热身就潜到水里，在里面上下来回地游——乔治在快速泳道，罗斯玛丽在中速泳道。即便不在同一条泳道游泳也没有关系，因为他们知道自己热辣辣的皮肤正在体验着同一池凉水，一同看着光束投射到泳池池底，照出西洋棋棋盘一样的景象。和乔治一起畅快地游泳，让罗斯玛丽快乐得简直要飞起来。

他们游累了，就从泳池出来，直接在泳装外面套上衣服走回家去。回家一关上门，两人就迫不及待地脱掉彼此身上的泳装，像要迫切地剥开熟透的水果的表皮一般。有时，他们甚至连卧室都不去，就直接在客厅亲热起来，亲吻着彼此带有漂白粉味道的身体。他吻遍她的全身，仔细地闻着她身上的味道、自己身上的味道、下午时分泳池的味道与夏天的味道，体验着激情四射的感觉。

罗斯玛丽张开眼睛。

"您的孩子也是游泳健将吗？"凯特问道。听到这话，罗斯玛丽整个人都抖了一下。

"我是说，"凯特有些不好意思地说道，"您有孩子吗？"

"聊下一个问题吧。"

"您的意思是没有？"

"嗯，没有。"

"不好意思。"

罗斯玛丽看了看泳池，又看了看凯特。

"下一个问题是什么？"她说。

"您为什么游泳？"

罗斯玛丽大笑起来。

"你问我为什么游泳就像问我早上为什么起床一样。答案都是一样的。"

接着，两人又聊了 30 分钟。谈话间，凯特完成了采访，罗斯玛丽面带微笑地准备回家。

"下次在泳池见？"两人道别的时候，罗斯玛丽这样对凯特说道。凯特脸上泛起柔和的笑意。

"或许吧，"她回答道，"等稿子写完了，我给您发一份。"

回到家，罗斯玛丽锁上门把衣服脱掉，换上泳装。紧接着，她把雨衣拿出来披在肩上，就这样穿着这身衣服看了一晚上电视，直到上床睡觉。

第十五章

我去过单身节了

快到周末的时候,凯特兑现了自己许下的诺言,又去游了一次泳。这次,她去之前就把泳衣套装直接穿在了身上,然后再套上外衣。她不想再让陌生人看到自己赤身裸体的样子,不愿为此而遭受肠胃痉挛的痛苦。

她一边在角落里脱衣服,一边听着更衣室里人们的谈话声,她时而认真听,时而左耳朵进右耳朵出,就像在调收音机一样。听那些人讲话能让她的内心平静下来。

一位老妇人操着一口浓重的加勒比海口音说:"我有好长时间没见你了,你去哪儿了?"

另一位老妇人回答:"说了你可别笑……"

"怎么,去哪儿了?"

"我去过单身节了。去了法国。"

"你这丫头!不错呀!这么说,你遇到帅气的让·马克了?"

"嗯,我们还彼此留了邮箱……"

两个女人你看看我、我看看你,都扬起眉毛大笑起来。

谈话声夹杂着花洒喷水的声音、卫生间里冲水的声音,每每有人开门,泳池里水花四溅的声音就听得更清楚。

凯特把衣服锁进柜子里,用毛巾把身体包裹住,再紧走几步出去,趁着自己没改变主意赶紧来到慢速泳道。今天的水不像上次那样凉。她开始做下水前的热身运动，这时，听到身边一个人大叫一声跳到水里，她莫名地觉得备感鼓舞。凯特觉得自己宛如一只熟睡的狗，听到有人喊自己的名字就会立马醒来。她下到水里，深吸一口气，蹬水游了起来。

游泳的时候，她环顾了一下周围。救生员一边喝着从热水瓶里倒出来的水，一边跟一位中年妇女讲话，对方可能是经常来游泳的人，只见她拉着一个小男孩儿的手，男孩儿穿着印有鲨鱼图案的泳裤。在深水区，一位胸部与肩部肌肉线条明显的男士戴着一顶白色泳帽、一副红色泳镜来了个干净利落的入水，随即将手臂抬出水面。他那像蝴蝶一般的泳姿，使得水花四溅的同时引来周围人的关注。

天空在她的头顶延伸开去，有那么一瞬间，她觉得自己完全放松下来。接着，她翻过身，试着仰泳，这样好望见来回飞翔的鸟儿和泳池围墙边上那随风招展的花蕾。她停下来片刻，漂浮在水面上，这么长时间以来，这是她第一次让自己放松下来。周围的水环抱着她，她做着深呼吸，水在脸颊边拍打荡漾。此时的她，感觉像要哭出来一样，还好，一切都正常。

后来，她还是翻过身来，继续之前的蛙泳，朝浅水区游去。在那儿，她看到了罗斯玛丽。这位上了年纪的老妇人正优雅地朝她这边游过来。她穿着一套天蓝色泳衣，戴一顶紫色泳帽。看她越游越近，凯特发现，她有着一双跟池水同样颜色的眼睛。罗斯玛丽一认出是她，不由得笑了。

"您好啊！"凯特说道，一边踩水站起来，一边抬手打招呼。

"你又来游泳了。"罗斯玛丽说道。

"是的，我又来了。"

罗斯玛丽游到池边，脖子抵在池沿上休息，两腿慢慢地在身体前踢水。她示意凯特过去找她，犹豫片刻之后，凯特过去了。她就这样待了一会儿。凯特扭头朝身后看了看池子里其他游泳的人。太阳照在她的脸上，暖暖的。

"你是怎么适应的？"罗斯玛丽说道，"习惯这里的冷水了吗？"

"说来，我也觉得奇怪，我似乎很喜欢这种冷，"凯特说道，"它可以让我精神抖擞。"

"不然，你以为我为什么会选在早晨过来？"

说完，两人都笑了。

"我觉得，我已经开始适应它了。"凯特看了看周围说道。虽然心脏跳得很快，但是她依旧觉得心里很平静。

"您为什么这么喜欢这座泳池？"她说道。

"没有哪个地方能跟这里一样。"罗斯玛丽回答道，她一边说，身体一边稍稍向后倾斜，直到脚趾钻出水面。凯特看着她，心里想，这位身穿天蓝色泳装的老妇人在这里游了将近一辈子。她想象着，若是眼睁睁看着这座熟悉的城市不断变得陌生，那会是一种什么样的感受，眼看着就要失去这个像家一样的地方又是一种什么样的感受。想着想着，她想起自己听姐姐讲述生活中的种种不如意，她只是听，什么都不说——什么也不做。

"您打心底里想保住这座泳池，是吗？"过了一会儿，凯特问道。

"嗯，是的。"

"或许我能帮助您。"

话一出口，她突然意识到，虽然自己并不知道该如何施以援手，也不知道自己为何要这样做，但是冥冥之中，她觉得应该这样做。她得继续游泳，帮助罗斯玛丽·皮特森留住这座属于她的泳池。

罗斯玛丽盯着她看了一会儿，有那么一瞬间，凯特发现罗斯玛丽脸上又出现了两人第一次相见时那小心、警戒的表情。不过很快，她又笑了。

"那么，好吧。"罗斯玛丽说道。

"那就这样。"凯特说道。

第十六章

希望自己长着鱼鳃

男宾更衣室的一处角落里,一个14岁男孩儿正在往头上戴泳帽。他看着镜子里的自己,把帽檐拉到耳朵那里,脸上一副不高兴的表情,这表情似乎与其尚年轻的年纪以及精瘦灵活的身体不太搭调,看上去太过老气。接着,他转动了几下肩膀,双臂交叉在胸前做了几下拉伸。

过了泳池台,他直接跳到水里,开始用自由泳畅快地游起来。

没人知道,这孩子是从家里逃出来的。前天晚上,他下楼倒水,看到父母正坐在客厅里喝酒。他们没有注意到他,所以他盯着他们看了一会儿,静静地享受着这并不常见的和谐氛围。随后,他听到了一段自己后悔听到的对话。他的父母达成一致——只要他一离开家,他们就离婚。当时,气氛异常平静,平静得令他生厌。他们一声不吭地喝酒,彼此紧挨着坐在沙发上,凝视着前方壁炉顶上摆满的家庭照片。或许,他们太累了,不想再继续吵下去,就像两只伤痕累累的老狮子。他们吵架的时候男孩并没有那么担心,这种异样的平静反倒令男孩觉得恐惧。

此时,他本应在学校上课。他之前从未逃过课,也从未迟到过,作业也从未晚交过。那天早上醒来后,他跟往常一样,在卧室里做了200个仰卧起坐,又查了胸前的汗毛(11根),接着,便穿着睡衣来到楼下,在厨房里做了早餐。随后,他一边吃早餐,一边眼睛瞟向餐桌周围的各种信息——从燕麦盒的文字到果汁盒上的文字。吃饭时,他听见母亲在楼上低声哭泣,像一只受伤的动物。他好想上楼去安慰她,可他突然意识到自己根本不知道该说些什么,那些话就像一个打结的线团,他没有头绪。他想帮她挽救这场婚姻,他多希望自己已经活到了100岁,可以凭借百年来的生活经验给母亲一些建议,可是,他目前的人生阅历不过是长了11根胸毛而已,他知道,自己帮不上母亲。

燕麦盒背面的文字错乱起来,直到模糊成一片,原来是因为他的眼里噙满了泪水。桌上摆着橙汁和黄油。他真想像个孩子一样号啕大哭,把积压在肺腔中、埋藏在心底里的怒火通通发泄一空。可是,他依旧像往常那样把吃完早餐剩下的东西收拾得干干净净,之后又静悄悄地上了楼。到了卧室,他换上运动服和一件连帽毛衣,然后把校服扔进了衣柜里。随后,他拿出泳装袋斜挎在肩上。去泳池的路上,他给学校打了个电话,以父亲的口吻撒谎说他儿子今天病了。

"希望他快点好起来。"校方接待员说道。

游完一个泳程后,他潜到水底,两腿交叉坐在池底。他憋住气数到十,朝上一看,太阳在水面投射出一个十字形光影,仿佛已经用一张网捕获了这座泳池。水压着他的胸,他的鼻子里充满了水,他呼出一连串泡泡,看着它们在自己眼前旋转飞舞。父母以为他在学校,老师以为他发高烧待在家里,熟悉他的人中,谁也不会想到此时此刻他正坐在泳池的池底。

这座泳池总是能接纳他,就像一位可以与之静静地待在一起的挚友,它懂他,不必说什么,在这里,他可以找回自己。

父母的想法时不时地浮现在他脑中。他甚至在想,这是否是他的错,若从来没有他这个儿子,他们是否会一直相爱。想到这儿,他的眼睛一阵酸痛,他安慰自己,将之归因为他再次入水时漂白粉渗入泳镜。

他多希望自己长着鱼鳃,这样就可以一直待在水里,躺在水底的沙砾上,望着天空。在水底,没有人能找得到他,没有什么能伤害他,他不再是个男孩儿,而是一条鱼。

第十七章

盐和胡椒粉总是成双成对地出现

乔治和罗斯玛丽是一对夫妻,他们就像一句话的引号。两人很般配,他们能让彼此的心安定下来,不再孤单。乔治不甘做一个无关紧要的人,跟罗斯玛丽在一起时,他觉得自己有着一定的分量。罗斯玛丽担心自己跟不上他,于是,他就牵起她的手,带着她跟他一起。

身边的朋友都知道,有罗斯玛丽的地方就有乔治,有乔治的地方就有罗斯玛丽。他俩就像盐和胡椒粉一样总是成双成对地出现。

五年的时间里,他俩游了几千个泳程,绕公园走了数百圈(速度特别慢,因为他们想再多牵一会儿对方的手),相伴成长着。

冬天过去了,泳池再次开放不久,乔治穿上泳裤,准备和罗斯玛丽开始这个季度的首次游泳。水依旧很冷,救生员穿着厚厚的羊毛上衣,天气冷得让他们把上衣领子都立了起来。

那是一个星期天,乔治从父母那里接管过来的果蔬店没有营业,送货员第二天才会来,所以在那之前,两人便有了空闲的晨间时光。

他们像海豹一样在一起游泳,然后裹着毛巾彼此紧挨着坐在台面上取暖;他们在"炸先生"食品店点了两杯茶,牵着手,一起看着茶杯里和水面上冒出来的蒸汽。

静谧宛如一把伞,为两人挡雨。他们一起闻着泳池的味道和雨的味道。罗斯玛丽想起战争结束那天第一次遇见乔治的情景,那天,她展开了生命中新的篇章。

接着,他转过来看着她,没有单膝跪地,没有音乐,太阳也没有突然从乌云背后露出笑脸。其实,那一天再普通不过,天空灰蒙蒙的——混凝土的颜色。

"嫁给我吧,罗斯。"他说道。这不是问句。其实,根本就不需要问。她心里清楚,万千问题的答案都在他这个人身上。

第十八章

喜欢观察那些怀孕的人

凯特与罗斯玛丽接触了几次，几天后费尔问凯特："你那边进展得怎么样了？"凯特从包里拿出采访罗斯玛丽的内容（打印好的）交给他，另外还附上了自己写好的新闻报道。他坐在桌边，看了看稿子，每当这个时候，他都会轻轻地摸着他那大肚子——一看到他这个样子，凯特就忐忑不安。这个人仿佛在剖析自己的文字，而且看上去，这些文字让他有些消化不良。别人看她的稿子的时候，她不愿意在一旁等——那种感觉就像恐慌感掐住了自己的喉咙。

今天杰伊也在办公室，她看着他的眼睛。两人相互对视一下，笑了。

过了一会儿，费尔终于点了点头。

"不错，"他说道，"人物——这才是新闻点所在。我们的读者喜欢从各个方面找些带有人情味的东西。"

凯特笑了，那感觉就像自己回到了学校，找回了被老师表扬时的感觉。虽然凯特觉得，如此小的成绩就能让自己心花怒放有些丢人，但这种感觉真好。费尔轻轻拍了一下肚子。

"我们应该针对这个主题做个系列专题，追踪事件的所有进展情况，跟泳池其他游泳的人聊聊。市政委员会——你跟委员会谈过了吗？接下来的任务就是这个。其实，你目前的任务就是跟进这整件事。"

凯特点点头，收拾东西的同时，大脑在飞速运转，她之前从未写过系列报道，此刻感到很兴奋，也很紧张。跟杰伊挥手道别之后，凯特就出去了。

作为一名记者，本应习惯委员会办公楼和市政厅的办公氛围，凯特却害怕去这样的地方。它们跟银行和教堂一样，会让她感觉自己很弱小无助。这或许就是她感到害怕的原因，她这样想。

从远处就可以看到市政厅的钟楼。它面朝繁忙的十字路口，路口正对面是电影院和麦当劳，印象中这是一个拍电影的地方，钟楼俯视着一切，台阶最顶端便是市政厅的门口，市政厅的大门由高大的柱子和一块石头守护着，台阶上面经常被撒满五彩纸屑。

一进到里面，就有人让她先在那里等候。一位上了年纪的老人正坐在凯特对面的长凳子的一头，双手放在大腿上抖个不停。他穿着长外套、灰色的裤子和运动鞋。凯特发现，两只鞋的鞋带并不配对。只见那位老人伸手从口袋里拿出一包渔夫之宝牌润喉糖来。

"来一个吗？"他操着一口浓重的伦敦南部口音说道。

"不了，谢谢。"

"我就要被赶走了。"老人说道，"你或许在猜，这个老家伙为什么要来这里。就像大夫揣测病患的心思一样，不是吗？虽然心里这样想，却不能问。比如，他可能在猜，哪个人是假装感冒，哪个是真的要死了。换作我是大夫，我会尤其喜欢观察那些怀孕的人。她们总是一脸恐慌，可怜的妇人们。"凯特扬了扬眉。只见那老人一边大笑，一边吮吸着润喉糖的甜味，还发出"吱溜吱溜"的声响。

"不好意思，我知道，每当我这样说的时候，女士们都不爱听。"

这时，走廊一侧的屋子里出来一位女士，她从大厅这边走了过去，在推开洗手间门之前，她看了看凯特和那位老人，他俩都没有吱声。

"我就要被赶走了。"他又说了一遍，"他们正想方设法拆毁我住的那片街区，建些瑞士风格的新建筑，里面有体育馆之类的东西。那里的公寓楼虽然破旧，却不影响正常使用，你明白吗？我已经在那里住

- 71

了30年。那是我的家。"

他颤颤巍巍地又往嘴里塞了一颗润喉糖。凯特一边看着他,一边猜想着这位老爷子背后的故事——他会去哪里呢?又有谁能照顾他呢?

"真替您感到难过,"片刻之后,她说道,"听到有关您家的事,真遗憾。"这是她的肺腑之言。老爷子吸了口气,点了点头。

"那么,您还记不记得是哪家公司要建新公寓呢?"凯特问道。

老人笑了。

"天堂居!它的名字叫天堂居。为了给这个所谓的'天堂居'腾地方,我就要被赶走了。"

一听到这个名字,凯特感到身上像过电一般,她想到了那座泳池。

"我在《布里克斯顿纪事报》工作,"她说道,"我敢说,报社肯定对您的故事感兴趣……"

说着,她伸手从包里拿出一张名片递给这位老人。他捏着名片犹豫了片刻,然后朝她点点头,把名片放进了口袋。这时,一扇门开了,开门的是一位手里拿着一个文件夹的女士,她看了看这位老人。

"您有事的话,可以进来了。"

他慢腾腾地站起身,朝门口走去。

"见到你很高兴,希望你没有怀孕,也没有生命垂危。"他朝凯特挤了挤眼,之后就跟着那位女士往走廊那边去了。

"有人在家吗?"凯特进屋前喊了一声,她知道不可能有人回应她。门在她身后"咔嗒"一声关上了,过道上放着一辆自行车,她从旁边挤了过去,回到自己的房间。

此次会面不太顺利。她努力地装出一副架势,但看上去还是不够成熟。再者,她是个女人,常常不受人重视。

接待她的那位委员是个中年人,穿着一身褪了色的灰色西装。办公室里密不透风,他给她端了杯咖啡,又到房间另一边的咖啡机给自己调了一杯。她早就想到对方可能会给出的说法，果不其然，无非是那几句："重建。""资金匮乏。""非营利性。""我们已经尽力了。"

"对不起！"委员这样说，"我们也不想这样，可是天堂居给的条件——怎么说呢，到目前为止，这应该是唯一的选择了。大家都能理解，确实很不幸，可这一切已经发生了。居民区改建，城市改建。世道就是这样。"

她拿出笔记本，问了些预先写在上面的问题，可是一开口，就不由得想起之前对罗斯玛丽说过的话："或许，我能帮到您。"

现在看来，她帮不上什么忙，甚至连再写好一篇文章的能力都没有。她就是个糟糕的记者，一个弱小的女人，看上去像13岁的孩子，实际上，很多时候她觉得自己就是个13岁的孩子。她住在一间又脏又乱的房子里，同住的人不在乎她这一天是否辛苦，甚至不在乎她是否被溺死在河里。

她坐在那里听委员讲话，觉得自己的皮肤一阵刺痛，房间也在缩小，咖啡闻上去像是烧焦了一样，让她觉得恶心，这里的一切都让她觉得恶心。

她伸手把桌子旁的橱柜拉开，从里面拿出一盒黄油和一只勺子。

会面结束后，她准备回去，她察觉到那位议员早就想恭送她了。不过，在走出那间屋子之前，他终于说出了此次谈话过程中最有价值的一句话。

"两周之内，我们将在市政厅召开一次会议，涉及此次拆迁的居民将被邀请参加会议，提一些他们的看法。"

凯特把满满一匙黄油送到嘴边，又停住了。她决定去参加这次会议，而且不会只有她一个人去。或许，她帮不上忙，却可以尽力一试。接着，她笑着把伸到嘴里的滑溜溜的一匙黄油吞了下去，好舒服。

布洛克韦尔泳池面临停业风险，
兰贝斯市政委员会努力维持当地泳池运营

为争取到布里克斯顿室外泳池和体育馆的重建权，私人投标活动已经展开。兰贝斯委员会方面称，泳池运营资金方面出现危机。一家名为天堂居的房地产开发公司实力雄厚，这家公司欲将这座泳池建成一家私人体育馆，专供新建公寓里的居民们使用。

兰贝斯委员会方面一位名叫戴夫·弗伦奇的发言人说："我敢担保，我们目前所做的都是为了布洛克韦尔·利多的将来考虑。目前尚未做出任何决定，不过，当前的运营成本的确很高。我们正在考量几家公司给出的条件，包括天堂居。至于泳池会不会继续开放，目前还没有定论。"

夏天的时候，泳池每天能迎来上百人次的客流量，不过到了天凉的月份，这里就没有那么多人了。

布洛克韦尔·利多的经理杰夫·巴克莱说："我们大家都对这一消息感到担忧，在我们社区，布洛克韦尔·利多是一个特别的地方。"

"私人体育馆会提升我们社区的实际价值，"天堂居的一位发言人说道，"我们小区的租户和业主都将享有顶级设备的专属使用权。"

目前，委员会正在审阅建议书，未来几个月将会为大家公布更多消息。

凯特·马修斯撰稿

第十九章

狐狸捡了人类的薯片

天色已晚，布里克斯顿区某一街道的住宅墙外，一只狐狸正把鼻子伸进一个垃圾袋里。这只狐狸使劲儿地把鼻子往塑料袋里凑了凑，直到袋子像个气球一样破掉，里面的残羹剩饭都溅了出来。来看看今晚都有哪些大餐吧：半个百吉饼、一罐脏兮兮的青花鱼渣滓，还有一盒花生黄油残渣。虽然东西不错，可它一会儿就吃完了，最后还检查了一下垃圾袋，确保没落下什么东西，接着，它沿着小径一路小跑地回到大路上。这条街道有两排连栋房屋，个别人家门外停着车，绝大多数人是没有车的。有些人家筑了大门和矮墙，有些人家墙外铺有车道，还有些人家门口摆着花盆，里面的花儿正在怒放。

这只狐狸绕到左边，动作敏捷地到那长满野草、堆着废旧自行车零部件的花园查看一只翻倒在地的塑料袋。果然有不小的发现——一盒吃剩的炸鸡。

狐狸沿着大路继续前行，每走几步就暴露在路灯投射的光圈下。不过，在这座城市，狐狸是不害怕光的。相反，它继续稳步快速向前，沿着街道走，一直走到一条繁忙的马路上。那儿有一处公交车站，一对情侣正靠着站牌拥抱在一起，狐狸也跟他们一起站在站点。两人旁边站着一位女士，她身上穿着护士制服，正努力地将目光穿过那对情侣扭曲在一起的身体查看站牌上自己所要乘坐的公交车次。

狐狸从这几个人身边经过，没有人注意到它，于是，它跟在马路上那些呼啸而过的公交车后面继续往前走。它试着查看了几家门店（镶有金属百叶窗，一直拉到地面）外面的垃圾箱。有一家店还在营业，橱窗里，一大块肉串在金属钎上滚动着，顾客在门外排着队。狐狸捡了些像烟头一样被人扔在街上的薯片。

刚过烤肉店，它就拐个弯来到一处安静的广场上，周围是金属栏杆和篱笆。几座高层住宅面对着广场，狐狸能够透过上面的一扇窗户听到孩子的哭声和父亲的哼唱声。它沿着一条路穿过小花园，花园旁边是一些长凳，凳子上有黑乎乎的人影，那些静静地躺在睡袋里的人只是偶尔换个姿势，身上的毯子已经被露水打湿。其中一条长凳下面放着一个帆布袋，里面的半根面包棒从口袋顶上支了出来。狐狸用牙叼起口袋，拖到广场的另一面，接着它在那里将面包赶紧吃掉，留下空空的口袋。

天空低垂的尽头处，黑夜正在与晨光交替，黑乎乎的影子变为靛蓝色。这时，狐狸离开了广场，继续沿着那条马路前进，这小家伙的尾巴在身后摆来摆去，跑起来的样子活像一个白色的逗号。

一小堆人正围着一个摔倒在地的年轻小伙子，有两个身穿扎眼夹克衫、正准备去上班的人将小伙子拉起来架在肩上，扶他坐起来。他们挨着他坐下，胳膊搂着他，问他好些了没有。狐狸从小伙子的钱包上跳了过去，原来小伙子不小心把钱包掉到水沟里了。

"这个别弄丢了，伙计。"其中一个人说道，他伸手把钱包捡起来，塞进小伙子的口袋。

这一路，狐狸经过了公交车站、沉寂的运动场，接着又转到另一条马路上，路两旁是房屋，最后它到了公园的篱笆墙外。篱笆下的它拖着酒足饭饱的大肚子，消失在朦胧的夜色中。这时，天渐渐亮了起来。

第二十章

我不想乞求别人的帮助

"你给我弄糊涂了。"罗斯玛丽在电话里这样说道。

"两周之内将召开一次会议,这是我们的机会,可以借此发表我们对泳池关停计划的看法。"凯特说道。

此时,罗斯玛丽在客厅里,阳台门开着,傍午的阳光照得她浑身暖暖的。泳衣搭在晾衣架上,早晨游泳回来时洗的,现在快要干了。她正酝酿着要小憩一会儿——这段时间,她太累了。

"我们可以趁着这次机会劝委员会不要把泳池卖给天堂居——不要关停泳池,"凯特说道,"不过,我们需要更多的人,您觉得咱们能找来更多的人帮忙吗?"

上了年纪以后,你会发现一个现象,那就是自己的朋友圈缩小了,因为周围的人在不断地离世。罗斯玛丽想起过去10年来参加过的葬礼。她想起了莫林,那个战时一直待在布里克斯顿的孩子,就是她,帮罗斯玛丽和妈妈在自家厨房建了一所临时"学校"。莫林是关于罗斯玛丽那段特殊的童年记忆最后的线索,她的去世给罗斯玛丽造成了沉重的打击。莫林去世几个月后,她的丈夫杰克也跟着去世了——罗斯玛丽又穿着黑色的西服套裙去参加了葬礼。此外,还有几位机缘巧合结识的,所谓机缘巧合,比如老朋友弗洛伦斯,她们俩是在图书馆认识的,当时弗洛伦斯是一名教师,总把孩子们带到图书馆去挑选图书。

不过，那次不是参加她的葬礼，而是参加她女儿的。如今，罗斯玛丽已经很长时间没有见过弗洛伦斯了——她住在达利奇的一家护理院，即便罗斯玛丽前去拜访，对方恐怕也认不出她了。

罗斯玛丽重重地叹了口气。

"可是，您已经在这里住了一辈子，"凯特说道，"您一定认识那些跟您一样在乎这座泳池的人。"

"我不想去乞求别人的帮助。"

"可这不是为了您自己，"凯特说道，"是为了这座泳池。"

罗斯玛丽不再说话了。她回想起和乔治两人在水底时他瞪大眼睛朝她笑的情景。她还想起在布里克斯顿认识的那些友人：书店的弗兰克和杰梅因、霍普、艾哈迈德、埃利斯和他的儿子杰克……此外，她还想到泳池被填平、改建成网球场的情景。

"对，"片刻之后，她说道，"对，你说得对。我们得拯救泳池，凯特。"

说这话的时候，她觉得胸腔一阵刺痛。她一只手握着电话，另一只手抬起来，走到沙发边上，眼睛盯着书架上摆着的乔治的照片，顿时，勇气倍增。"我会尽全力不让你失望。"她一边悄声说着，一边看着那张自己从16岁开始就痴迷的脸。

"我想，我知道该怎么做了，"罗斯玛丽说道，"一会儿你有时间吗？"

两人在地铁站外会合，凯特拿着一个笔记本和一摞宣传单，罗斯玛丽倚着一辆空的塑料购物车。

"您好啊。"看到罗斯玛丽走过来，凯特一边用一只胳膊调整宣传单和笔记本的位置，一边打招呼。今天，她的头发梳得很低，盘在耳后。罗斯玛丽忽又觉得这姑娘看上去年纪太小了，这种想法总会不自觉地冒出来，不过想想之后，就又笑了。

"准备好去认识一下布里克斯顿的人了吗？"罗斯玛丽说道。

凯特点了点头，两人出发了。罗斯玛丽拉着购物车在前边带路，凯特慢慢地跟在后面。

两人从电动大街开始，在市场的摊位之间穿梭。

"罗斯玛丽！"一个年近40岁、脸上留着些许胡子、青丝中夹杂着白发的男士喊道。他有宽宽的肩膀，由于长年累月地扛果蔬箱子，他的胳膊很壮实。他穿着绿色抓绒上衣和牛仔裤，无论冬夏，脚上总蹬着皮靴，腰间绑着一只黑色的钱袋。看到罗斯玛丽，他爽朗地笑起来。

埃利斯是这个市场上一家果蔬摊的老板，罗斯玛丽每周都要来他这儿挑选食材。在他还是个小男孩儿的时候，他就和家人一起从圣卢西亚搬来布里克斯顿了。他跟乔治很熟——当初就是埃利斯的父亲肯介绍乔治做秋葵和木薯生意的。过去的几年里，埃利斯帮助家里渡过危机，直到后来，肯实在难以管理摊位时，将其交由埃利斯接管。从那以后，肯和妻子乔伊斯就回加勒比海去了，生意尤为艰难的时候，埃利斯偶尔也会抱怨，说要像父亲一样离开。不过，罗斯玛丽认为他不会这样放弃——布里克斯顿就是他的家。后来，有了杰克——埃利斯十几岁的儿子，经常帮埃利斯照看摊位，就像埃利斯过去常常帮自己的父亲一样。埃利斯和杰克长得很像，脾气也很像，罗斯玛丽常常被这父子俩感动。

"埃利斯，最近怎么样？家里怎么样？"

"还不错。您呢？皮特森夫人。"

"还能下地活动。"

"哦。这位是谁呀，罗斯玛丽，没听说您有个妹妹呀？"

罗斯玛丽转身看了看站在她旁边的凯特，凯特正对埃利斯和那些色彩鲜亮的果品微笑。

"这位是凯特，"罗斯玛丽说道，"她是采访过我的一位记者。"

凯特笑了笑，介绍了一下自己，身体探过果蔬摊去跟埃利斯握了握手。

"罗斯玛丽参加了阻止社区泳池关停的活动，"她说道，"给您，这

- 79

是她做的宣传单。"

埃利斯与罗斯玛丽互相递了个眼色,然后扬起一条眉毛,暖暖地笑了。

"好啊,好啊。我就说嘛,您不会就这样认输的,皮特森夫人。"他眨了眨眼睛说道。她笑了笑作为回应,他接过宣传单,仔细地看了看封面上那个正准备跳水的人。

"我听说这件事了,"一会儿后,埃利斯这样说道,"记得我年轻的时候,看您家乔治在泳池游泳,他总是在我们旁边跳到水里,溅得我们这些孩子一身水。他还能用手倒立,简直让人难以置信。"

罗斯玛丽笑了。"他确实能用手倒立。"说着,两人都笑了。

凯特跟埃利斯讲了市政厅即将召开会议的事。

"我会到场的。"他说。三个人互相道别,罗斯玛丽转身正要离开。

"等一下,先别走。"埃利斯说道。

只见他递给罗斯玛丽一袋草莓,给了凯特满满一袋子西红柿,那西红柿闻起来有一股阳光的味道,让人心里暖暖的。

"我最喜欢了——你人真好,埃利斯。"罗斯玛丽一边说,一边弯腰把这袋草莓放进购物车里。等她站起身来,发现凯特的脸通红,胳膊搂抱着那袋西红柿,就像第一次抱孩子一样,有些不知所措。

"您确定是送给我的吗?"她说道。

"当然了,送给你的。"埃利斯回应道。

两人转身走开的时候,罗斯玛丽看凯特的脸一直红到耳根子,双手小心翼翼地守护着那袋西红柿。罗斯玛丽心想,这孩子似乎不知道该如何处理这些西红柿,还为她担心了一会儿。不过,凯特脸上堆着笑容,于是,她也只好跟着笑了。

余下的午后时光,两人在主街以及主街的岔路(主街的分支路段)上漫步。路上站满了排队等车的人,还有匆匆忙忙赶路的人,这些人能够在人群中灵巧地躲过罗斯玛丽的购物车,这真不是件容易的事。

接下来，两人去了慈善商店，有人给罗斯玛丽搬来一把椅子让她坐下，还把店里的一些东西拿来让她挑。她没有挑什么东西，只是给他们留下了一小摞宣传单。

"不久之前，我还给他们店捐了不少东西，"罗斯玛丽说道，"还好，他们都记得。"

乔治去世以后，她不得不处理掉很多东西。她不能把这些东西送给谁，所以，只好捐给这家店。

"这件上衣跟新的一样，"那时，她这样跟经理说，"连备用纽扣我都留着，就在我手包里的某个地方，可以的话请等我一分钟。"

说着，她从手包里拿出一只装满了纽扣的小口袋，然后把它放到那件上衣的口袋里。

"还有，这个是电动剃须刀，"她说，"我敢保证，它还可以用。"

罗斯玛丽环视了一下店铺，终于发现柜台旁边有一个电源插座。屈身蹲下来的时候，她的膝盖咯吱咯吱地响，接着她把剃须刀从盒子里拿出来，插到电源上。瞬间，整间店铺发出一阵嗡嗡的噪音，吓得门口婴儿车里的孩子立马哭起来。

她只留下了一些书、他的泳帽和几件衣服。即便这样，她还是送出去了满满7袋子的衬衫、领带、裤子和鞋。第二天，她跑回到那家店里去找乔治的夹克。因为她忘了，乔治得穿件像样的衣服下葬。

"对不起，夹克昨天下午就卖出去了。"店员说。

"我猜，因为那是件很不错的上衣，"罗斯玛丽说，"跟新的一样。"

结果，乔治只穿了一件衬衫和运动裤下葬，没有上衣。

如今再来这家店，难免会伤感，不过有人能给她搬来椅子，能跟她讲话，她就已经很欣慰了。从慈善商店出来之后，她们又去了弗兰克和杰梅因的书店。

一打开书店的门，罗斯玛丽就闻到了一股纸张的味道，斯普朗特在她平时待着的窗户旁边叫了几声。看见凯特进来，它使劲儿地摇着

- 81 -

尾巴——这是位新朋友。凯特弯下腰来轻轻地抚摸着它，又揉了揉它的耳朵，拍了拍它的后背。

"多可爱的小狗啊，"她说，接着她站起身来看了看周围，"多温馨的店哪！我之前怎么从没来过？"

罗斯玛丽环视了一下这个熟悉的地方，开始遐想，仿佛是第一次欣赏这家店：一堆堆书错落地摆放，看着就让人觉得舒服，还有社区告示板，上面堆满了各种传单和名片，书店角落里散落地摆放着几只凳子，坐在上面读书最好了。

"怎么是您？"凯特听到柜台后面的弗兰克说道。弗兰克穿着随意，一件褪了色的牛仔裤搭配一件敞开的方格子衬衫，里面是一件T恤。他笑容舒朗阳光，咧嘴笑的时候面部肌肉能够一直向上堆到他那双绿色的眸子下面。站在他旁边的是杰梅因，他比弗兰克个子更高、更苗条，穿得也更讲究，一条黑色牛仔裤配上一件淡蓝色中式领衬衫，胡子修剪得很规整，颜色跟他的短发一样，黑色中间夹杂着灰白色。

罗斯玛丽和凯特朝他们走过来的时候，两人朝罗斯玛丽点头致意。

"这位就是凯特？"杰梅因说道。

罗斯玛丽一听，脸色立马变得通红，她这是不好意思承认，自打遇到凯特以来就常常把人家挂在嘴边。

"似乎我们早就认识。"弗兰克一边说，一边从柜台后面伸出手来跟凯特握手。凯特握住这只手，接着又跟杰梅因握了握手。

"这位是弗兰克，这位是杰梅因。"罗斯玛丽说，与此同时，他俩点了点头。

"我知道还有事情要做，罗斯玛丽，"凯特说道，"可是，您能允许我四处去看看吗？这里太棒了。"

罗斯玛丽心想，能有机会在这里稍作停留，哪能不愿意呢。她把一只凳子拉到柜台对面，一屁股坐下了。

"你随时可以来！"杰梅因大声喊道，此时的凯特早已消失在迷宫般的书海中。

弗兰克朝罗斯玛丽这边转过身来,身体倾斜着靠在柜台上。

"我们听说泳池的事了,"他说,"本周伊始,艾哈迈德就告诉我们了。情况还真是糟糕。"

杰梅因摇了摇头,一向冷静的他愤愤地说道:"天堂居!就好像布里克斯顿真的需要更多价值上万英镑的公寓一样——还说是住户专用?嗯,没错,社区真的需要这些。可泳池、图书馆、书店……"

说着,他的声音越来越小,弗兰克见状,伸出一只胳膊搂住他。杰梅因茫然地打量着店铺。罗斯玛丽看着他,她能够从他的表情中看出他有多疲惫。

"生意怎么样?"她说,"有好转吗?"

杰梅因叹了口气:"不怎么好。当初是谁劝我开家书店的?是你,弗兰克。"

他转过身对着弗兰克摇了摇头,接着又轻轻地拍了拍他的脸。弗兰克笑了。

"不过,还是有希望的,"弗兰克欢快地说了句,"就像泳池还有希望一样。我们会帮助您的,罗斯玛丽。不是吗?杰梅因。"

罗斯玛丽看着他们彼此相视一笑。这时,她的膝盖突然疼起来,整个人也乏了。杰梅因点了点头,两人一起朝罗斯玛丽这边转过身来。

"没错,我们当然会帮助您,"杰梅因说道,"我们会竭尽所能。"

交谈的过程中,罗斯玛丽偶尔瞄一眼凯特,她看到她时而弯腰从书架下面抽出一本书来,时而歪着脑袋看着书架上标签上的字,时而简单地环视整间店铺,脸上显出一副对眼前的一切感到不可思议的表情。最后,她回到柜台前,手里拿着三本书。

"这真是家不错的店。"她说。

"很高兴听到你这么说,"弗兰克一边说一边仔细地看了看杰梅因,"看见了吧?这就是希望。我们有新顾客了!"

凯特付钱的时候，杰梅因从她那摞"拯救我们的泳池"传单里抽出一张来钉到社区告示板的正中央。

"好了，"他往后退了一步说道，"希望这样能管用。"罗斯玛丽真想给他个拥抱。

"好了，我们该走了。"说着，她从凳子上慢慢地站起身来，膝盖一阵剧烈的疼痛，"好了吗？凯特。"

凯特点了点头然后转过身来。"我很快会再来的。"两人走出店铺时，她这样说道。斯普朗特从窗户里望着她们。

接着，她们又去了莫利斯，那是一家独立建造的百货商店，门口的保安帮罗斯玛丽把她的购物车抬上台阶。她们去了药店和商店，商店里从滤锅到烘干机，再到奇装异服，应有尽有。途中，她俩遇到了几个罗斯玛丽认识的人，于是互相打了招呼，有的直呼其名，有的则简单地点头致意，她们做了差不多一辈子邻居，彼此虽叫不出名字，却很熟悉。

接着，两人在邮局逗留了一会儿，去跟罗斯玛丽一位儿时的伙伴贝蒂打了个招呼，那人给诸多家庭成员邮寄了一大堆信件。

"你的那帮小家伙怎么样了？"罗斯玛丽问道。贝蒂有两个孩子，一个儿子和一个女儿，还有三个孙子、一个重孙女。贝蒂跟罗斯玛丽不一样，战时她搬去了威尔士。她刚回来的时候，带有轻微的威尔士口音，不过在 Bon Marche（布里克斯顿站旁边的一家高档百货公司）工作了一段时间，再加上每周末都跟利多的朋友出去玩儿之后，所以她的口音很快就消失了。回到布里克斯顿几年后，一个名叫汤姆的威尔士男孩儿搬到了附近的小区。其实，贝蒂和汤姆早在打仗的时候就认识了——他就住在当时她寄宿那家人的隔壁——而且，他还承诺过要娶她。当时，她并没有当真，不过两人一直保持书信联络，等到19岁的时候，他来到了布里克斯顿，还在伦敦南部的建筑工地找了份工作。两年后，他们俩就结婚了，一直到现在。

"早就跟您提过,您在这里肯定有很多朋友。"跟贝蒂道别时凯特这样说道。

罗斯玛丽想起了在布里克斯顿认识的那些人,他们就像一枚枚彩色的别针,把地图上她想去的地方通通标志出来。

"就当是我有几个好朋友吧。"她说。

没过多久,两人手里的传单就发完了。

"别着急,等我上班再多打印一些。"凯特说道。

罗斯玛丽整个身体都靠在了购物车上。凯特想送她回家,说这样顺路,可还是被她拒绝了。

"这可不顺路,你住在布里克斯顿的另一头,你早就告诉过我。虽然我已经86岁了,可这并不代表我就年老体衰了。"

"那么,好吧。"凯特回应道,"今天多谢您了。我觉得这肯定能在会议上起作用。说实话,我真享受这个过程。"说完,她的脸"唰"的一下红了,那笑容挂在脸上。笑的时候整个人的状态都是不一样的——少了些羞怯,多了些女人味。

彼此道过别后,罗斯玛丽朝家的方向走去,一个人漫步在这条走了一辈子的街道上。

第二十一章

已经很久没有兴致给西红柿削皮了

凯特去过电动大街多次,却从来没在那里买过什么,那里不卖现成的食物和酒水。当她把一纸袋西红柿打开倒进碗里的时候,不知不觉想起了埃利斯的摊位——她用鼻子深深地吸了口气,这味道让她想起妈妈做的肉酱意大利面。想当年,妈妈经常做肉酱意大利面,配上番茄酱。凯特在家时偶尔帮妈妈做,她喜欢给那些暖暖的西红柿削皮,喜欢那种将滑嫩的果肉握在手里的感觉,她已经很久没有兴致给西红柿削皮了。

她打开橱柜和抽屉,心里想着罗斯玛丽在布里克斯顿认识的那些人。之前住在布里斯托郊区的时候,凯特认识商店里的店员,在街上也会跟人们打招呼。可自从来到伦敦,大都是在采访时才会与人接触。今天,她一下子就喜欢上了罗斯玛丽的这些朋友——埃利斯、贝蒂,还有弗兰克和杰梅因,他们让她发现,原来自己生活的这个地方还是别有韵味的,之前从未意识到这一点。或许,这跟在家时并没有什么两样。

她拿出一只平底锅,放在炉盘上,这时她又想起了那家二手书书店,心里纳闷,来到这里这么长时间,怎么都没发现那个地方呢。于是,她猜想,应该是自己从来就没有寻找过吧——两只眼睛只顾盯着脚下的地面,很难再注意到其他事物。

凯特把一壶水煮沸，接着又把水浇到番茄上。随后，她伸手把桌子上的购物袋拿过来——跟罗斯玛丽分开后，她去超市买了整整一袋子东西。几个月来，她第一次——老实说，应该是几年来——在购物的时候花了些心思，不像以前那样直接奔向即食餐区域。今天，她挑了些洋葱、蘑菇、牛肉碎和大蒜。

她将灶台表面的油污和斑点擦掉，又把室友堆在水槽里的餐具摞在一边，再把做肉酱意大利面所需要的调料摆在桌子上。接着便开始慢条斯理、尝试性地回忆起妈妈做饭的过程。

结果，她忘了放大蒜，又加了太多的盐，导致那碗面条难吃得令人无法下咽。厨房比刚才更乱了，盘子里的食物看上去也没有记忆中家里饭桌上的好吃。不过，她还是坐下来坚持把它们吃完，为了抵消那过咸的味道，她喝了三杯水。这明显不是妈妈做的那种肉酱意大利面的味道。好在，这是她刚开始学着做。

凯特突然想给艾琳发一张这顿饭的照片，可转念一想，若是连这样的小事都拿出来炫耀，岂非变相地承认自己近来吃得有多差嘛。于是，她给姐姐发了一张那天在泳池的照片，顺带问她近来跑步跑得怎么样。之后，她把手机放回到桌子上，继续吃饭。

吃着吃着，她发觉这一天下来还真是累，不过心境比前段时间安稳了许多。她想起了那座泳池，真希望那些宣传单能带动一定规模的人去参加两周之后的委员会会议。她早就在《布里克斯顿纪事报》上写了一篇有关本次会议的文章，号召居民们前往发表自己关于泳池未来经营情况的意愿。真希望一切顺利，想着想着，她突然意识到，自己居然对此次活动如此关切。就像自己尝试做饭、重新开始学游泳一样，同时，这也是她必须要做的事。

第二十二章

余生,他们将携手同行

罗斯玛丽和乔治决定去市政厅登记处登记结婚了。随行的只有一小队人:双方父母、几位老同学,还有她在图书馆的几名同事。母亲为她做好了婚纱,裙摆一直垂到脚踝,下边露着矮跟白鞋,鞋上还扎着个蝴蝶结。婚礼前一天,罗斯玛丽和母亲花了一整天时间给结婚蛋糕打包装、做装饰——虽然没有足够的糖做酥皮,但远远看去,它还算完美。

双方父母都劝他俩租辆车去市政厅,两人却觉得根本没必要,因为从家到市政厅没有几步远。他们想手牵手一起走过去。

罗斯玛丽在闺房里换好婚纱,两人又将大大小小的盒子打好包。乔治早就在布里克斯顿那些如雨后春笋般建起来的一处新楼盘中找好了一栋公寓,刚好就在泳池对面,婚后第二天,他们就搬了过去。整理好行李后,两人就在家里度起了蜜月,开始了他们的新生活——乔治经营自家的果蔬店,罗斯玛丽继续在图书馆上班。对于罗斯玛丽来讲,她一定会继续工作——母亲依旧在工作,乔治的父母也在工作,所以她当然也会继续工作。她有一些朋友,有的搬去了加拿大,有的嫁给了有钱人,她们婚后就没有继续工作,不过话说回来,家里能用得起冰箱的人是少数。罗斯玛丽觉得,冰箱事小,关键是她喜欢工作,只不过,她从未跟朋友们提起过自己的这一爱好。她觉得只要有乔治在，就连那小打小闹的生活也显得很了不起，只要两人同住在一间公寓，没有人来打扰，那么他们就可以在雨天的早晨在彼此的臂弯里醒来或是在夜晚相拥入梦。

"你紧张吗？"母亲为女儿整理完发髻，准备盖面纱的时候问道。父亲靠在一堆盒子旁边，他看着这母女俩，女儿整理面纱的时候，替女儿把花束握在手里。

其实，她不觉得紧张。

来参加婚礼的一小队人坐在登记处的木折椅上，他们在这些人面前宣誓——无论贫穷、富贵、疾病，还是健康，都会深爱彼此。不等别人鼓动，乔治早就上前亲吻了新娘。

两人一出市政厅的门，迎接他们的便是铺天盖地的粉色和白色喷花。余生，他们将携手同行。

第二十三章

谁会抢果蔬店？

电影院流行卖甜辣和海盐等口味的爆米花，味道弥漫在墙壁上、地毯中和空气里。爆米花灰散落到每个角落。检票台后站着的年轻职员身上文着文身，梳着鸡冠头，微笑着把门票和巧克力棒卖给顾客，他们建议顾客办理会员卡或者将原有会员级别提升为VIP。

电影刚刚结束，人们蜂拥到门口，有的直接穿过休息大厅到外面，有的则钻到酒吧里。休息厅顿时喧闹起来。

"这钱真是白花了。"

"你这话什么意思？我觉得挺好！"

"那算是什么结局，你说呢？"

"有一个地方让我很感动。"

"你跳下去，我就跟着你跳下去！"

出来的人大都是成双成对的，有的人会多一些，在一起闲聊。罗斯玛丽就在其中，只不过，她是独自一人。

"不好意思，对不起！"一位女士被后面翻涌的人浪推向前，结果撞到她，于是向她表示歉意。

"没关系！"罗斯玛丽说道，语气中带着理解。她朝那位女士笑了笑，正要问她喜不喜欢这场电影，对方却已经消失了。罗斯玛丽漫步穿过人群。

罗斯玛丽喜欢这家电影院。她每个月都来一次，口袋里装满甜品，再从家里带来一个支撑后背的靠垫。她喜欢坐在大屏幕下面，仰头看着那些体型如巨人的演员，感受那环绕整个影院的声音一直传到脚边。她看到了什么不重要——她通常是根据名字挑电影，根本不在乎电影简介写了什么。只要名字听着有意思，她就会买票。

她挑了一个靠前的座位，这样免去了上下楼梯之苦。她总是准时到场，可只有等灯光暗下来，大家都跟她一样被带进电影剧情中时，才真正觉得舒心。她把脖子伸向大屏幕，欣赏着这个月挑选出来的各类题材的电影——浪漫喜剧或是惊悚剧或是谍战剧，和其他观众一起大笑或流泪。情绪就像人浪一样在影院里翻滚流淌。看电影的时候，她不是一个人，而是大团体中的一部分，是多张不晓得姓名的脸庞之一。

等电影结束、观众散了，场地突然安静下来，剩下她一个人的时候，她就好怀念旁边有人陪着的感觉。她把这个团体想象成一棵大树，一棵将她环抱在枝丫上的大树。等人们从影院里出来，枝丫似乎就散了，大家像树叶一样四处飘落、散去。

一位男士为她开了门，他正在跟朋友一起抽烟，罗斯玛丽朝那人点了点头，接着从影院出来朝右边走去。她一边走一边看着那些公共汽车，看看是哪路车，考考自己能否记起这些汽车的终点站在哪儿。59 路：特尔福德大道；159 路：史特拉坦车站；333 路：牙亭百老汇；250 路，250 路终点是哪里来着？站点的开头字母是 C，不是克拉珀姆，也不是水晶宫；250 路：克罗伊登镇中心。她从来没去过克罗伊登，其实，其他终点站她也没去过，重点在于这些她都记得。

她在想，乔治会不会喜欢这场电影呢？绝大多数电影她都喜欢——其实，她喜欢的是电影院里的氛围，包括大屏幕和音乐。乔治则更挑剔些。他有喜欢的演员（肖恩·康纳利、迈克尔·甘本、朱迪·丹奇），而且凡是这些演员演的电影他都会看，除此之外，他还说，老电影才是最经典的。有时，电影院会上映经典电影——这时，他就会迫不及待地想去看一看。不，他不太可能喜欢这场电影，她一边走一边想，因为那场面太血腥了。

她继续沿路朝地铁站走。此刻，她还不想独自一人回家，回到那个空荡荡的公寓里。她还想去别的地方。于是，便右转上了车站路。

街上静悄悄的，拱门下的商店早就把自家的金属百叶窗拉了下来。有些窗户喷着彩绘。有一家窗户喷的是牙买加国旗，不过绝大多数喷的都是口号。"救救我们的拱门""禁止强拆""反对涨房租"，这些标语令她想起了她的泳池，她想象着泳池的门紧闭，泳池里没有一个游泳的人。一想到这些，她整个人就哆嗦。

她沿着街道走到半路，看到一队年轻人正堵在地铁口抽烟，伴着一台便携式立体音响在玩音乐。这些人的着装其实都属于一类，他们只是不愿承认罢了；她好想笑，好想告诉他们，他们跟她这些年见过的其他乐队年轻人没什么两样。

这辈子，她从不因为独自一人走在大街上而感到害怕。即便是在战时，她也喜欢一个人自由自在的。那时，她还年轻，在战争中幸存下来，冥冥之中，她觉得自己能逃过这一劫。

1981年发生暴乱的时候，她已经长大了，成长的经历磨去了很多锐气，就像两块砖头之间的固体物质被刮擦掉了一样。那是4月初，她从图书馆回家，看到几辆烧得剩下半个架子的汽车正停在一条街道上，当时火光冲天，一堆警察围成人墙，身前挡着塑料盾牌。她看不太清那火光与浓烟背后到底在发生着什么，不过她能听到里面的尖叫声，能看到那些人正面朝警戒线，胳膊举在半空中摇晃，像要抛出什么东西。她赶紧走回家，将看到的一切都告诉乔治。打那以后，他不再让她独自离开公寓，情况最糟的那个时期，他索性把店关了。站在阳台上，他们能看到布里克斯顿街道上的股股浓烟，这表示外面在打仗。他们家的客厅里堆着一盒盒蔬菜，摞得老高。他担心敌人会把自己的店抢空。"谁会抢果蔬店？"她说道，"我猜，他们会抢电视之类的东西，不会抢那堆土豆。"

她没太在意那些年轻人，而是继续往前走，一直走到她想要找的店铺。这是唯一一家没有关门的店，里面灯火通明，吵吵嚷嚷，从里面出来的人，有的走到大街上，有的坐在外面的凳子上。座位区周围有栏杆，栏杆之外有一只塑料火烈鸟守护着，门口挂着纸灯笼。

"对不起，借过一下。"她一边说，一边吃力地在这群二三十岁的人中间走着。

坐在桌旁的一些人把自己的椅子往回拉一拉，让她过去。他们抬起眉毛看了看她，之后又继续喝鸡尾酒去了。屋子里的笑声和音乐声混在一起，罗斯玛丽听不清到底哪一股才是贝斯的常规重音。离酒吧越近，人群就越密集。一个年轻人注意到了罗斯玛丽，接着便用胳膊肘碰了碰朋友，示意他从凳子上站起来。

"嘿，伙计，把你的座位让给这位女士。"

"对不起，我刚才没看见她。对不起，我刚才没看见您。"说着，他朝罗斯玛丽转过身去，伸出手去扶她坐下。她慢慢地坐了下来。

"你们可以跟我说说最近你们这些年轻人都流行喝什么，以此来表达对我的歉意。我已经好长时间没来鸡尾酒酒吧了。"

"好嘞——我来帮您点吧。"

只见他扬起一只手，引来酒吧服务员的注意。几分钟后，放在一张纸巾上的、用矮胖的玻璃杯盛的半杯加冰橙汁就送到了罗斯玛丽面前。

外面，一群职员穿着松垮的西装从地铁站走出来，混入夜色中，有人回家，有人奔向酒吧。他们一边向前走，一边往灯火通明的店里看，发现酒吧里居然坐着一个老妇人，正喝着一杯古典鸡尾酒。坐在她周围的年轻人说笑着，品尝着装满冰块的浅色鸡尾酒，上面用复古式的纸伞点缀着。她的两边分别坐着两对聊得火热的情侣，都背对着她。他们若能抬头瞧一瞧，便会发现这家鸡尾酒酒吧上方挂着一条褪色的绿色标语，上面写着"新鲜水果和蔬菜：皮特森及其儿子的店"。

第二十四章

总觉得自己的人生很失败

写完第一篇有关泳池经营状况的文章后,费尔逐渐给凯特分派了更多的任务,这次可不是策划通知之类的文章了,是正儿八经的报道。首先要写的就是那些为了给天堂居小区腾地方而被赶出来的租户,这也是她与市政委员会委员碰面后撰写的第一篇报道,后续还有一系列报道。这些报道将引导她全方位地关注这片街区,一切都将毫无保留地展现在她面前——美的一面与丑的一面。

报道中写了一家新开张的酒吧和一家即将关门的卖鱼的老店,还写了一所为慈善事业募捐的小学,以及一个男孩克服自身家庭教育环境缺陷励志成为体育明星并准备在下一届奥林匹克运动会的赛场上与对手激烈角逐的故事。突然间,她发现,从来《布里克斯顿纪事报》工作那天直到现在,她就没有这么忙过——每天都要奔走于街区各处去做走访和调研。

每次看到自己的名字被印在报纸上,她的自豪感便油然而生。一天晚上,凯特的手机响了,是艾琳发来的短信。

"喜欢你的文章,凯特。为你骄傲!"

凯特又读了一遍。虽然《布里克斯顿纪事报》有网站,但并不是所有的文章都会刊登在网上。

"我有些惊讶,你居然读过了?那可是当地报纸!"

不一会儿，电话提示音又响了。

"我订了当地的报纸！"

凯特想象着《布里克斯顿纪事报》每周从伦敦南部运送到巴斯，再被送到艾琳家的门垫上。这得花掉她多少钱？凯特甚至不知道这报纸还可以邮寄到那么远的地方。或许艾琳是在费尔那里订的报纸——不过，艾琳从来没有提过此事。凯特想象着姐姐读自己的文章时的情景，姐姐蜷在沙发上，她多么希望能够有一种魔力，即刻把自己带去巴斯，给艾琳一个大大的拥抱。可是此刻，她只能回一句："谢啦——对我来讲，意义极大。祝一切安好。"

第二天，凯特被分派到诺伍德和布里克斯顿食品库去做任务，在那儿，她见到了当地的一些志愿者，还有几家人，他们只能靠这座食品库去填充自家的橱柜。她采访了一位女士，名叫凯莉，比她大不了几岁，这位女士就靠这座食品库填饱肚子，她的女儿身体不好，住在医院里。

"孩子只有6岁，害怕去医院。"凯莉坐在大厅（所谓的食品库就在这里）的桌子旁说道。她一边说，一边接过一位志愿者递过来的茶。"最近，我每天都得去看她，我已经好几周没去上班了，攒下来的钱就快花完了，我试着回去上班，可每次一离开，孩子就哭得厉害，这么长时间，我真的已经筋疲力尽。可是，我必须坚持，就怕有什么不测发生。"

凯莉眼睛里含着泪水，凯特本想把手伸到桌子那边去握住她的手。可是，她没有那么做，而是继续做着笔记，努力让自己表现得专业一些。

"一天，从医院看女儿回来后，我才意识到自己一天都没有吃东西了。可惜，家里什么都没有。没有什么比那种感觉更糟了——突然意识到饿了，却什么吃的都没有。我过怕了这种日子，却无能为力，实在无奈才来的这里。"

凯莉看了看周围，似乎连自己都不清楚这是哪里。一位志愿者朝她笑了笑，优雅地朝她挥挥手。凯特打量着凯莉，看她额头上堆积着疲惫与悲伤，心里泛起一股深沉的羞愧感。她想起那些没吃晚饭就上床睡觉的夜晚，想起那么多次宁可没饭吃也不愿去超市买东西的情景。她总是忧心忡忡，却不知为何犯愁，奇怪的是，她居然能够体会到凯莉刚刚描述的那种噬人的恐惧。

"总觉得自己的人生很失败，"凯莉说着，一边抬起头，目光正好与凯特相遇，"填饱肚子，那是维持生命最基本的前提，是最为重要的事，不是吗？"

凯特觉得喉咙处像有一团东西堵着，眼睛里堆满了眼泪，差点就要喷涌而出。不过，她强迫自己忍了回去，对凯莉表示了感谢（希望自己所表现出的是热情与真诚），感谢她接受了这次采访。

"希望事情能够如您所愿，也希望您的女儿能早日康复，真的。"

那一晚，凯特回到公寓，又给自己做了顿饭。不是很复杂——只是鸡肉意大利面配香蒜酱——做饭的时候想到了凯莉，于是她做得很认真。那时，一种无助感朝她袭来——无助，因为自己没有扭转乾坤的能力；无助，因为自己连做些有意义的事情以改善境况都不能。在情绪最为糟糕的那段时间里，困扰她的不只是心里的忧愁，还有对世间百态无名的恐惧，她担心外面的世界总会给自己带来无尽的悲伤，想到这里，心里就越发恐慌。每当这时，她觉得自己就像一个黑洞，世间一切令人忧心的事情都围绕在她周围，这些事情被吸进黑洞里，直到内心完全被黑暗所填满。

吃饭的时候，她努力地克制着那一浪高过一浪的忧虑，抑制着恐慌症的暴发。她想到那座泳池，试图把注意力都集中在即将召开的会议上，想着自己还能帮罗斯玛丽做些什么去拯救泳池。正因如此，泳池才成为她生活中极为重要的部分，她这样想。这或许只是她生命长河中的某个片段，却意义非凡。还有，那黑暗，虽然依旧盘旋在周围，但是已经有了退去的迹象。

第二十五章

挨着摆放的两支牙刷

起初,家里连家具都不齐全。两人把一块木板架在木制菜筐上,当桌子用。乔治的父母给了他们两把椅子,虽不成对,倒也无伤大雅。一段时间里,除了靠在墙上的一摞摞书,这就是他们放在客厅里唯一的物件。过了一段时间,他们做出一个书架来。两人都藏了很多书,那些书滋润了他们的童年时光,也给他们的青少年时光增添了诸多乐趣。他们一边给书拆包,一边激情澎湃地读着一本本书名。

"等书架做好了,我们该怎么摆放这些书呢?"罗斯玛丽问道,"要分类摆吗?"

"不,"乔治说道,"我想把它们混起来摆。"

后来书架做好了,他们就兴高采烈地把书混合着摆放——他的狄更斯挨着她的勃朗特。

乔治攒的钱,用来给家里置办东西。一天,他下班回到家,拿回一盆玫瑰花,是从市场上买来的。他把花放到窗台上,又在厨房的日历上画上记号,好提醒自己给花浇水。在新家过第一个圣诞节时,两人咬咬牙买了台留声机,还买了张唱片,他们一遍遍地听,后来那张唱片成了他们的藏品。

罗斯玛丽喜欢洗手间架子上挨着摆放的两支牙刷,那是他们俩的。平时,两人一起刷牙,光着脚站在洗手间的脚踏巾上,他一只手搂着她的腰,她在镜子里凝视着他,既想笑又因为牙膏和牙刷堵满了嘴而不能笑。他对着镜子拉扯她的脸蛋,想把她弄笑。刷完牙,两人再轮流把牙膏吐进面盆。之后,又用同一条毛巾擦嘴,接着互相亲吻,薄荷味使彼此的嘴唇更加诱人。

刚结婚的前几个月里,两人在地板上摆张床垫,就睡在上面,窗帘是用旧床单改成的,用钉子钉在墙上。晚饭过后,两人直奔到床上,有时外面天还大亮,有时竟把盘子和碗留在桌子上不管,等第二天再刷洗、晾干。可是等第二天洗盘子的时候就得多花些力气,不过他们并不在意。

两人在一起的时候总有说不完的话,床上是唯一一处不说话的地方,在那里,他们更喜欢安静,不过两人会用身体进行全方位的交流。彼此的身体温柔地碰触,好似在窃窃私语,彼此的舌头伸进对方暖热的嘴里时,身体好似在疯狂地尖叫。他们不仅懂得彼此的身体语言,还知道该如何应答。

有时,他们对彼此彬彬有礼,有时,他们又十分疯狂,但无论如何,两人无时无刻不在亲吻。温柔的吻、强烈的吻、吻眼皮、吻脸颊、吻锁骨、吻耳后那片柔软的肌肤。

做爱结束之后,两人就瘫睡在床垫上,弄不清哪条是谁的胳膊,哪条是谁的腿,他们喜欢这种感觉。她的胳膊搭在他的肚子上,他的头躺在她的臂弯里。他把身体压在她身上,心贴着心,脸埋在她的头发里。有时,两人并排酣睡,他的胳膊揽着她的肚子,一只手扣在她一侧的胸上,她的胳膊则安放在他的后背上。两人安稳地躺着,虽然是两个独立的个体,身体却缠绕在一起。

"我爱你。"婚后一个凉爽的夏夜,乔治这样说道。他们躺在床垫上,盖着凌乱的床单,依偎在彼此温暖的怀里。

"我也爱你。"罗斯玛丽说道。

她钻进他的臂弯里,将头埋在腋窝那儿,把一只手横放在他的肚子上。

"真抱歉,我们连一张正经的床都没有,"他说道,"我保证,很快就会有一张。"

只要能够跟他睡在一起,哪怕是每晚都睡在石板上,她也愿意。她本来想把这话说给他听,可还没等开口,就睡着了。

第二十六章

池水像老朋友一样拥抱她

早上 7 点钟,罗斯玛丽和凯特在泳池碰面。艾哈迈德打开玻璃门,来到告示板前,帮她们把会议宣传单钉上去,为了腾出空间,他特意把尤克里里班招生的广告往下挪了挪。

"说真的,谁会玩这东西?这不过是给小孩子玩的吉他。"他说道。

海报钉上去之后,罗斯玛丽和凯特准备进去游泳。罗斯玛丽邀请凯特,连凯特自己都觉得奇怪,为何一听到对方的邀请会如此兴奋。上次因受邀参加晚宴而欢欣鼓舞是什么时候来着?她似乎记不得了。

到了更衣室,凯特脱掉外衣,露出里面穿好的泳装。她一转过身,看到罗斯玛丽正光着身子跟另一位女士聊天,看样子,这位女士将近 60 岁了。只见那位女士同样光着身子,头上戴着粉色的泳帽。罗斯玛丽与她谈笑着,她们握着彼此的手臂,笑的时候裸露出来的皱纹跟着一颤一颤的。

她们发现凯特正在一旁看着,这孩子害羞地端着肩,遮挡着身体。

"不好意思。凯特,这位是霍普,"罗斯玛丽说道,"我们以前是同事。"

"很高兴见到你。"说着,霍普伸出双手要去握凯特的一只手。

凯特从未想过自己会跟一个年近 60、裸着身子的女人握手,弄得她都不知道该往哪里看。

"罗斯玛丽跟我提起过你。"霍普说,此时的罗斯玛丽把身体转过去换衣服。

"我也很高兴见到您。"凯特说道。

罗斯玛丽换衣服的过程中,她一直等在那里。最后,老人家终于换上了泳装,拿起泳帽和泳镜。

"好了,我们走了。"

"我得等身上的水晾干了再穿衣服,"霍普说,"好好享受里面的水吧,今早的水有些凉,不过很清爽。"

"待会儿见,亲爱的。"罗斯玛丽说。凯特跟霍普道过别之后就跟罗斯玛丽一同来到泳池台上,她一直跟在罗斯玛丽身边。

"你不用故意等我。"

"我最近脚扭了,走不快的。"

"我可不信。"

"好吧。"

两人一起到了泳池边上。罗斯玛丽扶住梯子。

"我觉得,你还是不要看着我吧。"她说。

只听咯吱一声,再一停顿,紧接着便传来一阵轻微的水花声。等凯特再次转过身来时,罗斯玛丽已经下到了水里,一边戴泳镜和泳帽,一边往肩上撩水。凯特也顺着梯子爬下去,来到她身旁。霍普说得没错,水很清凉,因此让人感觉很舒爽。池水围着凯特,她深吸了一口气,觉得身体里像有一种东西伸展、舒活过来。

一进到泳池,就换作罗斯玛丽放慢速度等凯特了,她每游几个泳程就等凯特一会儿,后来,两人停下片刻,靠在泳池边上休息,准备再游。

凯特游泳的时候,罗斯玛丽看着她,只见她一直费力地把头扬出水面,像一只在水里追着球跑的小狗。

"你真应该弄一副泳镜,"在浅水区休息的时候,罗斯玛丽这样说道,"看你一直仰着头,我都觉得累。"

- 101

"我想，除此之外应该没有其他方法了，"凯特说道，"我不愿意让漂白粉水进到眼睛里。"

"泳镜能够帮你解决这个问题。我有一副多余的，可以给你。腿部蹬水和胳膊拨水的动作要分开——这样就不那么累了。下水之后，头部要向前拉伸。"

虽说两人都在泳池里，却是各游各的，只是偶尔到了浅水区的时候才打破沉默聊几句。这时候，阳光穿过树枝照到泳池上。

凯特想象着恐慌症已经来到泳池台上的某张餐桌旁。游泳的时候，她觉得有发作的迹象，不过她还是放心的。潜到水底以后，她想："到了这里，你就威胁不到我了"，池水像老朋友一样拥抱着她。

第二十七章

从未想过图书馆会关门

游了半个小时后,两人出来了,身上裹着毛巾,准备去换衣服。更衣室里吵吵嚷嚷的,大家都在忙活着。这群女人,有的在穿紧身裤,有的在穿衬衫,湿漉漉的泳衣挂在储物柜的门上,或者直接堆放在地上。

罗斯玛丽从镜子里瞧着那群女人,有的在排队吹头发,有的在化妆。刷睫毛膏的时候,她们一个个都扭曲着脸盯着玻璃镜,挑着眉毛,嘴巴微微张开。一位女士靠在镜子旁用眉笔画眉毛,脸上涂着护肤霜。这时候,旁边一位年轻女士又打了一层底霜,每抹一层,她脸上的斑点就变淡一些,最后居然消失了。

凯特穿衣服的时候,罗斯玛丽正在往脸上涂保湿护肤品、梳头发。"在外面会合?"她告诉凯特,接着凯特就加入那些女人当中,在镜子前排起队来。凯特点点头,伸手拿过自己的化妆包。罗斯玛丽盯着她看了一会儿,看到她拿出化妆品掩盖脸上的瑕疵,突出有特点的部位。这时,她在想,女人这辈子有多少时间是花在这些日常琐事上的。这么做是为了什么呢?在她看来,这些女人在泳池里、光着身体在更衣室的素颜已经很完美了。当然,年轻的时候,她也做这些事情。不过,她不像身边一些朋友那样爱化妆,也不像图书馆的一些女同事那样,每周都要换一款新的发型。不过,她当时对化妆这件事还是很认真的。那时,她每天至少都要花 5 分钟的时间化妆。

罗斯玛丽拿起包朝外面走去,坐在泳池对面一张长凳上等凯特。几分钟过后,凯特出来了,她走过来在罗斯玛丽身边坐下。

"您以前在哪儿上班?罗斯玛丽。"两人坐在阳光下等着头发晾干,凯特问道。

"我在图书馆上班,在那儿工作了35年,直到它关闭。"

"噢,"凯特说,"是那座老图书馆。"

那里现在已经改建成了酒吧、咖啡馆——凯特之前去过那里。

"我真傻,一直以为它的名字就叫老图书馆。我真傻。"

"以前,我在那座图书馆管理扫描图书,如今那儿改建成了酒吧,"罗斯玛丽说,"不知道那些书都怎么样了。我救下了不少——导致我现在住的地方空间狭小——不知道剩下的书怎么样了。希望它们被送到了当地的学校,一想到那些书被他们扔了……"

罗斯玛丽没有把剩下的话说完,亮蓝色的眸子顿时陷入深深的皱纹中。

"关键是,我们从未想过图书馆会关门,"她继续说着,"有一天,外面贴出了一张告示,说当地委员会想出了一些削减开销的办法,紧接着,我和霍普就在大街上眼睁睁地看着图书馆关了门。当时真伤心哪!"

"那时,我工作很认真,干得也很舒心——我总觉得,女人还是不要太无所事事吧。虽说我只是一名图书管理员,但是我会把自己想象成图书的守护者,把书架打理得整整齐齐是我的职责。浪漫言情类图书跟科幻类图书要分开摆放,这样,12岁的孩子一来就能找到 The Body Book[1],连问都不用问。下雨天,我们那儿也是个好去处。我记得有个年轻的小伙子,名叫罗比,他总背着个帆布包和睡袋,一来就把东西往椅子上一放,直奔外语图书区。他总是跟我打招呼说

---

[1] 一种绘本图书。——译者注

'Bonjour[1]'，还告诉我，终有一天他要走去巴黎或是游去巴黎。不知道他现在在哪儿……"

罗斯玛丽叹了口气，抬头看着公园那边的山丘，那个她看了一辈子的山丘。她想起了图书馆——在儿童区欢笑着的孩子们，还有那些来图书馆里学习、用电脑投简历的人们，以及最后营业的那段时间。图书馆开放的最后一天，有几个人过来找她聊天。布莱恩夫人跟她说，看到女儿梅根挑了一堆书，她由衷地感到高兴。"这是唯一一处我能带她找到想要的东西的地方，"她这样说，"读喜欢的书，怎么能是件坏事呢？"

古德威克先生还给了罗斯玛丽一个大拥抱。他眼睛里闪着晶莹的泪花，告诉她，因为有了这个图书馆，他才能学到些东西，找到工作。

"我现在又能做一名称职的丈夫和父亲了。"他说。

她转过身去看着凯特，说："泳池一定要继续营业，必须要继续营业。"

"我懂。"凯特回应道。

罗斯玛丽凝视着身边这位年轻的女孩。凯特褐色的眼眸里透着严肃、认真，没有恐惧。那双眼睛宛若一扇被轻轻推开的窗，罗斯玛丽发现，那完全是一个不同的女人。一个坚强的女人，罗斯玛丽突然感觉到，她能帮自己，也一定会帮自己。

"噢，我想起来了，"凯特说了句，"委员会打电话通知了我一些有关会议的细节。目前的情况是，我们需要任命一位代表，把其他居民的意愿总结起来——也就是说，综合表达一下泳池在人们生活中所体现的作用和重要性。除了您，我想不出更好的人选了。您会同意的，不是吗？罗斯玛丽。我们会在那里一直陪着您。"

罗斯玛丽遥想当初杰夫跟凯特说自己是他们这里"最忠实的游泳

---

[1] 法语"您好"的意思。——译者注

顾客"这件事。她希望自己能够不愧对这一称号，至少，会议开场的时候可以给大家讲讲泳池在生活中的重要性。

"很荣幸。"她说。凯特笑了，微微地叹了口气。

接着，两人看着那些头发湿漉漉、肩上扛着游泳包的人从泳池出来，进了公园。

凯特突然看了看手表，说："噢，天哪，要迟到了。我得去一趟布里克斯顿庄园，那里有一家新店要开张，我得在开业之前去采访一下店主。那么，回头见？"

罗斯玛丽点了点头，看着凯特离开，她那柔弱的身躯敏捷地穿过公园。罗斯玛丽又想到了即将召开的会议，开始努力地想象着自己发言时会讲些什么。她想到了布里克斯顿那些逝去的东西，这次，一定要表达一下自己希望将一切变回原样的迫切心情。

第二十八章

或许一切都会好起来

上个周六,布里克斯·米克斯集市进驻车站路,街上挤满了当地前来售卖复古服装、非洲印花面料、自制瓷器以及仿真木制动物彩雕的商人。马路上停着一辆小型厢式货车,车外面摆着烤架,上面发出"嘶啦、嘶啦"的烤肉声,空气中飘散着烤鸡的香味。

凯特窝在公寓里看电影,周六她通常是这么过。有时,她会出去到路尽头的咖啡店转转,坐下来看看书,安逸地躲在窗户后面望着外面的大街。

今天,又一个阳光明媚的春日,就是那种画家所画、作家所写的极美的天气。从公寓前门出来,她笑了笑,沿马路向前走去,借着这片蓝天所带来的希望给自己鼓劲儿。上一次恐慌症发作已经是几星期之前了。近来,她一直在坚持游泳,时间刚好的话,就跟罗斯玛丽一起,有时是下班后。游泳时,她想起之前读过的一篇文章,文章说运动有助于缓解人的焦虑。不过,于她而言,游泳的意义不止于此——泳池让她觉得自己整个人都精神了很多。她找到了可以坚信的东西,可以集中精力去做的事情。这几个月里,她觉得自己的控制力变强了。

一进到主街,她就被那些呼啸而过的汽车和从地铁站拥到前方马路上的人群惊到了。以往遇到这种情况,她可能会掉头折返,不过这次她选择了继续向前走,她竭尽所能地把头端平,尽量不低头看脚尖。

就这样，她在马路上时而加入人群，时而从人群中出来，小心翼翼地避免撞到人。

这时，她发觉口袋里的手机响了。拿出来一看，原来是艾琳发来的。凯特点开，是一张照片，照片上的艾琳一脸灿烂的笑，脖子上挂着一枚奖牌，"跑完第一个10公里了！"艾琳这样写道。凯特在一家商店外停住，仔细看了看照片，写了回复短信。艾琳看上去很高兴，脸颊呈粉红色，红色的头发扎成一条参差不齐的马尾辫——艾琳头发如此凌乱，凯特还是第一次见到。凯特不由得笑了，汽车发出的噪音和人群带给她的压迫感似乎一下子消失了。

"真为你骄傲，姐。"她回了条信息，接着把手机扔回了口袋里。

到了电影院，她拐到科德港路并沿路一直走到那家正面橱窗里摆满书的书店，橱窗里趴着一只金毛犬。她推开门，进到弗兰克和杰梅因的店里。

杰梅因正靠着柜台读书，看到她进来，他抬起头。

"凯特！"他说道。听到这声招呼，她觉得自己的脸红了——见她来，他似乎很高兴。

"我说过很快会再来的。"凯特说道。

"弗兰克刚刚歇班。不过，他要是知道你来，一定很高兴。"

"替我向他问好。我想进来转转，找本书看，可以吗？"

"你随意。"

杰梅因继续看书，凯特开始在店里选起书来。有那么一个区域，摆着的全部是女作家的作品，她便从那里开始，浏览书脊上的名字，直到发现中意的，才从架子上抽出来，看看首页和后面的封皮。接着，她又转到外国文学区，接下来是一摊专门为度假旅行设置的区域，再接下来，她又来到后面的儿童区，拿起儿时读过的书怀旧。她蹲下来翻阅着，想起小时候，可以通过阅读穿越到另一个时间与空间中去，到一个完全不同的世界。读书的时候，她可以是其他任何人，她享受读书的乐趣。想着想着,她这一本那一本地挑着,面前的书不断增多,后来摞起了5本。在这里,她觉得心里踏实,书店里的味道让她全身都舒坦。

"再多就拿不动了,先买这些吧,"说着,她把一摞书往柜台上一放,"这家书店真的很贴心。"

"谢谢你。"杰梅因回答道,只见他高高的个子从柜台后面探出来,查看了一下书的数量和封皮里面用铅笔标记的价格。他一边继续说,一边下意识地摩挲着胡子。

"泳池的事你能帮上忙,真是了不起。罗斯玛丽可能早就跟你提起过,我们这家店的生意一直不好。当然了,这用不着我说——你早就猜到了。最近这段时间,书店的生意确实不好做。"

凯特环视四周。店里虽然有些乱,但是很温馨,到处都堆着书,而且书架之间还摆放着供读者坐下来读书的椅子。

"我们愿意倾尽全力提供帮助,"杰梅因看着凯特又说了一遍,"有些事是值得奋力争取的。"

"多谢。"她说道,一边压制住上前拥抱他的冲动。接着,她朝门那边走去,不等开门,她趁斯普朗特不注意,偷偷拍了它一下。

"那么,我们就会场上见了!"

"我们一定到场。"

离开的时候,她的脸上洋溢着笑容。会议召开之前,她和罗斯玛丽的内心或许会很煎熬,不过至少还有这些人的陪伴。霍普、埃利斯和杰克、艾哈迈德和杰夫、贝蒂,现在还有弗兰克和杰梅因。凯特相信,一定还有更多人——还有那么多在这座泳池游泳的人,他们一定都很关心这件事。她心里想:或许一切都会好起来。

第二十九章

跟我结婚，你后悔吗？

"跟我结婚，你后悔吗？"罗斯玛丽问道。

她抬头看着乔治，乔治坐在床边的椅子上，弓着背，骆膊肘戳在膝盖上，两手轻轻地握在一起。衣服外面依旧罩着他那条皮围裙。通常情况下，他一下班回到家就会把围裙挂在前门的门后，第二天再穿。

他去图书馆为她请过假了，告诉他们，她可能近几周都不能去上班了。罗斯玛丽不愿想象他跟同事们对话时的情景，可还是没忍住，她想象同事们遗憾的表情，那是她最不愿看到的。

"为什么这么说？"他伸手握住她的手，轻轻地揉搓着说道。一碰到他的手，她的心就抽搐了一下，克制着不让这种心情表现出来。他的温暖瞬间传遍了她的全身。

"如果我们没结婚，这一切或许就不会发生，"她说，"你可能会跟其他人在一起。你或许就会有孩子了。"

说着，她心里一阵颤抖。接着，她又想到乔治去图书馆请假时的情景。或许那个时候，他跟霍普以及其他人说话的时候，儿童区还传来阵阵笑声，他当时的心情也一定是苦不堪言吧。她猜想，他们都说了些什么呢？又能说些什么呢？若是自己回去工作，将是怎样的情景呢？至少她能再次抬起那一箱箱的图书，把它们塞到参考资料区那摆放紧凑的图书中间。即便这样想，也丝毫起不到自我安慰的作用。

他低头看着她,她看到他脸上有着前所未有的悲伤。虽然看上去已经有了年岁,那神情看起来却像个孩子。这让她觉得自己就像那暴风雨中的干树枝。她闭上了眼睛。

"不要这么说,"他说道,"再也不要这么说了。我或许会跟别人在一起,可那个人不是你。我或许会有孩子,却不是你生的。"

她再次张开眼睛,他一如当初,全心全意地爱着她。对此,她从未怀疑过。

"可能这个孩子出生的时机不对,可能下一个就对了,"他说道,"毕竟我们还有彼此。我还有你。"

乔治努力地笑了笑,却依旧掩盖不住悲伤——这让他的脸变得有些扭曲,也让她更伤感了,他是为了她才使劲儿让自己笑的。看着乔治,她想起了当初在泳池时的情景,一个鸟巢从一棵树的树枝上掉下来。那时,他们还年轻,乔治拼命地往鸟巢那儿游过去,没等伸手去够就哭喊起来,因为他已经知道接下来会发生什么。后来,他把溺到泳池里的鸟巢捞上来,还潜到水底捡那些掉出来的弱小生命。看着他一次次地下水,她哭了起来。她假装在哭那些鸟,其实,她的眼泪是为他而流。就这样,他钻到水底,直到把所有鸟儿都捡上来,把它们排成一排放在泳池边。

此时此刻,乔治眼睛里的泪水终于忍不住流下来。落在围裙上,晕成一个个黑色的点。

"没关系的。"她说。

说着,他开始抽泣。眼泪如同决堤的河水般夺眶而出。看着他那双强壮的手,看着他穿着那身满是泥巴的果蔬店围裙,她再不忍心看他流泪。

"快跟我一起到床上来。"她说。

他走到床的另一边,爬到她背后,用胳膊搂住她,手放在她肚子上。他就这样搂着她哭,她也哭。这次,她自己也弄不清楚是在哭孩子还是在哭他。第二天早上醒来的时候,他依旧穿着那件围裙、那双鞋。

第三十章

恐慌症在身体里蓄势待发

委员会会议召开那天,凯特发觉恐慌症在身体里蓄势待发。她不想让那些熟识的人失望,不想让罗斯玛丽失望。

上班的时候一切都还好,写稿的时候她心里一直记挂着会上将发生怎样的事情,想着到席的人数是否足够多,去那么多人能否起作用。

她真是累得够呛。晚上睡觉的时候,她梦到恐慌症复发。梦中,她在去泳池的路上,肩上背着泳包。她迫不及待地想一头扎进冷水中,优哉游哉地游上几个泳程。可到了那儿才发现,泳池已经不在了。她发现自己来到城市中一个陌生的地方,站在高耸入云的公寓楼下,头顶的阳光被遮得严严实实。街道是陌生的,街上的行人行色匆匆地走着,想拉住一个人问问路都不能。"游泳池"的标识牌指向左边,手机地图却提示她往右走,指针定位的终点在高层建筑物中间。

她绕着建筑物走,仰着身体想看看建筑物的顶端,走着走着,恐慌症发作起来。泳池怎么搬走了呢?为什么地图显示它就在这里,却怎么也找不到?她走了好几条街,还是没有找到,于是再次查看了一下手机。手机显示离终点只有 2 分钟的路程,可它到底在哪儿呢?

顿时,无助感犹如一只强有力的手,将她的喉咙紧紧攥住,使劲儿地压住太阳穴。接着,恐惧(害怕自己迷路)感从她体内催生出一股潮热而气愤的泪水。她大口大口地喘息着,腿早就不听使唤了。她在马路上动弹不得，拼命呼吸的同时，眼泪从脸颊上淌下来。

人们从她身边经过，要么无视她，要么上前看一眼后赶紧离开，弄得她像个行为不检点的孩子。她想象着自己在那些人眼中的形象：一个年轻的女人，脸上化的妆被哭花了，街上的人根本不知道她为什么会哭得这么厉害。最后，一个年轻的小伙子走上前来，问她是否还好。

"你别哭，别哭了。"他说道。

可她还是停不下来，也无法解释为什么哭。难道要告诉他自己迷路了、自己只是想找泳池？对于这种来势凶猛且无法止住的眼泪，上述理由似乎有些站不住脚。

再后来，她就醒了，身体疲惫得如同恐慌症真的复发过一样。

"我想，你或许应该来杯咖啡。"有人一边这样说，一边轻轻地在她桌前放了一杯。她抬起头，看到一头黄色的头发和一张笑脸。

"谢谢你，杰伊。还是你了解我。"

"摄影师可比读心的人还厉害，这个我绝对有信心。"

她嘬了一口咖啡，香浓的味道令她稍微恢复了一些。

"今晚，我被派到你们的会场，给报社拍几张照片。希望你不会介意。"

凯特停下来看了看杰伊。她其实不太了解他，不过每天都能看到他那头黄色的头发与和蔼可亲的脸。他是她生活中的调味剂，而且某种程度上，单是他这张脸就能够抚慰她的心灵。

"那其实不是我的会场，"她说，"当然了，你可以去。只是，我不敢保证你能找到有用的东西。"

"我看看吧，"杰伊一边说，一边从他的桌子一端弯下腰去够摄影包，"如果说，我既是一个好摄影师又是一个会读心的人，你可能不敢相信。对了，我这就要去新开业的那家墨西哥餐厅拍摄。需要的话，我可以给你带回些免费的玉米片，他们还不知道，我们只给他们两颗星的评价。"

- 113 -

"算了吧,不过,真心喜欢你的咖啡。谢谢你。"

"客气,一会儿见。"

杰伊离开之后,凯特这才意识到,原来除了上司和采访对象,她已经很长时间没跟异性交流过了。她也察觉到,自己似乎不像以前那样焦虑了。

第三十一章

跟我跳支舞怎么样？

罗斯玛丽第三次流产之后，乔治提议一起去度假。"我想让你体会一下海水在脚趾尖流淌的感觉，罗斯。"一天晚上，他这样说道，接着她笑了，想象着那将是怎样的感觉。他坐在火炉旁的扶手椅上，张着胳膊。她穿过客厅，趴到他腿上。她还记得他跟自己描绘的那个德文郡，每每想到这些，她仿佛已经尝到了海水的咸味，听到了海浪的声音，只是从未亲眼见过。

"我想出去散散心，就我们俩。"他说道。其实，他们的生活中原本也只有他们两人，不过，她能够理解他的意思；她也好想忘记那个未能出世的孩子，找回两人年轻时的感觉。于是，他们决定去度假，接着两人便一起憧憬起来。

他把店关了一整个星期，这可是结婚以来头一回，也是唯一的一回。离家度假的前几周，他把告示牌挂到窗子上，告知顾客店铺即将关闭一段时间，在这段时间里，每每有顾客前来，他都会跟他们谈论一番度假的事。说到这次精心准备的旅行，他很骄傲，偶尔还会用美国人的词汇"vacation[1]"。罗斯玛丽和乔治不是那种时常去度假的人，之前也从未度过假。

---

1 同样为度假之意。——译者注

德文郡太远了，于是，他们转而选择了布莱顿，在B&B旅馆定了为期一周的客房入住，额外攒了两先令六便士买了张从维多利亚始发的布莱顿·贝尔号列车的车票，听说这趟普尔曼列车刷着巧克力色和奶油色的漆，因其华丽的车厢而出名。

"你就是我的布莱顿·贝尔。"乔治在人群拥挤的站台上扶罗斯玛丽上车时在她的耳边这样说，两人拿了个小行李箱，那是从罗斯玛丽一个朋友那儿借来的。一找到座位，罗斯玛丽就开始打量起车厢的环境来——带有艺术气息的褐色装饰壁纸、光线柔和的桌灯，还有那淡淡的烤面包、咖啡和熏鱼的味道。

罗斯玛丽努力地掩饰住心中的紧张——之前她从未离开过伦敦，现在看到火车站站台在旁边疾速后退，五脏六腑都跟着一紧，那感觉就像挣脱了缰绳，自由自在地飘在空中一样。乔治紧紧地握着她的手。

"你猜那个是用来做什么的？"罗斯玛丽指着墙上的按铃问道。

"那是叫服务员的。"对面座位上的一位女士扬了扬眉毛说道。乔治和罗斯玛丽相视一笑。他按下按钮，不一会儿，服务员果然来了，给他们递了一张菜单，还称呼乔治为"先生"（弄得罗斯玛丽捂着嘴想笑）。他们只买得起一壶茶，那个时候要是来杯香槟该多应景啊。旅途颠簸，而且座椅也不是很舒服，不过，他们并不在意。

一到目的地，罗斯玛丽恨不得马上就看到大海，于是，两人便跟着其他人沿皇后大道直接去了海边。放眼望去，沙滩上的人们全副武装——男人、女人们都戴着黑色的圆形太阳镜，孩子们头上戴着遮阳帽。两人从冰激凌店、茶水店和爵士酒吧门前经过，罗斯玛丽连看都不看一眼，一门心思要去看大海。

离海越来越近，她走得也越来越快。海鸥在头顶的蓝天上盘旋，她能够听到它们的叫声。终于，她看到了大海，广阔无垠的碧海如墨般浸渗到蓝色的地平线之下。码头伸到海水中，码头的建筑与建筑物的顶和周围的环境完全不搭，而且尽头处还有两栋乱糟糟的建筑朝向大海。

他们就这样沿海滩往前走，海风迎面吹来。她舔了舔嘴唇，一股鱼和土豆条的味道。

海滩上摆满了帆布躺椅，还有歪躺着的一家人和年轻的情侣。一个穿着泳裤的男人正在追逐一个穿连衣裙、戴泳帽的女人，后来那两人一起潜到水里去了。一个孩子坐在一堆鹅卵石上，一边指着海鸥，一边吃着加糖三明治。一艘船翻扣在沙滩上，在旁边投下一片阴凉，一群年轻人躺在阴凉里吸烟。

罗斯玛丽和乔治把脱掉的鞋袜放在行李箱上。接着，他们走过岸边的鹅卵石，十指相扣走到水里。

海水和泳池里的水一样冷。他们站在水边，望着似乎永远都流不完的海水。乔治看到罗斯玛丽在凝视着大海，整个人都很欣慰。

两人一起走到码头，在那儿买了几个滴着油的烤土豆，靠着栏杆吃起来，海鸥围着他们希望能捡些残渣。一排排戴着白色帽子的男人正在大海的尽头钓马鲛鱼，女人们穿着裙子手拉着手散步，孩子们站成一排等着新鲜出炉的甜甜圈，小摊贩递给小女孩儿一只油乎乎的纸袋，小女孩儿高兴地笑了。

乔治转过身来避开孩子的笑声，他背靠着栏杆。罗斯玛丽转过身朝他笑了，希望他能从自己脸上看到足够多的笑容，让他感到安慰。

他们利用一周的时间在各个小镇之间游走，去里昂的茶水店吃蛋糕，还去了烟雾缭绕的爵士咖啡馆，当然还去了海滩。到了晚上，他们就回到B&B，从海边回来，他们的皮肤粘着一层来自大海的焦油。

"你得在身上涂一层黄油，之后它自然就会褪掉。"B&B的老板说，于是，他们拿了一条黄油回到房间里，给彼此浑身上下擦上白花花的肥油，一边擦一边像孩子一样大笑。后来，他们就闻着黄油味睡着了，被子下面盖着他们柔软的身体和缠在一起的四肢。

在海滩的最后一天，他们的脸早已晒成褐色，一见到太阳或是一进到水里就发疼，他们到咖啡馆喝了热巧克力，听了一阵自动唱机里的音乐。屋子里的烟雾和咖啡机发出的气体混在一起。乔治点了一首歌，不一会儿酒吧里便飘起了埃尔维斯·普雷斯利的《梦想成真》。

"跟我跳支舞怎么样？"他问道。他们把桌子推到一边，他拉起她的手在店中央跳起来。罗斯玛丽将脸靠在他的胸膛上，听着他的心跳，有一种家的感觉。她喜欢大海，但现在，她想回到泳池，那里是个温暖的地方，而非牢笼。这一周以来，她又找到了两人年轻时的感觉，在码头的镜子迷宫中捉迷藏，在B&B那张吱吱呀呀的床上做爱，将一切不愿想的事情通通抛开。可是，她想家了，想回到他们那间小公寓。虽然房间的每个角落都堆满了悲伤，时不时像灰尘般被两人强烈波动的情绪翻腾起来，可是，那是他们的家，是他们生活的地方。于她而言，足矣。

埃尔维斯·普雷斯利为他们唱着歌，两人跳起舞来，乔治亲吻着她。

第三十二章

泳池承载的记忆

罗斯玛丽站在市政厅的台阶上,看着脚下的五彩纸屑。一阵微风将一片心形彩屑吹到她的矮跟玛丽珍鞋后面。她看着它贴在那里。

"准备好了吗?"凯特问道,说着她伸出手攥了一下罗斯玛丽的手。罗斯玛丽低头看了看,没想到凯特会有这样的举动。不过,凯特很快就松开手笑了。

其他人站在她们后面的台阶上。泳池和咖啡店的员工赶紧关门歇业,好及时赶到会场,咖啡师依旧穿着他那条围裙。艾哈迈德和杰夫站在一起聊天。埃利斯和杰克正在跟霍普说话,弗兰克和杰梅因紧挨凯特站着,斯普朗特坐在他们脚边。贝蒂把孙女儿也带来了。还有一位女士,带着个刚出生的婴儿,用纺织吊带斜着绑在胸前,孩子正睡着,她的丈夫握着她的手。泳池俱乐部负责教瑜伽的老师也到场了,周围还有一些她的学生。有一个瘦瘦的少年,身边有两个人紧挨着他站,离他只稍稍有点距离,罗斯玛丽猜那可能是他的父母。百货公司的保安也来了,还有几名当地的老师和一群游泳俱乐部的孩子、家长和教练。杰伊站在后面,给这群聚集在市政厅台阶上的人拍照,脖子上的相机带耷拉着。

"我们跟在您后面,皮特森夫人。"埃利斯说道。

罗斯玛丽抬头看了看那些正好充当市政厅大门的大柱子,一边扶着台阶扶手,一边往上走。其他人耐心地跟在她后面,直到所有人都进入大厅,会议即将在那里举行。

大厅前面摆着一张长桌,后面站着一群身穿制服的人,站在中间的是凯特之前见过的委员,其他几个人分坐在他两侧。

"欢迎大家!"人们一进来,他这样说道。众人在专家组对面纷纷拉开椅子,于是,他的声音与椅子腿刮擦地板的声音掺杂在一起。"来了这么多人,真是太好了。可能还得再添些椅子。"

后来,椅子终于备齐了,大家都坐了下来。罗斯玛丽和凯特坐在前排,杰夫和艾哈迈德挨着她们。

"我帮您把外套脱下来吧,罗斯玛丽。"凯特一边说,一边想伸手帮她。没想到,罗斯玛丽推开她的手,还故意把上衣拉链往上拉了拉。

"不用,我怕冷。"

大家纷纷落座,委员宣布会议开始。他讲得很快,而且宣读的内容多为行业术语,这让在座的居民有些发蒙。他谈到了资金的不足,谈到了预算的削减,还说经营泳池就是在烧钱,而这些钱本来可以用到社区其他有价值的维修项目与资源上。

"大家也一定想把钱花在其他服务项目上,比如资助社区学校,"他一边说,一边看着屋子对面那些游泳爱好者,他说话的时候,大家都低着头看自己的大腿。罗斯玛丽觉得这像在接受审判一样,他们似乎根本没有反击的余地。

"现在,该你们表达看法了。在关停泳池这件事上,谁愿意言简意赅地总结一下大家的看法?对不起,应该说是预备关停。你们有代表吗?"

罗斯玛丽慢慢地站起身来,扶着凯特的肩膀作为支撑。她把身上紧巴巴的外套向下拽了拽,又整理了一下脖子上的围巾。

"您有3分钟时间陈述,请大家仔细听。"委员说道。

站起来时,罗斯玛丽看得出大家脸上的表情是什么意思,她就是他们的指望,是他们的依靠。

她想起那天早晨与凯特一起游泳时的情景，想到自己教她蹬水，接着又一起坐在长凳上聊天。她又想到乔治在泳池底下倒立的情景，他白嫩嫩的脚底心朝着天空。她想到自己每天见到的那些人，他们把泳池当作避风港，一泳程一泳程地将自己的负面情绪消耗掉。想到这里，她清了清嗓子，陈述起来。

"老图书馆关闭的时候，谁也没意识到我们正在失去的东西有多重要，直到它彻底消失才有所察觉。那是一个学习知识的地方，也是我们社区的一个中心，同样，这座泳池也是。我们觉得它的存在是合情合理的，它很重要，它的存在让我们心里有了依靠。我们可以在那里找到属于自己的片刻时光，有些时候，人难免会因为这样或那样的原因而需要这样的空间。"

她转过身看着那些坐在身后的人，大家心里都有着各自的理由。

"泳池承载了我们大家太多的记忆。对于那些从来没去过海边的孩子来讲，泳池就是他们的夏天，是他们的自由天地；对于家长而言，泳池是他们看着孩子第一次学习游泳的地方——那一刻，他们只想放手让孩子去遨游；于我而言，泳池是我的生命。"

"可您想过天冷的那几个月吗？"委员打断她，"没错，阳光好的时候，泳池的人或许会多些，可天气不好的时候它会浪费掉更多的资金。天冷的时候或是下雨天，人们不愿意到室外泳池去游泳，这种日子可不少。像您这样年纪的女士一定知道在冷水中游泳对健康造成的危害吧？"

正当委员说话的时候，罗斯玛丽开始慢慢地解开上衣外套。她拉下拉链，松开脖子上的围巾，露出一抹黑色。接着，她把衣服从肩上抖落下去，周围坐着的朋友一看，纷纷鼓起掌来。

"看好了，我可是全副武装了的。"

再看她那苍白的头发和脖颈一起从防寒泳衣上伸出来，衣服紧紧地贴在她那丰满的身体上。防寒泳衣的长度过膝，露出她那双变了形的腿，还有脚上那双黑色的玛丽珍鞋。委员尴尬得干咳了一声。杰伊用相机记录下了这一幕，他要让这张照片成为《布里克斯顿纪事报》的头版。

"我觉得，日后我们前台应该丰富一下产品的样式，"杰夫拍了拍罗斯玛丽那件防寒泳衣的袖子说道，"您说得对，水里确实冷——但现在看来，这已经算不得是什么理由了！"

罗斯玛丽慢慢地转过身去，以便让大家好好看看自己的这身装备，顿时，人们一阵欢呼。这时，她看到凯特正看着自己——好像在极力地忍着笑，可没过多久，她再也忍不住了，跟大家一同笑起来。委员一下子没了说辞。看来，一位86岁的老太太穿着防寒泳衣来市政厅，他应是头一次见。

第三十三章

带有人情味的照片

第二天,杰伊拍的那张罗斯玛丽穿防寒泳衣的照片登上了报纸的头版。凯特负责内容撰写,她在文中写道:夏天一过,天气越发地冷,即日起,顾客们便可以在泳池购买防寒泳衣了。

凯特一到单位,费尔就挥舞着报纸跟她打招呼。杰伊在他的桌旁,看她过来,赶紧给她端来一杯咖啡(这是他给她端的第二杯咖啡)。

"今早在公共汽车上我就听人们议论了。"凯特从门口过来时,费尔说道。他指着罗斯玛丽的那张照片。"你知道我有多久没听到人们议论《布里克斯顿纪事报》刊登的新闻了吗?每家报纸经销店都有我们的报纸,地铁站里也有,可是我能猜想到,人们可能直接把它拿回家去装土豆皮了。"

凯特和杰伊你看看我,我看看你,都扬了扬眉毛。

"不过这次——你是从哪儿找到她的?"

凯特没有回答。她自己也说不清楚,到底是她先找的罗斯玛丽,还是罗斯玛丽先找的她。

"泳池这篇故事还需要更多的照片。凯特,你带杰伊去一趟泳池,给他介绍一下你在那儿认识的人。杰伊,我想要一些带有人情味的照片,能从中看到那个'鲜活的社区'的照片,就像罗斯玛丽·皮特森说的那样。"

"好的，头儿。"杰伊一边说，一边拿起相机袋。

费尔在办公桌旁坐下，把外面沾有油渍的一只纸袋撕开，然后一边啃着汉堡和奶油牛角面包，一边开始工作。面包屑落到报纸上，如同落在罗斯玛丽头上的秋日落叶。

凯特正准备收拾好东西出发，这时桌子上的手机响了。她拿起来看到艾琳发来了信息："我喜欢罗斯玛丽·皮特森这个人物！她太棒了——今天早上，那张照片惹得马克和我笑了好一阵！能在头版看到你的文章，真是太高兴了！艾琳。"

凯特一边读信息，一边咧嘴笑着。

"一起走吗？"杰伊问凯特，此时，他已经把包扛在肩上，胳膊下夹着一副三脚架。

"是的，不好意思！"

她给艾琳回了张游泳的动态图片，再加上几个吻的表情，之后就把手机放到包里。

"我们走吧。"

罗斯玛丽吃早饭的时候在报纸头版上读到了自己的故事，也看到了照片。

乔治一定不会相信，她居然上了报纸头版，虽然这只是当地的报纸。今早去报亭买报纸的时候，她看到有几个人正在那里翻看。

"看看这个，太有意思了。"一个年轻人跟他的女朋友说道，正巧罗斯玛丽从他们身边悄声经过。

连她自己都不敢相信。那身防寒泳衣正挂在卧室门的后面，随时提醒着她。早起一看到它，她就笑了。

要知道，会议开始之前，她可是费了好大劲儿才把衣服穿上。她给手和脚都套上塑料袋，好把胳膊和腿塞到紧绷的袖子和裤管里，从卧室镜子里看到自己的样子，她忍不住大笑起来。直到笑得连气都喘不过来时,她才坐下来待一会儿,身上的防寒泳衣只穿了一半,手脚上还套着塑料袋。在床上坐着的时候,她看了看摆在枕头旁边乔治的照片,那是一张他在果蔬店外穿着围裙照的照片,怀里捧着一只他们所见过的个头最大的南瓜。他在咧着嘴笑。

"看我穿得像什么,乔治?"

自己拉衣服后面的拉链真不是一件易事。她花了好长时间扭着身体伸手去够拉链,两次差点跌倒。好不容易把拉链拉上,她穿好外套,又把围巾裹得严严实实的,这样好把里面防寒泳衣的领子遮住。穿上外套后,活动就更不方便了,以至够鞋子都得手脚并用。

综合来看,委员会会议并不尽如人意。看得出来,那些委员高高在上,这让她仿佛又回到了上学的时候,面对的都是老师。讲到一半的时候,她想起了当年老师们让大家在暴风雨中游泳时的场景,想起了大家穿着外套跳进水里时老师们被气得铁青的脸。想着想着,她笑了,先耐心等待,待会儿再给大家揭晓外套里面的惊喜,她这样想。

很难说这场会议的结果如何。罗斯玛丽把衣服重新穿上,委员停止了干咳,他告诉大家,他会把大家的想法递交给上级(并未提及所谓的上级具体是指什么),以申请重审。请居民和泳池工作人员继续等通知,他这样说道,不过,下次会议召开的具体时间待定。虽然结果还没出来,但是此时有人在她背上拍了拍,耳边传来朋友们离开市政厅的笑声,于是,她只得把内心的担忧暂且放一放。会议结束后,大家还到附近的一家酒吧喝了几杯。凯特和埃利斯扶她坐上高脚酒吧座椅,坐上去脚都沾不到地。埃利斯给她点了苹果酒。她就这样穿着防寒泳衣和外套坐在那里,其他一些顾客用奇怪的眼神看了她几眼。对此,她完全不在意,只顾笑着端起酒杯。

喝酒的时候,她看到埃利斯、霍普和贝蒂一边大笑,一边分享着一袋花生,聊着布里克斯顿的一些事。斯普朗特趴在其中一张桌子下面黏糊糊的地毯上,弗兰克和杰梅因一边跟凯特聊天,一边把炸猪皮扔给它吃，凯特跟他俩聊自己最近读的书，他俩在旁边瞪大眼睛听着，凯特一只手端着杯红酒，脸颊绯红。有时候三个人一起大笑起来，斯普朗特也高兴地在地上使劲儿摇尾巴。艾哈迈德在跟那位帅气的摄影师聊天，听那位摄影师说，罗斯玛丽的面容绝对适合登报纸头版。

罗斯玛丽看着大家，一股强烈的满足感和暖意传遍全身。当然了，其中也有苹果酒的功效。

吃完早饭，罗斯玛丽拉开一层抽屉，把擀面杖、保鲜膜和一卷锡纸拨弄到一边，找到那把厨房多用剪，用她那双颤颤巍巍的手，慢慢地把头版内容剪了下来，接着又把这篇报道从整张报纸上剪下来，钉在冰箱上，并顺手把霍普两年前去旅行时寄来的明信片和那张附近加勒比海风味外卖食品店的菜单向下挪了挪。

接着，她打电话给凯特，做了一件很久没有对别人做过的事——邀请凯特来家里吃晚饭。

凯特听了很吃惊，不过，她二话没说就答应了。

"当然！我很乐意去。谢谢您！"她说，"噢，罗斯玛丽，我想问一句，您现在忙吗？不忙的话，泳池这边需要您的帮助。杰伊正在给另一篇报道拍摄照片——我们希望头版能产生更好的效果。艾哈迈德已经在脸书上登了一条'拯救布洛克韦尔泳池'的消息，我们也会在报道中提到它。后续我会把它拿给您看，目前它已经得到很多人的支持。"

"太好了！"罗斯玛丽回应道，一想到艾哈迈德提供的帮助还有其他人加入并表示对泳池的支持，她脸上就笑开了花，"我十五分钟后到。"

"您能带上泳装吗？"凯特说道，"杰伊觉得给您拍一张在泳池里的照片效果会更好。既然已经登过头版，我猜您不会介意吧？"

罗斯玛丽听了哈哈大笑起来。

"怎么会介意呢？"她说道。

三人在泳池外面会合。艾哈迈德早早就出来问候他们，还迫不及待地给罗斯玛丽看手机上脸书的页面。

"已经有 60 个粉丝了,今早才发布的。"他高兴地说道。罗斯玛丽想问问他"粉丝"是什么,可又不想让人觉得自己无知。于是,她只好说了句:"太棒了!艾哈迈德,你做得很好。"

接着,凯特和罗斯玛丽带杰伊四处转了转,他给她们拍了些照片,还给工作人员和游泳的人拍照。游泳队的孩子们想要看看他的相机,他蹲跪在地上,告诉他们各个按键的功能,还给他们看了一些照片。孩子们都争先恐后地要摸一摸相机。等他站起身来时,裤子的膝盖部位湿了一大片,像戴了护膝,惹得凯特一阵大笑。

"真抱歉,"他看到她在笑,她这样说道,"你不会介意孩子们摆弄你的相机吧?"

"我已经习惯了,"他说道,"我可有三个侄女、两个侄子。"

罗斯玛丽看着杰伊和凯特说话,发现此时的凯特跟第一次见到她时的状态大不相同。此刻的她很开心。

就这样,一天过去了,三个人在公园门口分开。

"那么明晚见,罗斯玛丽!"凯特说道。

"好的,明天见。"罗斯玛丽说道。

第三十四章

把喜欢的书从图书馆带回家

"您家里真好,罗斯玛丽,谢谢您邀请我来。"凯特走进罗斯玛丽的公寓,将手中的一小束紫色郁金香递给她。傍晚的阳光从阳台的窗户照进来,整间客厅沐浴在一片金色的暖阳中。屋子虽不大,但干净而整洁。客厅里有一个双人沙发、一把扶手椅和一张咖啡桌,紧挨着桌子旁边放着一台唱机。沙发和扶手椅上用颜色鲜亮的靠枕做了点缀。凯特认得出,那鲜活的图案出自布里克斯顿庄园那家非洲织品店。她觉得,这间屋子给人一种安定而亲切的感觉。

"你可以把外套放在椅子上。"罗斯玛丽指了指门口的椅子说道,果然,她的泳装袋就放在上面。

罗斯玛丽一转身进了厨房,留凯特在客厅里。她不在的时候,凯特到阳台门那儿转了转。围栏那边,过了马路就是泳池的外墙,红色的砖墙在余晖的照耀下犹如被煅烧过的陶器。泳池那边是公园的一部分,它一直伸向那树梢和草地组成的绿色薄雾当中。

她从阳台那边转回身,经过长长的书架,那书架足足占了一整面墙。"看看这些书!"凯特一边朝厨房方向大声喊着,一边歪着头浏览书脊上的书名:《麦田的守望者》《布里克斯顿史》《生命的诗篇》……

"我们听会儿音乐怎么样?"罗斯玛丽端着一碟花生回到客厅时她问了一句,手指着那台唱机。

"你喜欢听什么？"罗斯玛丽说。

"太难选了，您收藏了这么多唱片。"

"那些大都是乔治的。"

"我可以挑一张吗？"

"请吧！"

罗斯玛丽坐下来，凯特蹲跪在地上翻看着那些唱片。最后她挑了一张，小心翼翼地从套中拿出来放到唱机上。

"我喜欢弗兰克·西纳特拉。以前，我母亲和继父经常一边听他的音乐，一边在厨房里跳舞。小时候我会觉得不好意思，不过我真的很喜欢——歌曲和舞蹈。"

"乔治和我也听着这曲子跳过不止一回呢。"

"真不好意思，"凯特说，"我可以挑一个您喜欢的。"

"不用，就它吧，我喜欢。"

凯特坐在沙发上，旁边的架子上放着一张裱起来的照片，是乔治和罗斯玛丽办婚礼那天的照片。他们在公园里的一棵树下，牵着手，两人都没有看镜头，照片中，他们正在开心地大笑，似乎正盯着摄影师肩上的什么东西。

"您真漂亮，"凯特说，"你们两个都好美。"

"谢谢。人们不太常用这个词去形容男士，不过我觉得他当时真的很美。那年夏天，他被晒得黝黑。"

罗斯玛丽笑了，闭上眼睛待了一会儿。弗兰克·西纳特拉那悦耳的歌声在公寓里飘荡。听着这音乐，凯特想家了。上次回家看妈妈和布莱恩已经是好久之前的事了。她时常会担心，自己一回到家，就再也不愿回来了。虽然很长时间没回家，但是她依旧能够在脑海中清晰地勾勒出家的模样。此时此刻客厅里的味道跟家里很像，香橙味的蜡烛、实木餐桌，在凯特的记忆中，家里一直是这样。还有家人的头发和衣服混在一起的味道，无法用语言来描述，在这个世界上，他们是她最爱的人。小的时候,她和艾琳有一款一模一样的带有图案的围巾,是祖母送的。要想把两条围巾区分开,只要拿过来闻一闻,立马就能识别出是谁的。

凯特抬起头,发现罗斯玛丽正看着自己。她又看了一眼那张结婚照,心里想,如今的罗斯玛丽与当年相比,变化真是大,不过还能看出许多相似的地方。虽然面部已呈现出老态,但眼睛还跟当初一样,无论是照片中的她,还是凯特面前的这位老妇人,眼神里都装着满满的自信。

"跟我讲讲乔治的事吧。"凯特把相框轻轻地放回架子上,说道。

"噢,从哪里开始呢,"罗斯玛丽稍微往椅子里坐了坐,说道,"你可能早就猜着了,他游泳游得非常好。打仗的时候他到德文郡避难去了,据说他还跟海豚一起游过泳呢,不过信不信由你吧,我是不太相信。"

凯特听了哈哈大笑。

"那时,如果我从图书馆下班早,就去他的果蔬店看看。有时赶上他忙着照顾客人,我就站在土豆摊那里等他,看着他把纸袋拎起来一转,袋子就合上了,或者是看着他全神贯注地给西红柿称重量。有时赶上店里没人,他就会想方设法给我变一样礼物出来:有时是一颗扁桃(他猜一定很甜),或者从一袋子齐整的胡萝卜中挑出来一只奇形怪状的我从来没见过的东西,比如,从市场上加勒比海朋友那儿弄来的甘薯。"

"他喜欢看书,跟我一样,我会把我俩喜欢的书从图书馆带回家,然后坐下来一起看,有时他读到有意思的地方就哈哈大笑起来,为了不打扰我,他又使劲儿憋住保持安静,不过他总是忍不住,直到笑出眼泪来淌得满脸都是。每每看到他那样,我也会跟着哈哈大笑,我在想要是被顾客看到他这个高个子果蔬店老板笑到满脸是泪,他们会有什么反应。"

凯特坐下来,一只手托着下巴认真地听罗斯玛丽跟她讲述那个自己深爱着的男人。讲的时候,她那蓝色的眸子闪闪发亮,脸颊微微泛红。凯特在脑海中勾勒着这位擅长游泳的果蔬店老板的样子,想象他就在这间客厅里,跟罗斯玛丽一起坐在沙发上。

罗斯玛丽抬起头。"对不起,说这些你一定觉得无聊吧。"

"不,恰恰相反,"凯特说,"我喜欢听您讲。"

"我已经有好长时间没像这样聊起他了。"

"您一定很想念他。"凯特悄声说。

罗斯玛丽环视着整间公寓。凯特猜想,此时此刻浮现在她眼前的会是什么——乔治坐在扶手椅上,还是站在阳台边,抑或是站在厨房门那里朝她笑。

"噢,很想,很想。"

这时,厨房里的定时器响了。

"该吃饭了。"罗斯玛丽说道,短暂的阴影从她的眼睛里消失了,声音又响亮起来。两人都站起来朝厨房那边走去。

餐桌已经摆好,中间放着一只花瓶,里面插着几枝修剪好的薰衣草。

凯特帮罗斯玛丽从烤箱里把蒸好的菜端出来,还有一盘烤羊腿,羊腿下面铺散着脆卷和放了蜜的蔬菜。

"闻着真香,罗斯玛丽。"她说。

罗斯玛丽伸手从冰箱上面拿下一个用黑色布条捆绑着的笔记本,它看上去马上就要散架的样子,有几页耷拉在外面,纸上有一些潦草的笔迹,一直记到纸的边缘。她拿来递给凯特。

"这是乔治的食谱,很有用,上面的菜他几乎都做过。"

凯特将笔记本打开,轻轻地翻看着。有的地方留有指纹,有的地方沾着食物,有的地方被划掉之后又加上了一些评论——手写上去的。她一页一页地翻看着这本食谱。

"您一定很为他骄傲。"她小心翼翼地把本子还给罗斯玛丽时说道。

"很骄傲。"

罗斯玛丽轻轻地把笔记本放回到冰箱上面。凯特替罗斯玛丽把桌子拉出来让她坐下，又推回去。

"您负责做饭，我负责服务。"她说。

罗斯玛丽刚要争辩，无奈在桌子后面不方便出来，别无选择的她只好坐下来让凯特帮忙。

"冰箱里有沙拉，请你帮我拿出来可以吗？"

凯特打开冰箱门，看到上面贴着自己写的文章和罗斯玛丽的照片，她笑了。

冰箱里放满了从埃利斯那里买来的各样蔬菜，门壁上有一瓶白酒，上面写着凯特的名字。凯特伸手把沙拉和白酒拿出来，又把门关上。

她先把沙拉放到桌子上，然后笑着扬了扬眉毛，把身后那瓶白酒拿出来，将带有"凯特"字样的一面给罗斯玛丽看。

"噢，对了，我差点忘了，"罗斯玛丽说道，"要喝点儿吗？"

"杯子在哪儿？"

"微波炉上面的橱柜顶上。"

橱柜里的所有东西都是成对的。凯特拿下来两只白酒杯，把酒打开，先给罗斯玛丽倒满。

"这是您应得的服务。"凯特一边说，一边为这顿饭忙活着。

肉和蔬菜的味道都不错，就连沙拉酱都很好吃，里面有新鲜的菜叶，还有一种味道很特别的调味料，凯特说不上来是什么，不过味道很棒。

"我太感动了，真的太棒了！谢谢您，罗斯玛丽。"

"别客气，"罗斯玛丽笑着说，"我运气好——乔治是一个出色的厨子。他对蔬菜了解得很到位，这倒不足为奇，不过在肉食方面他也很在行。以前，他总是从市场上卖肉的人那里学东西——他经常拿着一袋子土豆或几袋子水果向他们讨诀窍。"

吃饭的时候，她继续给凯特讲乔治的事情，还有生活中的一些事。

吃完饭后,罗斯玛丽依旧在讲,凯特静静地清理桌子、洗盘子。正当她往壶里加水的时候,她听到罗斯玛丽轻轻地叹了口气。

"这真是个不错的生日。"她说道。

凯特听了一下子转过身来,"您没告诉过我今天是您生日啊!"

罗斯玛丽耸耸肩。

"早知道是这样,不应该只带花的,"凯特说了句,眉头拧成结,语调里带着满满的懊悔,"我本来应该帮您做些事情的,现在想来,连饭都是您亲自做的,我真是懊恼极了。"

"这是我 87 岁的生日,能这样过,我已经很知足了。"

"至少,我们应该再喝杯酒吧。"凯特一边说,一边把水壶关掉,把酒拿上来。

"来吧,"她说着,倒了满满两杯,"生日快乐,罗斯玛丽。"

就这样,两个女人碰了杯,喝了一小口。接着,她们就回到椅子上聊天。两人聊到泳池,聊到乔治,有那么一瞬间好像他就在厨房里,跟她们在一起,挤在餐桌旁,因为这桌子小得只能容下两个人。

第三十五章

皱纹是不会撒谎的

上了树她才发现,这树似乎比多年前长高了许多。她两腿盘着树,两手紧紧地抓着长满了绿苔的树枝,双脚向下耷拉着。此时的乔治已经到了另一边,她能够模糊地看清他的轮廓,他就站在野餐长凳上,伸开双臂在那里等她。

"不行,我年纪太大了,做不来这样的事!"她朝下面的他喊道。

"你说什么?"他说。虽然看不清楚他脸上的表情,但从声音能够听得出,他在笑。"不是说,人只要一过60岁就又回到30岁了吗?"

"可我已经71岁了!"

他听了哈哈大笑起来。"这么说的话,我们最多也就35岁吧。"

"可是,我的膝盖肯定不止35岁了。"这时,她感到一阵刺痛,从膝盖一直传到腿。

"你一定能做到的,罗斯,你一定行。"

一片云舒展开来,月亮露出来,月光照亮了他的脸。他开心地朝她笑。"这张脸,"她一边看着他一边想,"我就是被这张脸给迷住了。"她从树枝上扔下一条腿,两只胳膊紧紧地抱住大树,接着两条腿都伸下来往下试探,试图找一个坚实的落脚点。低一点,再低一点,直到双脚碰到凳子上一处安全的地方。她慢慢地将整个身体往下滑,然后"扑通"一声落了地。

"噢，"她说，"我的动作一直都这么优雅吗？"她一边拍了拍身上的尘土，一边上前抓住他的手。

"嗯，比这优雅多了。"他大笑着。

后来，两人一起慢慢从凳子上爬起来，看看伤到哪里没有。没有血迹，骨头没有断，衣服也没撕破。检查完之后，两人同时抬起头，看来都毫发无损。

月光照在泳池上，大钟反着白光，阴影处放着救生员坐的椅子，空空的。泳池上方飘着一片片云朵，繁星点缀着晴朗的夜空。树丛绕在泳池墙外，格外显眼，枝丫聚拢在一起，比夜空还要黑。这里依旧是那么安静、凉快。

"一起来呀，"乔治一边说，一边看着妻子的脸，完全无视已经悄然爬上她脸颊的皱纹。

接着，他们放开彼此的手，分头朝泳池的两边走去。罗斯玛丽在泳池的一个角，乔治在泳池的另一个角。两人一起把苫布掀开，水面露了出来。之后，他们转过身，一起回到野餐凳旁边，两人彼此挨着坐下来，罗斯玛丽把鞋甩掉，乔治弯下身来解鞋带。

"噢。"他直起身来，手扶着后腰。

"背痛？"她问道。他点了点头，用另一只脚把左脚上的鞋蹬掉。她一只手帮他揉肩膀。两人慢慢地脱衣服，罗斯玛丽帮乔治解开衬衫扣子，乔治帮罗斯玛丽拉开裙子上的拉链。

"它总是拉到半路就卡住，"她说，"得稍微用力，知道嘛。"

终于，两人都脱光了。月光下，他们的身体显得更加苍白。他们互相注视着，好似在看镜子中的自己——他们太了解彼此的身体了，甚至比自己都更了解。乔治左脚上的伤疤是往店里卸货时土豆箱子掉下来砸的，罗斯玛丽腰上那条紫色的伤疤是从烤箱往外拿饼时不小心烫的（难怪后来乔治很少再让她做饭了），还有他们肚子上那道弯曲的疤痕，这么多年过去了，这道疤已经变软、变平滑了。

两人手拉着手朝泳池走去。她脸朝水面，抓着梯子下了水。

她滑进水里，溅起一小簇水花，接着她快速地吸了口气。黑漆漆的冷水将她整个人淹没。他跟在她后边，面对墙壁。罗斯玛丽在水上漂浮起来，看着他苍白的后背（她在等他），忍不住大笑起来。他给自己鼓了鼓劲儿，然后进到水里，赶紧划了几下水做热身。接着，他也跟着笑了起来。两个人背朝水面漂浮了一会儿，这水让他们瞬间变得神清气爽。两人耳朵里也进了水，逐渐适应了水的微凉，便开始游起来。他们在闪耀的群星下游着，云彩遮住了月光，在水面上投下片片暗黑色的斑驳，两人在中间穿梭。他们离得很近，协调彼此的节奏。蹬水的时候，水波慢慢荡漾开去，蛙泳时，彼此能够感受到从对方那里传出的水波。

两人都知道，游泳时不适合讲话，也不必讲话。一切都那么美好，那么静谧。他们保持安静，只享受被冷水包围的快感，一起仰望着天空。

游了几圈后，他们又一次来到浅水区，从那儿出了泳池，水太凉了，一上岸马上就感觉暖和了许多。接着，他们分头走到泳池的两边，把苫布又盖在水上，像把它塞回到夜色中一样。他们回到凳子处，把乔治背包里的毛巾拿出来围在身上。接着，两人挨在一起坐下来。

"还记得当年这个时候我们都做了些什么吗？"

罗斯玛丽哈哈大笑，"我还是希望你别回忆起来，乔治。"

"我们垫毛巾了吗？我记不起来了……不过我敢肯定，那时候我的膝盖都擦破了皮。"

"噢！瞧瞧我们在想什么呢？"

"嗯，我觉得我们心里都清楚当年的这个时候我们都做了什么，那可是我这辈子最美好的时光了。"

罗斯玛丽转过身来看着乔治，他脸上的笑容一如当初，只是笑脸上多了些犹如水波一般荡漾开去的深深皱纹。不过，这些皱纹长得都恰到好处——能体现出他真正的个性。有些人会觉得他们两人是乐天派，每当看到他们眉间的皱纹都感到惊讶。不过，她能从中读出很多东西，能够回想起旧时的争吵或痛苦。皱纹是不会撒谎的。

很久之前，乔治的头发就掉光了——其实他早在20多岁的时候就已经开始脱发了，为此，他没少笑话自己。她知道，他其实很介意，担心自己再也不是她心中的那个他了。一次去超市，她发现他在偷偷地翻看一本名叫《男人健康》的书。其实，即便他一根头发都没有，她也不会介意——即便是光头，他也自带绅士气质，这才是她最看重的地方。再者，她的头发也开始变得稀薄，体重也在增加，曾经苗条的身材如今已经变得臃肿，她都快认不出自己了，起初，她是很在意，可现在她已经没那么在意了。

"50年了。"他叹了口气说道。两人都沉默了片刻，望着那边黑漆漆的泳池。

"跟我过了一辈子，希望你没觉得吃亏。"他悄声说着，低头看着自己那双光溜溜的脚，"我知道，我们没旅行过，一辈子都待在一个地方。而且，我这辈子都没有赚很多钱，还有，一直都只有我们两个人……"

他盯着脚看的时候，罗斯玛丽看着身边的丈夫。

"我知道，我一直都不懂得穿衣打扮，而且老实说，我胖了很多。还有这些皱纹。我还知道，比起政治大势，我对大白菜更了解。但是，我想说的是，我希望你能满意这一切。我希望，你能对我满意。"

他抬起头不再看自己的脚，而是看着她的脸。此时此刻的他像当年的那个小伙子，他很少像这样缺乏自信，而她一下子就能读懂他那孩童般怯弱的内心。她努力地忍住哽咽。

"你这个傻小子。"她伸手过去搂住他，使劲儿地亲了一下说道。两人紧紧地抱在一起，光溜溜的胳膊搂着对方，毛巾悄悄地向下滑落。他们这样待了一会儿，紧紧地拥抱着，感受着对方胸膛里的心跳。"我一直都很知足。"她想说，可无论如何都说不出来，她知道，其实根本不必说出口,这个拥抱就能说明一切,他们都懂得彼此的心。

过了一会儿,用劲的胳膊稍微松了一点点,两人整理着裹在身上的毛巾,看到彼此裸露的身体后,都哈哈大笑起来。

"看来,"她说道,"我们都胖了不少,也长了不少皱纹。"

说着,两人又大笑起来。

"起来吧,我们得走了。"乔治说道,接着两人开始把凳子上的衣服递给对方。

"嗯,亲爱的,我觉得这不是我的……"乔治举起罗斯玛丽淡紫色的文胸说道。

"噢,不好意思。"她大笑道,一边拿手里握着的四角内裤跟他交换。他帮她扣文胸,轻轻抚摸着她的肩膀。两人慢慢地穿上衣服,在黑暗中他们总是系不上纽扣、拉不上拉链。

"可恶的鞋带!"他伸手够鞋的时候说了句。

"我来吧。"说着,她蹲下来帮他系鞋带。

"哎哟!"

"膝盖疼了吧?"他问道。

"是的,这该死的东西一直疼个没完。"系完鞋带后,她站起身来。

"看看现在的我们,觉得怎么样?"他朝她笑笑说道。

"我们老了。"

"什么时候变老的呢?"

"嗯,这我就不知道了。我想,我们俩为了生计一直都很忙,所以才没有意识到这点。"

"是啊,不知不觉就老了。"

"或许,我们其实并没有变老;或许,是别人都变年轻了。"

"嗯,没错,一定是这样。"

"走吧,我们回家吧,我想喝杯茶。"

乔治把包背在肩上,腾出一只手来拉罗斯玛丽,帮她站到凳子上。

他跟在她后面,直到跟她一起站上凳子伸手去够树枝。她转过身,最后看了一眼泳池,想象着明天还来游泳的情景,然后把今晚的秘密探险都藏在笑容里。这时,钟表的指针恰巧走到一起——正值午夜。

这时,突然听见刺耳的咔嚓声,如同船体撞到了礁石。罗斯玛丽转身一看,原来是那根树枝断了,掉落到地上,树叶抖落到泳池边上。乔治站在凳子上,抬头看着原来树枝所在的地方,那里现在已经变得空荡荡了,他的胳膊依旧在空中伸着,却什么都没够到,然后低头看着掉在地上的树枝。

"噢,不应该这样啊。"

两人抬头看了看那棵树。若是没有树枝拉着,他们根本无法翻过这道墙。接着,他们又低头看了看树枝。

"这倒有意思了。"

泳池6:30才开,两人现在被冻得发抖。

他们你看看我,我看看你,慌了会儿神——看来是被困住了。

接着,两人哈哈大笑起来,他们像孩子一样扶着彼此,笑得浑身发抖,根本停不下来,这番大笑既有感染力,又让人觉得有些不可思议。后来,乔治笑得快喘不过气了,罗斯玛丽把他从凳子上扶下来,她的眼泪从眼睛里喷涌而出。

"好了,好了。"她说道。两人在凳子上坐下来,又看了看那堆凌乱的树叶。月亮从一片云层后面钻出来,外面传来一辆汽车的鸣笛声,紧接着一辆摩托车呼啸而过。可泳池墙的这一边,一切还是那么安静。

"好吧,看来我们得打电话求助了。"罗斯玛丽最后说了句。

"可是,我们是违规翻墙进来的,不会有麻烦吗?"

说完,两人又哈哈大笑起来。

"我是认真的!"等两人平静下来之后罗斯玛丽说道,"我可不想一晚上待在这儿,要冻死了。我们年纪大了,可禁不起折腾,这一晚上很有可能熬不过去。当初这是你想出来的主意,你得负责把我们救

- 139

出这里，乔治·皮特森！"

于是，他把手伸进背包里拿出一部手机，那是几年前两人为了应急才不情愿买的。没想到，居然会是这种紧急情况。

"怎么开机啊？"乔治说道。

"按顶上的那个按钮。"

"我看不见，天太黑了！"

"过来，让我看看。"

乔治把手机递给她，她在黑暗中摩挲着，后来，屏幕终于亮了，她又把手机递回去。

"给你。"

"谢谢。"

手机开机后，乔治在键盘上按了"999"。

电话拨通了，罗斯玛丽在乔治旁边一起听电话。

"您好！请找一下警察先生，或者是消防员先生。这里是布里克斯顿的布洛克韦尔·利多泳池，我们被困在这里了。"

接着，他停顿了一下。

"我们是翻墙过来的，可是树枝断了，出不去了。我太太和我。对，我太太，71岁了。是的，我说的是71岁。不，我没有开玩笑。好吧，是的，我年纪很大了，应该明白这些事。"

罗斯玛丽又笑起来，手捂着嘴，努力地忍住不发出声响。乔治看了她一眼，用那只闲着的手轻轻地在她大腿上抽了一下。

"您说什么？是的，我本该想到这些。好的，好的，谢谢您。"

他挂掉电话。

"他们很快就过来。"

两人在黑暗中一起等着，挨着坐在野餐凳上，就像等待校长召唤进办公室的小学生一样。罗斯玛丽把头靠在乔治肩膀上，一起看云、看星星、看头上的天空。

为了不让两人太尴尬，火警来的时候没有鸣笛，不过他们还是能看到泳池墙外忽闪着的蓝色警灯，警灯把树枝都照亮了。

"有人吗？"不一会儿，有人喊道。

随后，有人拖着梯子搭到泳池墙上，一阵金属刮擦砖墙的声音。不一会儿，一位火警长官站到墙上，朝下看着他们。

"这里发生什么事了？"他说道。乔治和罗斯玛丽从凳子上抬头往上看，还好天色暗，看不出他们羞得发红的脸。

"准备好了吗？"有人在泳池墙的另一边喊道，只见那名火警转身去拿另一副从下面递上来的梯子。抓住梯子之后，他把梯子伸到墙的这边，搭到泳池台面上靠近树枝断裂的地方。

"过来吧。"警官喊了声，声调虽然有些粗暴，却隐约带着笑意。乔治抓住罗斯玛丽的手，扶她上了梯子的第一级台阶。等到她爬到梯子最上面，那位长官扶着她迈过墙下到另一边的梯子上。乔治跟在后面，翻墙下到公园之前，他最后看了一眼那池水。

警官告诉他们，这件小事根本不应该浪费火警的时间，还告诉他们鉴于是初犯，这次只给他们一个警告。

"噢，我应该不会再犯这类错误了，警官，"罗斯玛丽说道，"因为我觉得，我的膝盖再也不能像今天这样爬上爬下了。"

警官想顺路载他们回家，可他们就住在马路对面。于是，两人再一次致歉，然后牵着手朝公寓走去。一到家，他们立马爬上床，紧紧地靠在一起，连彼此的喘息都能感受得到。很快，两人睡着了，毛巾挂在卧室门后。

第三十六章

水的记忆

凯特醒来以后,后悔自己喝了最后那杯酒。此刻的她,眼睛睁不开,脑袋里像有人在敲,就像送货员敲门那样。虽说87岁的那个人是罗斯玛丽,可要说到喝酒这件事,凯特还得跟这位老人家好好学学。

她拿着手机,在床上翻来覆去。艾琳发来了一条信息,还有一个未接电话,是她妈妈打来的。她纷纷予以回复——告诉他们有关昨晚晚饭的事,但没说自己喝多了。随后,她把电话扔到一边——手机屏幕太亮了,刺得她眼睛生疼。

本来的游泳计划取消了,上班路上,地铁站外面停着一辆咖啡车,她绕路到咖啡车那里。咖啡蒸汽机的声音跟马路上汽车启动的声音交织在一起。她买了杯咖啡,还给杰伊买了一杯。

"多谢啦。昨晚熬夜了?"他问道,她随手把咖啡放到他桌子上,悄悄地回到自己的位子上。

"很明显吗?"

"看来,你在跟人约会?"

凯特听了哈哈大笑,嘬了一小口咖啡。她看到杰伊的眼神正越过咖啡杯往自己这边看。

"是的,而且很棒,我们聊了很多,吃了很多,还喝了很多酒。不过,准确地说应该是她,而且她已经87岁了,叫罗斯玛丽,你见过的。"

杰伊也哈哈大笑起来,喝了一口咖啡。

"提起罗斯玛丽,你看今天的报纸了吗?"

他从桌子那边递了一份过来。

报纸正中间是杰伊拍摄的泳池和在泳池游泳的人,这张照片占了两个版面。照片旁边是凯特写的文章,都是些有关泳池的趣事,有关各年龄段游泳爱好者的——标题为《水的记忆》。

我喜欢跟爸爸一起在泳池里倒立。——海莉,7岁。

我在泳池练习三项全能项目。它离我家很近,上班前可以来练一会儿。比赛结束后的几天里,我就来这里游几圈,全当庆祝了。回到家的感觉真好,一切都从这里开始。——雷吉,43岁。

我的孩子们在这座泳池里学游泳。我最喜欢孩子们在泳池边上涂防晒霜的那张照片。他们看上去那么高兴,每次看到,我整个人都幸福满满。——道恩,59岁。

无论是高兴的时候,还是悲伤的时候,泳池一直都在,随时都可以跳进去。我只想说,感谢有你。——本,55岁。

那是城市里的一座海滩。——迈尔,12岁。

还有一张照片,正在复习考试的艾哈迈德抬着头,脸上绽放着笑容。前台一整张桌子上都堆满了告示,他被围在中间。一缕阳光从他身后的窗口透进来,泳池的水面上波光粼粼,在前台天花板上反射出星星点点的光。在一处最显眼的位置,一个小姑娘背着一只海豚图案的帆布背包,拉着妈妈的手,仰头看着天花板上反射出来的小星星,嘴巴微微张开,脸蛋儿上有些细碎的雀斑,看得出来,她完全被这些小星星迷住了。小姑娘穿着一件套头外衣,袖子上戴着肩章。

救生员正半蹲在椅子上,嘴里叼着口哨,腮帮子鼓得溜圆。远处,泳池的另一头站着一排年轻的男孩子,彼此牵着手一动不动,救生员正在给他们做指挥。起跳的时候,孩子们把眼睛紧紧地闭上,嘴巴却张得老大,腿在身后踢水。这些孩子的身高不等,边上的个头最小，只有他睁着眼睛，一排的孩子，吓得眉毛高高地挑起。凯特想象着，等这些孩子长大成人，有了家庭，从事着子女们根本听不懂的工作，到那时候，当他们看到这张照片时心情会是怎样的呢，他们是否还能回想起当年跟朋友们一起跳进泳池时的场景呢。

第二张照片是一个年轻的男孩子，金黄色的头发，膝盖弯曲、双臂抬起，站在泳池一头的深水区，看样子像要潜到水下去。不过，他好像看到或听到了什么，只见他在泳池里扭过头来。他望着远处，似乎在人群中寻找着什么。本来集中的注意力被打散了，有那么一瞬间，脸上闪现出比实际年龄成熟很多的表情，可不一会儿，他就变回了那个身穿泳裤准备潜水的瘦瘦的男孩儿。

还有几张罗斯玛丽的照片。罗斯玛丽穿着衣服站在台面上，拿着泳装包的她勇敢地直视摄像机。虽然穿着衣服，但依旧能看得出她的膝盖已经弯曲变形，但她还是尽可能站得笔直。她的身后是那座老挂钟，背景里整个泳池都融成一片蓝色。还有一张罗斯玛丽在水里的照片，她站在泳池边上，两臂交叉，泳帽拉过发际线。镜头没有故意避开她脸上的皱纹和胳膊上的老年斑，即便如此，她看上去依旧很优雅。水面反射的光照在她脸上。凯特觉得她的样子很美。接着，还有一张罗斯玛丽坐在咖啡馆外椅子上的照片，她手里握着一只马克杯，久久地凝视着泳池那边。

最后一张照片是凯特的，在报纸上看到自己，还真是新奇。起初，她根本没意识到那是她自己。可那就是她，坐在罗斯玛丽对面的椅子上，看着罗斯玛丽凝视着泳池。凯特从未见过这样的自己，那是一种完全放松的状态，放下所有戒备，当时，她根本没意识到有人在给她拍照。

"他们真美，杰伊。"

"谢谢，我也这么觉得。"

凯特只顾凝神看照片，却没发觉看照片的时候杰伊一直都在看着自己。

第三十七章

心情变得灰蒙蒙

那天,罗斯玛丽也没有去游泳,破天荒地让自己睡了一次懒觉,直到上午9点才起床。虽然今年已经87岁了,但是依旧坚持早起——过去她总是早起去上学或是到图书馆上班,这已然成为一种习惯。数月以来,这是她第一次睡懒觉。

今天是购物的日子,所以她去了市场。市场的空气中满是熟透了的枕果的味道,还有商贩们高声叫卖当日优惠商品的声音。看来,今天早上大家还挺忙,她慢慢地在店铺中间穿梭。埃利斯看她过来,远远地朝她招手。不过,与往常不同的是,他今天没有笑,脸上一片愁云。

"你还好吧?"罗斯玛丽走近摊位时问道。

埃利斯两只脚不知道该站在哪里才好,一只手焦虑地摩挲着他那头短发。

"我不知道该不该告诉您……"他担心地说着。

"怎么了?"

埃利斯定睛看了罗斯玛丽一会儿,然后把手伸进口袋,拿出自己的手机来。

"自从我听说泳池即将关停这件事之后,就一直关注天堂居的动向,"他说,"今天早上我看到了这个……"

他把手机递给她。她从包里把老花镜拿出来,搭在鼻梁上。手机屏幕上显示了一张矮层砖墙建筑的平面设计图。这座建筑里有一家镶有玻璃窗的咖啡馆，外面设有一个网球场。她花了一些时间才看出这座建筑位于哪里。

"他们已经公开了泳池的设计计划，看来他们中标了。"埃利斯一边说，一边把罗斯玛丽手里的手机拿回来，罗斯玛丽一句话也不说地站在那里，"当然了，既然改建，就不可能再是泳池了……"

虽然手机被埃利斯拿了回来，可上面的图片已经深深地刻在罗斯玛丽的脑海里。

"不过，我敢肯定，我们还是有希望的，"埃利斯赶紧说道，"您还在等委员会那边的反馈，不是吗？"

"是的，"罗斯玛丽说道，"凯特说结果应该很快就能出来。"

她静静地低着头。草莓刚上来，一筐筐新鲜水果摆在摊位的中心位置。

"很抱歉，"他说，"或许我不该告诉您。"

"不，不，没关系，"她一边说，一边抬起头努力地挤出一丝微笑，"很高兴你能告诉我，我待会儿好告诉凯特，或许还能让《布里克斯顿纪事报》发一篇好文章呢。"

"艾哈迈德的脸书主页做得很不错，"埃利斯说道，"现在已经有几百名粉丝了，所以我敢肯定，他能帮上忙。大家一定都在关注这件事。"

"是的，我也这么觉得，"她说，"好了，我还要去办一些日常琐事，这就走了。"

埃利斯包了两包东西递给罗斯玛丽，她把它们塞进袋子。走之前，埃利斯把一只手搭在她肩膀上，两人什么都没说，他只是朝她点了点头，然后就把手挪开了。她转过身，回电动大街去了。通常，她都要在咖啡馆跟霍普见一面，可霍普今天忙着照顾艾叶莎，罗斯玛丽心里暗暗地高兴了一下，她现在不太想有人在旁边。于是，买完东西之后，她慢慢地往家走去。

上班的时候，凯特在电脑上看到了那张设计图。看这座喜欢的泳池被人用混凝土填盖住，再也没有了碧色的池水，她觉得很怪异。想到这些，她整个人的心情都变得灰蒙蒙的了。

"你在看这张图吗？"罗斯玛丽在电话里问道。

"嗯。"凯特答道。

"然后呢？"罗斯玛丽说，"你觉得能写一篇有关它的文章吗？"

图上画的人怎么看都觉得不舒服。他们太完美了，或者说，怎么看都像创意开发公司做出来的，完美而不真实。

"没错，我当然要写点东西，"片刻之后，凯特说道，"谢谢您告诉我这件事，我今天就把这件事写出来。"

"明天早上游泳池见？"罗斯玛丽问道。

"好，明天见。"

放下电话，凯特盯着电脑屏幕。此刻的她觉得心脏在胸膛里一阵乱蹦，两手冒汗。她抬起头看了看整间办公室，还本能地朝杰伊那里看了一眼，可他出去做任务了。这时，她呼吸的频率越来越快。

"一切都还好吧？"费尔手握一杯咖啡从休息室往自己座位这边走来时问了句。到了凯特桌前，他微微靠在桌子边上，差点把一摞文件和书碰倒。

她深吸了一口气，抬头看了看他，努力地挤出一丝笑容。

"嗯，我还好，"她说道，"我这里有个稿子要给你——布洛克韦尔·利多泳池那边的进展情况。"

"很好，"他说了句，然后直起身来，"两点之前交给我怎么样？"

"嗯，好的。"她答应着，接着他便回自己的办公桌，留下凯特一个人。

她喝了口水，又做了个深呼吸，试着让自己的呼吸平静下来，脑子里回想着在泳池里的感觉。她想着早上去游泳的时候，冰凉的水从身体上流过，想着跟罗斯玛丽承诺说会尽最大的努力帮忙，想着自从

- 147

搬到这里后，直到发现了这座泳池，才第一次真正在布里克斯顿找到了家的感觉。她明明知道，天堂居将开发计划公开属于正常走流程，对此大家早就有心理准备，可当亲眼看到泳池改建后的样子时，她的心理防线还是垮了。那张图把泳池关停后的状态展现得更加真实了。

她在电脑前倾斜着身体，集中注意力写报道，把两点钟作为截稿期限来约束自己，帮自己控制情绪。恐慌症仿佛把脸贴在了办公室的窗户上，盯着她，哪怕是她在键盘上打字的空当，都在威胁着她。这里是办公室，她是不会让它进来的。为此，她用了全身的力气，决意要保持自己的专业形象，可不能在上班时让同事发现自己已经撑不住了。别人只是觉得她有时注意力不集中，或是有些焦虑，但从未见过她恐慌症发作。她低下头，使劲儿把注意力集中到手头的工作上。

1：45，她把稿子交了上去。

天堂居公开发表布洛克韦尔·利多泳池的开发计划。

呈现在艺术设计图纸上的、专供天堂居租户与业主使用的私人体育馆（由游泳池改建而成）。

布洛克韦尔·利多转让，天堂居房地产开发公司目前正在极力争取。今日，天堂居方面首次对外公开设计计划，展现改建之后的面貌。

"私人体育馆一定能让我们的房产增值，"天堂居方面的一位发言人说道，"租户和业主将享有顶级健身设备的使用权。"

设计图纸中包含一间体育馆、一间桑拿房和一间咖啡馆，却没有泳池。

"我方经调研发现，网球在天堂居很受欢迎——或者说在我们的目标客户中很受欢迎。"发言人这样说道。据此，开发计划欲将泳池用混凝土填充，中间位置改建成网球场。

目前，脸书上一条名为"拯救布洛克韦尔·利多泳池"的消息受到当地居民的极大关注。

开发网页的人名字叫艾哈迈德·琼斯，此人是布洛克韦尔·利多的一名工作人员，据他透露："如今，天堂居已经公开了设计计划，但大家一致认为，若将泳池改建成私人会员俱乐部，将造成不可估量的损失。建议大家点击链接到此网页并给予支持，我们会在网页上公布整件事的最新进展并告知您参与方式。千万不能任由此开发项目落地实施。"

第三十八章

小时候我们经常一起烤蛋糕

第二天，罗斯玛丽又很早就醒来了。醒来后，她第一个想到的就是埃利斯昨天给她看的那张天堂居的设计图。一想到那个，她就恨不得一头栽回床上，把被子拉到头顶，在里面多待一会儿。可她还是硬逼着自己起来了，下床前，她两腿耷拉在床下，床边是乔治的相片，她把手放在上面待了一会儿，之后才下了地。她尽可能快地（不是很快）穿上衣服，拿起放在门旁的泳装袋。

本来去泳池不用走多远的路，可今早，她却偏要绕远路过去，特意从公园穿过，放弃大马路改走草地。晨间的露水浸湿了她那双帆布系带鞋，但她并不在意。她就是想感受一下脚踩泥土的感觉。湿漉漉的草地上，凡是她走过的地方都被踩得平平整整，留下脚印。她还记得年轻的时候，冬天跑去公园的情景。她想第一个去留下自己的脚印，去向早晨的太阳和那些在堆满积雪的树枝上挤成一团取暖的鸟儿表明"自己的存在"。

经过健身房橱窗的时候，她朝里面看了看，看到瑜伽班的学员正沐浴在晨光中。他们正调换到下个姿势，有几个人看到了罗斯玛丽。有一瞬间，她仿佛看到这里已然成为一间咖啡馆，看到外面的网球场，那画面迎面扑来，逼得她喘不过气。不过，她还是笑了笑，继续往前走，绕过这座建筑物，一直到泳池门口。

进门之后，她便开始换衣服，朝泳池走去。她在浅水区的栏杆上寻找着凯特的毛巾，却没能找到。她犹豫着要不要等她，后来还是决定自己先下去，想着她可能一会儿就来了，于是，罗斯玛丽慢慢地顺着梯子进到水里。她心态平和地感受着周围的冷水，钻到水里。

罗斯玛丽游了几个来回，尽量不去想将来，不去想自己跟泳池的将来会是什么样，而是专心致志地感受着，从皮肤上流过的冷水、头顶的晨光和拨水时从指间轻轻划过的水流。脑海中时不时地浮现出乔治的样子——从高高的跳水板上跳下水的他，深水区的水面上映着他的影子——即便如此，也挡不住那噬人的痛苦。此时此刻，眼前的一切就是她心中所想，安然地存在于这四面墙里。

快游完的时候，她停了下来，看了看整个泳池，看着其他那些来游泳的人。有些人游泳的时候极有代入感，让人一下子就能意识到这是一座泳池，只见他们横穿而过，很快就游了过去。可是，再看看其他人，这里简直就是一片汪洋。

她的眼神定位在对面的利多咖啡馆里，里面的咖啡师正试着把一束彩色气球绑到其中的一把阳伞上。微风从这些气球上吹过，其中一只被刮跑了，飘浮在空中。他跳起来想抓住它，没想到绳子从指间滑落，还是飞了。罗斯玛丽看着气球缓缓上升，在泳池上方飘荡。她好希望它不要被树枝绊住；她想看它飞翔。这时，一股风刮过来，把气球从橡树树干中间刮走了，它在天空中越飞越高。一会儿工夫，好像就飘到太阳跟前去了，弄得太阳像一只黄色的气球，后面拴着一根缎带，像个尾巴。

她拉着梯子慢慢地往上爬，从泳池里出来一站到地上，她就又浑身难受起来。只要是在水里游泳，她的膝盖就永远不会犯什么毛病。

这时，咖啡师已经将剩下的气球绑好，然后回到咖啡馆里面去了。罗斯玛丽伸手拿过自己的毛巾，用它围住身体，将一角掖在身体前面。

"她出来了！"一个声音喊道。紧接着，凯特突然从咖啡馆里窜了出来,她跑到台面上,后面跟着弗兰克、杰梅因、霍普、贝蒂、埃利斯、杰伊、艾哈迈德和杰夫。大伙一下子从咖啡馆里拥了出来,各自手里端着盘子,上面放着块蛋糕。

"生日快乐!"大家一起喊道。

"补过两天前的生日,"凯特补充道,她站在这群人中央,穿着一条碎花的连衣裙,罗斯玛丽觉得这颜色配她有些过于艳丽,"对不起,有些晚了。"

罗斯玛丽盯着这些气球,这才意识到原来它们都是为自己准备的。杰伊脖子上依旧挂着相机,趁着她眉毛上扬、一脸惊喜的时候赶紧抓拍了一张。

"赶紧,趁她还没跑远,赶紧抓住她。"埃利斯说道,凯特立马把盘子放到桌子上,直奔罗斯玛丽的方向。

只见她一只手搂过罗斯玛丽,带她到桌前。罗斯玛丽没有太做挣扎,她真是被吓到了。

杰伊在桌前为她拉开一把椅子,凯特把她按到座位上,其他人也纷纷拉开椅子落座。身上裹着毛巾的罗斯玛丽坐了下来,此刻阳光充足,用不着回去取衣服,身体暖暖的。

"很抱歉,今早没能一起游泳——一直忙着筹备这些,"凯特说道,"87岁生日可不能草草地过,不庆祝一下怎么行呢!我知道,此刻并不是上蛋糕的绝佳时机,可是……"

罗斯玛丽低头往桌子上一看,原来是一只松软的维多利亚式果酱夹层蛋糕,蛋糕上零散地点缀着几片草莓和几枝迷迭香,上面还包着一层糖霜。

"太漂亮了!是你做的吗?"

凯特点了点头,笑了。这是她第一次做蛋糕。前天晚上,她熬夜做的。首先,她得把室友放在水槽里的脏盘子清理干净,还要把灶台打扫干净;然后,放首音乐,小心翼翼地给各种配料称重。

"谢谢你，凯特，太棒了！"

杰夫和一名咖啡师来到泳池边，两人手里各拿着一束花。

"送给我们最喜欢的顾客。"杰夫一边说，一边弯下身来在罗斯玛丽脸上亲了一下。罗斯玛丽的脸一下子红了，她把花接过来，捧着放到大腿上。

"我都不知道该说什么了。"

"您什么都不用说，"霍普说道，"只管尽情享用您的早餐吧。"

大家先是迟疑片刻，随后到桌子这边端起了咖啡。正当大家忙着吃早餐的时候，凯特把椅子朝罗斯玛丽这边凑了凑。

"我昨天听说了一些有关设计图方面的坏消息，"她说，"但我仔细想了想，我觉得这说明不了什么。我们不该就这么妥协，也不该放弃来这里享受生活的机会，而且我们更不应该让这件事影响了我们的生日聚会。您说呢？"

罗斯玛丽很惊讶——之前从没见凯特这般自信满满地讲话。

"好吧，"她笑着点了点头，"那块蛋糕看上去很美味，你不介意的话，能帮我切一块吗……"

凯特朝着放蛋糕的那边摆了摆手。"切蛋糕之前，还请稍等片刻，"说着，她拿出手机，"我跟姐姐保证过，要给她拍张照片。昨天晚上我跟她说了今天聚会的事——我们小时候经常一起烤蛋糕。"

看着凯特那么高兴，罗斯玛丽笑了。凯特给桌子中央的蛋糕拍了张照，这之后，罗斯玛丽才拿起刀，朝那块松软的果酱夹层蛋糕切了下去。

大家开始说笑聊天，让罗斯玛丽给他们讲有关泳池的回忆。刚开始，她没有作声，一时间没能从眼前这番纷乱的景象中回过神来，不过渐渐地她融入了大家的谈话。她跟大家讲述了当年还是个孩子的时候，一到夏天，泳池是什么样子的。

"那时人比现在要多，入水时尤其要小心，以免被边上进行太阳浴的人们绊倒。进了泳池之后，根本没有足够的空间让你游一个来回。不过，那时候大家并不在意这些，只想跳进水里凉快一下——天气太热了，大家也懒得正经地游上几圈。不管因为什么，人们就是要来这里，来这里看看——我们这些女孩子在泳池边坐成一排，膝盖一个挨着一个，把脚伸进水里，装作没看到那些潜到水里的男孩子，他们也装作不看我们，其实我们一直在偷瞄他们。我猜，我们双方掩藏得都不是很好。"

说着，她哈哈大笑起来，所有人都跟着她笑起来。

"就在那边，"她一边说，一边指向泳池，"我当时就坐在那里。"

大家转过头看着那边的泳池，试着想象年轻的罗斯玛丽把脚伸到水里坐在那儿偷瞄男孩子的情景。

"我已经在这儿游了 80 多年。"

大家都冲着她笑。前来游泳的人时不时地从泳池那边走过来跟罗斯玛丽打招呼，祝她生日快乐，还有的会驻足，跟她聊得时间长些，罗斯玛丽则会问问对方的孩子、工作或是正在改装的露营车怎么样了。

最后，弗兰克走过来，把手搭在罗斯玛丽肩上。"恐怕我们得回店里去了。"他说。

"我今天把杰克留下照看摊位，"埃利斯一边说，一边站起身来，"我也得回去了，我那营生耽误不得。"霍普接着他的话茬说道，她今天早上得去附近的小学给孩子们读书。

"杰伊和我也得回去工作了，"凯特说道，"您要跟我们一起走吗？"

"你们先走吧，"罗斯玛丽说道，"我想在这里多坐一会儿。"

"您真的要这样吗？"杰伊问道。

"是的，你们走吧，我只是想在这里多享受一会儿。还有，谢谢你，凯特。"

罗斯玛丽抓过她的手捏了捏，用欢喜的眼神看着她，脸上带着舒心的微笑。

"您客气了。"凯特的脸微微一红说道。

大家都走了之后，罗斯玛丽站起身。这时，一阵微风拂过树梢，拽着拴气球的绳子。气球挤成一团，撞击着遮阳伞。她费了好一番力气伸手去够那些绳子。解绳子需要一双灵巧的手，可她的手已经不再像从前那样听使唤，不过，最后她还是成功地解开了那些气球。气球瞬间飘到空中，散到了四面八方。这时，毛巾一角掖着的地方松了，一不注意掉到脚踝那里。就这样，她穿着泳装站在那里，看那些气球升到泳池上方。在水里游泳的人也停下来仰头看，他们要么只用脚踢水，要么干脆躺在水面上看着那些气球在泳池上方飞舞。罗斯玛丽的心也跟着它们一起飞了起来，心中充满希望。看着它们飞起来，似乎任何事都有可能实现了。直到最后，它们飘到远处，变成一个个小黑点，再后来就完全消失了。

第三十九章

记忆中总会有这样一个男孩子

"之前,有一个男孩儿……"第二天早上,凯特挨着罗斯玛丽坐在泳池外面的椅子上说道。刚刚游完泳的两人,此刻正各自拿着一杯茶慢慢地品味、闲聊,一会儿凯特要去上班。

原来那天早上,凯特在脸书上看到了乔的照片,往日的记忆便如潮水般涌来,在她心里一阵翻腾。

凯特扭过头看着一旁的罗斯玛丽,罗斯玛丽搅动着茶水,扬起眉毛看着凯特。这么长时间,凯特第一次提起。她知道,那个男孩儿(如今已经是一个定居在曼彻斯特的男人了,而且看得出来,他有了女朋友,还养了两只狗)一直都是她心里一个打不开的结,不过如今,她想忘掉有关他的那段记忆——至少现在有了这样的打算。

"记忆中总会有这样一个男孩子。"罗斯玛丽说道。

"当时,我也只是个小姑娘。我们之间的感情有点像您跟乔治,不过,与您二位相比还是差得很远。现在看来,是该走出那段感情了。"

凯特想到今天一早在手机上看到的那张照片,自己一看到他的脸就想躲开。

"爱情就是爱情,"罗斯玛丽说道,"就像树一样,它就是树。不管是小树苗还是百年橡树都一样,它们有树根,有生命,还会随着季节的变化而发生变化。"

"您的爱情就像一棵橡树，罗斯玛丽，而我的爱情就像一棵小树苗。"

一片云飘过来，遮住了太阳，天立刻暗下来，不过很快，云就又飘走了，像太阳眨了一下眼睛。

"跟我讲讲你们这棵小树的故事吧。"

凯特正要娓娓道来，她歪过头看了看罗斯玛丽。她正等着听。

"他的名字叫乔。一提这名字我就不自在。我们在一起很长时间，却什么都没发生过。有一天上学，我决定向他表露心意。"

"我在走廊里看到他，告诉他我有话要跟他讲。当时也不知道该去哪儿讲，所以我拉起他的胳膊，把他拽到一旁的门后——那扇门通往学校剧院的侧间，而且当时我以为那里会很安静。于是，我便把身后的门关上了，可是突然发现里面黑漆漆的，我们俩被挤在一堆道具和衣柜中间紧紧地挨着。"

"我打开门一看，没想到一个戏剧班正在舞台上排练。不过，没有人注意到我们。我记得，当时一大团灰尘从我俩周围飘落，我就在那里等着灰尘和心跳都安定下来。我不知道该怎么跟他说，索性让他闭上眼睛，等他眼睛一闭，我就上前亲了他。"

凯特偷偷瞄了一眼罗斯玛丽，老太太正咧着嘴笑。

"我知道！"凯特说，"您一定不相信我居然能那么勇敢。哪怕是现在，我自己都无法相信。当时，我们站在那个黑漆漆的地方接吻，剧组继续排练。那是我的初吻。我也弄不清楚当时的感觉是喜欢还是讨厌——感觉有些不太舒服，浑身冒汗，他的嘴感觉怪怪的，不过，算是不错吧。"

凯特停下了。

"接下来的几个星期，我感觉连脚下的地都跟着翻腾起来，之前从未有过那种感觉。那时的我只觉得生命是鲜活的。"

"我猜，朋友们当时一定很讨厌我，因为我经常说'男朋友'这个词。'我男朋友'这样，'我男朋友'那样。我敢说，他们肯定很烦。"

罗斯玛丽听了哈哈大笑,"人家可不会无缘无故地管那叫相思病。"

凯特听了也哈哈大笑起来,瞬时两人的笑声从她们中间的凳子上扩散到周边,在她们身边环绕着。

"现在回头想想,我当时确实挺招人厌的。那时我只觉得自己是第一个发现生命中巨大奥秘的人。爱情这个东西突然间膨胀起来,占据了我所有的空间。"

"可是,"罗斯玛丽轻声地说道,"我猜接下来肯定有'但是'。"

"很长一段时间里,是没有'但是'的。爱情很完美。突然有一天,一切都变了。我早就知道他要去达勒姆上大学,当时我在布里斯托,可是现在回头想想,我当时并没有考虑过未来,只是空有一番自信。"

"后来他说,一旦我们离校,就不要在一起了吧。他有他的生活,我也有我的生活。我跟他说我能理解,还说如果是这样,那么夏日剩下的时光里我们也不必在一起了,那样本就没有意义。我说这番话的时候,他看上去很伤心,至今我都不知道他为什么那么伤心。因为未来的路已然清晰可见,我们俩的爱情有了截止期限,所以即便再多跟他待一秒钟,我都无法承受。或许我当时很幼稚,可我想拥有一个完整的他,一辈子。因为,那是我所知道的唯一一种爱他的方式。"

"那天,我像往常一样步行回家。到了家简单跟妈妈和艾琳说了几句话,艾琳刚从大学回来,准备待几天。我不知道她们有没有注意到我哪里不对劲,不过她们什么都没说。后来,我装模作样地做了些考试复习题,然后就上床睡觉了。再后来,我就哭啊,哭啊,哭啊。"

凯特停住了。她又想起了当时眼泪一浪接着一浪,紧紧抓住棉被,像抓住救生圈一样,拼命在水面上挣扎,不让自己沉下去的感觉。

"我知道,现在还纠结这件事有些犯傻,"她说,"谈恋爱嘛,总会有分手的可能。我当时太年轻,可是这么长时间过去了,今早看到乔的照片,想来,我还真没有再遇到过像他一样的人。其实我根本就没再遇到过什么人,而且我心里之所以一直纠结,不愿搬去伦敦,其中就有这一层原因吧。去一个新地方,自己一个人。刚要分手的时候,我就察觉到了端倪——于他而言,那是一次机会,可于我而言,并非如此。"

凯特深深地吸了口气。"真遗憾。"她一边说,一边擦了擦脸上的眼泪。

罗斯玛丽坐在她旁边使劲儿地摇了摇头。

"永远不要遗憾,"说着,她眼神中流露出狂风暴雨般激动的情绪,"永远也不要为自己的感情而遗憾,永远也不要因为恋爱而遗憾。我从不遗憾,哪怕一天都没有过。"

凯特看罗斯玛丽捻着手指上的婚戒。

"而且,你还会遇到别人的,"罗斯玛丽说着,一边抬起头用明亮的眼神为凯特鼓劲儿,"你只需要做好准备,去寻找那样的人。"

两人就这样坐着,公园对面一辆辆汽车停下来又开走。安静的气氛中,孤独就像是坐在她们中间的第三个人。她们都朝它点头致意,承认它的存在,却永远不会言明。

凯特叹了口气,闭上眼睛待了一会儿,可即便不用眼睛看,她都能感受到前方泳池的形状,感受到身边的罗斯玛丽。跟罗斯玛丽聊过一阵之后,她放松了很多。虽然,她今早在手机屏幕上看到了乔,可事实是,他现在身在曼彻斯特,而她却在布里克斯顿,一个她正尝试着爱上的地方。他们不再是彼此生命中的一部分。她每深呼吸一次,心中的结就松动一分。

第四十章

结婚 64 年，仍记得当初的誓言

直到生命的终章，两人依旧不离不弃。前来帮忙的一名护工建议把乔治送去医院，帮他安排床位，罗斯玛丽不愿跟他分开，听到护士的建议，她大笑起来。

"你结婚了吗？"罗斯玛丽问道。

问得护士一愣。

"结婚了。"她回答道。

"那么，你应该还记得婚礼上的誓言吧，无论疾病还是健康，唯有死亡才能将我们分离。我已经结婚 64 年了，仍旧记得这誓言。"

护士听了皱皱眉，赶紧收拾收拾出去了。罗斯玛丽后悔那样对待小护士——护士们都很好——但在当时，她一门心思地想陪在他身边。一想到把他一个人孤零零地留在医院，她就无法忍受。

护士离开后，罗斯玛丽给乔治端来一杯茶。她把乔治身后的靠垫往上拉了拉，又用胳膊勾住乔治腋窝下面把他整个人往上拽了拽。她一手端着马克杯，一手轻轻地扶住他的头让他喝些热水。喝完水后，她就爬到床上，握着他的手，躺在他身旁。他的每次呼吸都是那样的短而急促，弄得她不知该如何是好，却还努力地装作无事。

他像是要说些什么。

"Ffff……"

"想要吃的吗？（Food 一词首字母发音为 Ffff）"罗斯玛丽问道，"你饿了吗？刚刚吃过呀。"

乔治摇了摇头。

"Ffff……"他又一次发出这样的声音，一边抬起胳膊指着那边的衣柜。

她顺着他指的方向看去。

"照片吗？（Photo 首字母发音为 Ffff）"

他点点头。罗斯玛丽在他额头上亲了一下，从床上爬下来。接着，她拽过一张椅子，然后爬到上面伸手去够衣柜顶上的盒子。把盒子拿下来之后，她又从椅子上下来，把盒子拿到床上。回到床上，她靠在枕头上，把盒子放在腿中间，接着，她把盖子打开，手伸到里面去拿东西。

"看看这张，"她拿着一张照片给乔治看，"噢，那时候你长得太黑了，像胡桃木一样。"

接着，她又拿出来一张照片。这些照片并不是按照特定顺序摆放的，所以一会儿是乔治和罗斯玛丽上了年纪时的照片，一会儿又是他们年轻时候的照片，就这样，罗斯玛丽一张接一张地拿出来看。

"看看我这张，"她说，"我喜欢那身泳装，真希望现在还能穿得进去！你可别跟我说，现在的我穿上去跟以前不一样了！噢，看看这张——跳水台那么高，你可真厉害，亲爱的。"

她拉过乔治的手。

"这是我们在布莱顿照的，"她一边说，一边又朝他那边靠了靠，把照片拿到他跟前，"还记得我们那时候在凳子上吃的甜甜圈吗？嗯，真想再去一次。我还记得海鸥的叫声，那首歌怎么唱的来着？埃尔维斯·普雷斯利的歌……"

她想起唱片机放出来的歌声，开始哼唱起来。虽然跑了调，却根本不在意。唱着唱着，她发觉他的手从自己的手上滑了下去，她的声音开始颤抖起来,却依旧唱着,每每遇到记不住词的地方,她就轻轻糊弄过去,到高潮的部分声音就大起来。等一首歌唱完,她停下来,温柔地亲了亲他的脸,又赶紧擦了擦眼眶。

"就唱到这儿吧。"她声音颤抖着说了句。紧接着,她深深地吸了口气,"噢,看看这张,乔治……"

接下来,她把盒子里的照片都拿出来,笑着指给他看,每拿出一张照片都要跟他聊上一阵子。等盒子空了,所有照片都看完了,她的腿上已经堆满一大堆照片,乔治却睡着了。她小心地把照片放回到盒子里,把它送回到衣柜顶上。再接下来,她换上睡衣,又钻回到床上,在乔治身边躺下。她脸朝着他,胳膊搭在他肚子上。她就这样看着他睡着了。

"晚安,亲爱的。"她说道。

可是,等她一觉醒来,他依旧睡着。

第四十一章

跟这么多人在一起还是会觉得孤独

看来,委员会那边不会有动静了。打印采访稿与校稿期间,凯特尝试着给市政厅打电话,但每次听到的都是答录机提示她留言的语音。等对方终于接听电话,她问到有关泳池这件事的时候,无一不是这样的回答:"上级正在审核大家的建议。"若是她提出与委员通话的要求,对方就给她一个电话号码,拨过去,又是一台自动答录机在回话。

"委员会那边还没有消息吗?"杰伊一到办公室就问道。

"看不出来吗?我正在忙别的事。"

"不,我只是刚刚想起来。罗斯玛丽怎么样了?她的膝盖怎么样了?"

"她没有告诉我膝盖的事。"

"她这是不想让你担心。"

"嗯,我确实担心。我还担心泳池那边的事情进展得怎么样了。我也不想这样,可说实话,我真的很担心。"

那次生日聚会的惊喜过后,一切又都回到了正轨。早上,凯特上班前大都会跟罗斯玛丽一起去游泳。近来,她一直都在给报社写文章——这周正在集中写兰贝斯郡展会的一系列筹备工作——每年都会有这样的大型活动,布洛克韦尔公园里到处是食品摊位,还有各种音乐和农场的家畜。这样的文章写起来很有趣,能够让她联想到这座城市里的纷纷扰扰,还有那偶尔露出来的蓝天。不过隐约中,这颗心依然悬着——担心泳池那边事情的进展，不知道自己与罗斯玛丽的晨间游泳到底还能持续多久。

"要是真的关门了，可真够让人遗憾的，"杰伊说道，"就像罗斯玛丽之前提到的图书馆那样，他们游行示威过，可到最后才发现，一切已经无法挽救了。"

"这倒是个好主意。"凯特从电脑旁抬头看了他一眼说道。杰伊一脸的莫名其妙，两道淡淡的眉毛在脸上打成了结。凯特看了直想笑，还得尽量忍着不笑出来。

"多谢夸奖，我主意多着呢，"杰伊回应道，"可是，我这话有什么特别吗？"

"游行示威，"凯特说道，"我们应该搞一次示威活动。"

杰伊听了点点头，"是啊。如果能有一张罗斯玛丽举标语牌的照片，那她在市政厅的那张照片就能更好地发挥作用。"

"拜托，我可是认真的。"

"我也是认真的。如果你真的要搞一次示威活动，我可得想好头版要怎么设计，照片怎么拍。"

"这么说，你要帮我们？"

"我怎么不记得你诚挚地邀请过我呢。"

"请问，您能帮助我们吗？"

"当然了，我们明天晚饭的时候就商量一下。"

凯特点了点头，接着便躲到电脑后面偷笑起来，此时的她，脸上的笑容那般灿烂。她突然意识到，这已经是近来第二次接受别人的晚饭邀请了。

第二天晚上，凯特正准备着，她先是往房间里喷了一通香水，然后又穿着内衣在屋子里跳了一阵舞。她在杂志上看到过，说这样喷香水最好了。虽然这看上去很不文雅。

"求帮助！"打开衣柜，她拿出两条风格不同的连衣裙，放在身前拍了张照给艾琳发了过去,"我该穿哪件?"

她盯着手机等回复,看到屏幕上闪着省略号,看来艾琳正在打字。

"两件都好看,"她这样回复,"不过,我更喜欢那件蓝色的。"

凯特松了一口气,笑了,这时门铃响了。

"该死。"说着,她把裙子套到头上。她一边往里穿,一边急急忙忙地穿上门口的便鞋,慌乱中打翻了一摞书。

"该死。"她又说了句。

这时,她似乎听到门外杰伊发出的笑声。

"来啦!"她喊了一声,小心翼翼地把脚边的书堆到一旁,又伸手把挂在楼梯尽头扶栏上的牛仔外套拿过来,赶紧披到肩上。走廊里停着一辆自行车,衣服口袋兜在了旁边的自行车把手上,还没等开门,她就被绊了一跤。

"哇哦,你看上去有些慌乱啊。"杰伊哈哈大笑。他正靠在前门外的矮墙上,夜晚的灯光照得他头发的颜色越发接近黄色。她整理了一下身上的裙子。

"挺漂亮的!"

"我这可不是嘲讽你。虽然看上去不太齐整,但是很可爱。我喜欢这样的你。"

一时间,凯特竟不知道该说些什么,索性什么都没说。接着,她关上门,跟杰伊一起往外走。

"我给你带了些东西。"出来后,他跟她说着,随后递给她一只扁平的袋子。

"我不知道是该现在给你还是过一会儿再给你,想来想去,还是现在给你吧。可是,或许应该过一会儿给你,不然你现在还得拿着它。"

"谢谢你。没关系的,我有包。"说着,她拆开包装纸。原来是一个相框,是她和罗斯玛丽在泳池的照片。她拿着相框,紧紧地盯着看,唯恐弄丢了一般。

- 165

"不好意思，或许我应该买一束花来。"

"不，这个很好。谢谢你。"她一面说，一面觉得喉咙里像有什么东西堵住了一样，赶紧吞了下去。

他们就这样安静地走了一会儿。一只狐狸窜到他们面前，横穿过马路，跳过某家花园篱笆墙上的缺口，消失不见了。

"这条街不错。"杰伊说道，他一会儿沿这条林荫路望去，一会儿又抬头看看这些市内宅院的大窗户。有些院子里的房子是两或三层，大部分院子都是普通人家，里面有玩具车，院前的小花园里还有秋千。

"是的。我只能住在这里，因为要跟其他四个人合租一间房子。"

"她们都是些什么人？"

"其实我也不太清楚，我们不经常见面。我也弄不明白，为什么跟这么多人住在一起还是会觉得孤独。"

走路的时候，两人并没有注视彼此，即便这样，她还是能清晰地勾勒出身旁这位跟自己一起压马路的男士的身形。她没想过要跟他坦露心事，可话题就这样展开了，她无法自控。

"跟你说，"他先开口说道，"我有三个姐妹。"

"三个？女子军还真强大。"

"嗯，你也这样觉得，对吧？很多时候都是我和我爸结成同盟。我们经常带着相机一起偷偷溜出去，为的就是避开她们。爸爸就是那个带我走上摄影之路的人。"

凯特发现，自己很容易就能想象出杰伊和他爸爸一样，顶着一头金色头发、脖子上挂着相机躲开一大家子女人的画面。她突然意识到，自己已经与杰伊共事近两年了，之前却从未问过有关他的事。想到这儿，她觉得有些尴尬，不过如今倒是想弥补一下往日的过失。

"你家里其他人呢？那天我们在泳池的时候你提到过，你有侄子和侄女？"

与杰伊一路走来，这是凯特第一次主动去了解杰伊的家庭。如今，他的两个姐姐与各自的丈夫和孩子们住在伦敦,还有一个姐姐和她的另一半住在爱丁堡。她偶尔会来看看他,一提到侄子和侄女,他脸上泛着光。她还了解到,成长的过程中,他在伦敦南部待过,在克罗伊登和派克汉姆也待过,现在则是在布里克斯顿。她告诉自己,从前之所以没问过他这些问题,是因为她早就从他的口音中猜得差不多了,但实际上,她心里清楚,这个理由并不充分。事实是,她之前从未想过要问他这些。

"那现在呢——是跟室友住在一起吗?"她问他。

"是的,不过只有一个,我的朋友尼克。他是一名音乐师,在酒吧上班,我们并不常见。大多数时候,我都是一个人,住在一间小型的地下室公寓,那里长年潮湿,不过我喜欢。"

"我猜,癞蛤蟆喜欢潮湿的地方。"

"哎呀!"

"谁让你说我邋遢,活该!"

"一个火辣的邋遢姑娘总可以了吧。"

"能比邋遢姑娘好到哪里去呢?"

说着,两人转过头来,相视一笑。

"走吧,我们快到了。"

接着,他们穿过街道,继续沿公园外围的马路向前走。走到公寓楼里,他们转身进了停车区。在外面有一个小院子的楼前,罗斯玛丽坐在门口的矮墙上。她穿着一件褪了色的绿色裙子,上身配一件夹克,拿着一只小手包,她看了看手表,抬头望见远处朝她走来的这对年轻人。凯特走过来时,她就闻到了幽谷百合的花香。

"罗斯玛丽,您看起来真美。"凯特说道。

"满眼的绿色。"杰伊说道。

"噢,你说这条裙子啊,我都好几年没穿了,居然还能穿进去,真是惊喜呀!"说着,她笑了。

- 167 -

"谢谢你邀请我来。"

"就把这当成工作聚会吧，我们需要您，罗斯玛丽，"凯特说道，"要不是您，这一切恐怕都进行不下去。"

"不过话说回来，出来透透气真好——还有人陪。"

"还有，"凯特说道，"您还给我做过饭。抱歉，我不是个好厨子，不过我可以带您去镇上最好的比萨店，或者至少可以去杰伊推荐的那家——我之前从来没去过。"

"你们俩肯定都喜欢，"杰伊说道，"除了意大利，那里的比萨最好吃了。"

三人走在一起，罗斯玛丽在凯特和杰伊中间。凯特在想，这是怎样的一种画面呢。或许，他们就像两个孩子，晚饭后带着母亲（或是祖母）出来散步；又或许，只是简简单单的三个人，三个看上去不太搭调的朋友。想着想着她突然发现，自从搬来伦敦，自己是第一次有这种感觉——她有朋友了。

三人穿过亚特兰大大道的一道拱门，进到布里克斯顿庄园。他们花了好长一段时间才过了这条街，这里交通繁忙，一辆厢式货车正在给转角那家新开的墨西哥餐厅送货。那是一家连锁店，不过那颜色鲜艳的店面和店外黑板上的手写很容易被人误认为那是一家家族式企业。灯火通明的店铺橱窗外面摆着蒸锅、平底锅和垃圾筐，他们好不容易才从中间穿过去。

他们要去的那家比萨店位于庄园的一个角落里，在肉摊的对面。店前是柜台，人们就在那儿买比萨。一个骑自行车的人下身穿着莱卡紧身裤，上身穿着运动衬衫，胳膊下面夹着头盔，在开启归乡启程之前，他点了一份比萨。挨着他的是一位母亲，手里拉着两个孩子，孩子们歪着脑袋，眼巴巴地朝柜台里边望。

杰伊把罗斯玛丽带到一张长桌旁，把桌子底下的木凳子拉出来让她坐下。桌子上摆着蜡烛，还有插满鲜花的金属花瓶。

"我们点些酒水怎么样?"凯特说道。等着点单的同时,凯特环顾周围,市场里传来阵阵吵嚷声,还飘来阵阵香味。真热闹啊!人们大声说着、笑着。从木箱烤炉飘出来的比萨味让她深感遗憾——吃了那么长时间的即食餐的自己到底错过了多少这样的美味。

这一晚上,三人就这样比萨配酒吃了起来。罗斯玛丽正准备拿起刀叉,却发现杰伊和凯特直接端起比萨就吃,于是,她也跟着学起来。吃的时候,还不小心把番茄酱洒在了桌子上,可她并不在意。三人喝了两瓶红酒。杰伊总是趁她们不注意把杯子倒满。

三人一边吃,一边筹划着示威活动,凯特做着速记。

"我打算开办一个线上的请愿组织,"她说,"与'脸书'上的'拯救布洛克韦尔·利多'放在一起。这件事本该早些时候做,不过我希望现在还来得及。"

"好主意,"罗斯玛丽说道,"写关于示威活动文章的时候,可以顺带着提一下请愿组织的事。"

"说到示威活动,我们还真需要些素材,这样好把声势弄大,"杰伊说道,"不好意思,希望您不介意我的用词。"

"还需要增强视觉冲击力,"凯特说,"我们可以做一些条幅,挂在泳池的一头。可条幅上要写些什么呢?'拯救布洛克韦尔·利多''我们只想继续游泳''不要填平我们的泳池'……"

"我喜欢这样的话。"杰伊在这边说,凯特在那边做着笔记。

"用橡皮鸭怎么样?"罗斯玛丽说道。听了这话,凯特和杰伊转过头来看看她,随后三人笑成了一团。

"完美极了,"凯特说道,"而且我认为,还有人能帮我们。"

罗斯玛丽脸红扑扑地笑了,凯特也不知不觉地笑了。

那一晚的后半夜,餐厅对面组建起了一支乐队,乐队由一名民歌歌手和两名吉他手组成。音乐声很大,一开始,那声调让凯特的心跳猛然加速。

"想不想讨我老人家欢心,跟我跳支舞呢?"罗斯玛丽突然说了这么一句,接着她站起身,张开手邀请凯特。凯特抬头看看她,一脸的不知所措。

"噢,我可不会跳舞。"

凯特想起上学的时候,每当大家跳起迪斯科,她就躲在角落里,看着同学们高兴地笑着,跟着音乐随意地摇摆身体,那个时候,她多希望自己也能像同学们那样。几年之后,她索性就不和同学们出去了。等上了大学,同学们邀请她去聚会,她总是找理由拒绝。没过多久,人家便不再邀请她了。

"我也不怎么会跳,"罗斯玛丽说道,"不过,这没关系,享受音乐就好了。"

凯特抬头看着罗斯玛丽,突然间,她发现罗斯玛丽或许说得没错。或许,会不会跳真的无所谓。于是,她站起身来。

"好吧,我们一起跳支舞。"她说。

两个人站起身,来到乐手面前的过道上。然后,她们拉起彼此的胳膊。罗斯玛丽跳得慢,凯特则显得笨拙,不过两人依旧跳着。吉他手和歌手冲她们笑,餐厅里的人也转过头来看她们。刚开始,凯特根本没注意到别人在朝这边看,只顾着看脚下,或者抬头看罗斯玛丽。

"我在跳舞!"她一边说,一边咯咯地笑。

"是啊,你在跳舞!"

两人继续在过道里跳舞,乐手、餐厅的顾客们还有杰伊在旁边看着她们。两人慢慢地转身,拉着彼此转圈。

凯特抛开周围的所有,一心放在音乐和动作上。此时此刻,她身体里暖暖的,好像一只充了气的气球,就要飘起来一样。她感觉身体轻极了,处于完全放空的状态,同时,也体验到了自由的感觉。刚开始的时候,她还以为是喝了酒的缘故,后来才意识到,这便是久违的快乐。跳舞的时候,她迫不及待地想给艾琳打电话,告诉她这里发生的一切——那味道极美的比萨,等她下次来伦敦的时候,也要让她尝一尝,她还想告诉她在布里克斯顿村跟罗斯玛丽跳舞的事。她知道,这一定会惹得姐姐哈哈大笑,不过能把一些积极的情绪(这样一来,她就不用挖空心思避开不开心的事,还要故意挑一些开心的事讲给她听)传递给艾琳,凯特觉得很高兴。

"不好意思,我的膝盖不太舒服,"罗斯玛丽中途停下来说了句,"杰伊,快过来。我猜凯特还没有跳尽兴。"

杰伊站起身,罗斯玛丽回到桌子旁,两人碰头的时候,她把一只手搭在他的胳膊上。

"照顾好她。"她小声地说了句。杰伊点点头,朝凯特走去,在他看来,此时的她比以往任何时刻都漂亮。她红着脸颊,眼睛里闪着亮光,仿佛愁云一吹而散。

"我们一起跳舞吧。"凯特一边说,一边伸出胳膊,这样信心满满的她,连自己都感到震惊。他接过她的手,把她拉到身旁,一只手拦住她的腰。两人跳舞的节奏并不搭,跟音乐也不和谐,时而撞到或踩到彼此。可是,他们依旧笑着。跳舞的时候,凯特感觉浑身上下的每个细胞都是快乐的,她要紧紧地把握住。罗斯玛丽看着这两个人,他们勾起了她的一番回忆。

当晚,三人各自回家躺在床上,两位女士应该会梦到跳舞的场景吧。杰伊也一样。

第四十二章

不要填平我们的泳池

泳池里到处是橡皮鸭子，它们漂在水面上，远远望去，就好像有一群大黄鸭在向人微笑致意。它们有的挤在一堆，微风吹来，你撞我，我撞你，有些则是三三两两地在一起，每当它们漂到彼此身边时，黄色的嘴巴就碰到一起。一对绿头鸭从中间游过，似乎不太明白这是怎么回事。

"帮我把条幅的另一头扶好。"凯特拿出一条长长的丝绸条幅，把一头递给艾琳。两人沿泳池的一边分别朝相反的方向走去，弗兰克和杰梅因帮她们系条幅。

跟罗斯玛丽和杰伊吃完晚饭后，凯特给艾琳打了个电话。

"我们正打算搞一次示威活动，拯救泳池，"凯特说道，"而且我想，你这位公关专家在，一定会对我们有很大的帮助。"艾琳立即答应下来，还说她很乐意帮忙。凯特隔着泳池注视着对岸的姐姐，看她弯腰帮弗兰克和杰梅因系条幅，那头红色的鬈发在微风中摇曳着，凯特意识到，这次活动的意义不止于此。对于这对姐妹而言，它意义深远。她们注视着彼此的眼睛，凯特想起小时候去家附近的泳池，从艾琳肩上跳到水里的情景。此刻，她看着眼前的姐姐，想弄清楚此刻站在池边的这个女人与小时候相比有哪些变化。她的眼睛依旧是绿色的，依然梳着一头凯特从小就很羡慕的红头发，她的个子依旧比自己高一些，不过也就长这么高了，自己不用再因此而感到难堪。年轻气盛时脸上的那股子冲劲儿如今已经减退几分，眼睛下面倒有了黑眼圈——凯特想起艾琳之前跟自己提到过工作方面的压力。今天，她穿着一件很合身的浅蓝色连衣裙，没有化妆。艾琳总说，她所从事的工作，穿衣打扮一定要讲究，不过凯特知道，衣服和妆容是艾琳武装自己的工具。干练的头型、亮丽的妆容，这些都只是表面的铠甲而已。

固定好条幅之后，大家往后退了几步查看最终的效果。

"不要填平我们的泳池。"上面写道。

"很完美。"弗兰克转过身对杰梅因说。这个周末，两人让兼职助理看管书店。他们爱书店如同爱自己的家，这次离开几天，全当放松心情。两人看了看彼此，忍不住笑了。

"真不错！"脚边放着一瓶冰茶，坐在泳池边椅子上负责全程指挥的罗斯玛丽说道。

不知为何，早上凯特向罗斯玛丽介绍艾琳时，艾琳居然莫名地感到紧张。不过，艾琳上来就给了罗斯玛丽一个大大的拥抱，还说："希望您不要介意，总觉得您像一位老朋友。我一直都喜欢看凯特写的那些有关泳池的文章——还有关于您的。"罗斯玛丽先是对艾琳笑了笑，之后又对站在旁边的凯特笑了笑，她一边抱着姐姐，一边又看着妹妹。相比较而言，艾琳对杰伊的态度稍微冷淡些，只跟他握了握手，不过笑容倒是很温暖。

"凯特经常跟我提起你。"杰伊说了句，严格来讲，这话并不属实。不过，当艾琳转过身冲凯特眨眼笑的时候，她一下子就明白杰伊为什么那样说了。

艾琳跟其他人的交流也很自在——尤其是跟艾哈迈德，当了解艾琳大学时同样研修商务学时，他尤其兴奋。接着，他问了她一长串问题。凯特看他们在泳池的另一边聊天，艾琳认真地倾听，频频点头，接着又给予积极的反馈，说话的时候，一边做手势，一边哈哈大笑。

杰伊拿相机对着标语接连按了几下快门，橡皮鸭子在水面上漂浮着。人群呼啦一下子拥到泳池台面上。一个十几岁的男孩儿把气球系到咖啡馆的遮阳伞上；艾哈迈德在泳池一端的大钟下又系了一个条幅；一位母亲腰上背着孩子，把橡皮鸭子指给孩子看，孩子咯咯地笑着。霍普在咖啡馆为大家点了咖啡和茶，咖啡师用一只大托盘把大家的饮品端到店外的桌子上。

"看来你过得不错，妹妹。"艾琳从泳池那边转过来时说道。她站在凯特旁边，眼看身体就要挨到一起，只是挨得并不紧密。

"谢谢你能来，"凯特说道，"谢谢你能帮忙。"

艾琳穿了件讲究的蓝色连衣裙，可一到这里，二话不说就开始帮忙干活，背起几大盒鸭子就往水边走，此外，她还出了一个极妙的主意，让大家把这些鸭子分散开。

示威活动准备妥当，他们就会给当地委员会邮寄一盒鸭子，剩余几盒则会被寄往几家当地报社和全国性报社的办公室。每只鸭子的脖子上都挂着标签，上面写着"不要填平我们的泳池"。这些都是艾琳的主意。

标签上还会印有凯特创建抗议活动群的链接。截至目前，他们已经收到100人的报名，这让罗斯玛丽大开眼界，可凯特却嫌不足。

"把我认识的所有人加起来也没有100人！"罗斯玛丽说道。凯特试着跟罗斯玛丽解释社交媒体的概念，却依旧无用。

这时，一阵水花溅起，一个十几岁的男孩跳到水里，在橡皮鸭和在泳池一角拍打着翅膀的鸭子群中游来游去。凯特和艾琳转过身来看着他。

男孩儿游到水下，扭过身来透过那一个个黄色的身影看着间隙中的片片蓝天。他用鼻子往外呼泡泡，它们像香槟里的气泡一样摇摇晃晃地飘到水面上。等他钻上来换气时，那群橡胶鸭子都挤到一边给他腾地方。接着，他开心地哈哈大笑，笑声既干脆又响亮，像发动机回了火一样。

凯特看到杰伊蹲跪在泳池边上,给那个刚钻出水面的男孩儿拍照,男孩周围都是大黄鸭。

"快上来,给我们来张合影。"他跟那个男孩儿说道,男孩听了,立即游到浅水区,直接跳上岸,根本不用梯子。接着,两人沿泳池的一边走去。

"我觉得,我们最好也过去。"凯特说了句,艾琳点点头,跟着她来到人群聚集的泳池的另一边,大家早就在大钟和条幅下聚集起来。艾琳加入其中,凯特则像一位婚礼摄影师那样指挥着大家。

"罗斯玛丽,您到中间去。埃利斯和霍普,你们俩站在她旁边。艾哈迈德,你去那边……"

杰伊过来帮助她,他站在她旁边,看着这群站在一起的游泳爱好者。
"你觉得这样可以吗?"她问他,"不好意思,是我越俎代庖了。"
"很好,"他说了句,"你也快站过去吧。"

她犹豫地看了他一眼,只见他轻轻地往前推了她一下。

"我已经在头版上露过脸了,"罗斯玛丽说,"而且效果还不赖。现在该你上头版了。"

说着,她伸手把凯特拉过来,一只胳膊牢牢地搂住她的肩膀。于是,凯特站在正中间,罗斯玛丽在一边,艾琳在另一边,周围则是三个月以来凯特参加泳池采访任务结识的一些人。杰伊拍照的时候,她笑了,不是因为对着镜头,而是因为身体里翻滚着的股股暖流。

下午,把需要拍的照片全部拍完,又将泳池里的橡胶鸭子也清理干净后,多数人都去咖啡馆喝东西,罗斯玛丽回家休息了,只有凯特和艾琳还待在泳池边。她们脱掉鞋子,把脚伸到水里。水有些凉,不过站了一天的她们,此时此刻,很享受。凯特的脚轻轻地在水里前后划动,艾琳也一样,她涂了亮红色的指甲油。

太阳的金黄色光芒照亮了周围的砖墙,也照亮了艾琳那红褐色的头发。阳光照得水面明媚多姿，更加碧蓝。

只剩下艾琳，凯特突然感到一种莫名的紧张。虽然两人十分了解彼此，而且早已习惯了这样静静地待着，不过这次，凯特有很多话想跟姐姐说。

"很抱歉，不能留你去我那儿住，"她说道，"不过话说回来，即便你能去，我也还有好多工作要做，陪不了你。"

这番话有一部分是真的——她的确有工作要做——但是，想到那脏乱的房间，再加上之前虚构出来的好朋友（其实是室友），想到那些谎言会被揭穿，她心里就觉得恐慌。

"没关系的，"艾琳回答道，"我一直都想去拜访哈克尼那边的朋友。"

她们又静静地待了一会儿，咖啡馆里传出的阵阵笑声还有脚搭在泳池边踢水的声音将这安静的气氛打断了。

"其实，很长时间之前我就应该问你，"凯特说道，"你一切都还好吧？之前听你说过工作上的事，还有一直没能怀上孩子的事。很抱歉，我真不知道该说些什么，不过很早之前就应该问问你事情都有好转了吗？"

艾琳轻轻叹了口气，胳膊放在身后，身体向后仰，两条腿绷直从水里抬出来，然后又把脚趾落入水中。

"我还没有怀孕，"她说，"不过，我们已经决定去生育诊所了。我想，这样的决定应该能让我俩舒心一些吧——似乎更能缓和目前的状况。"

凯特把身体向后仰，继续听艾琳说着。回想过去，艾琳经常跟妹妹吐露心事，可她却一直不能对姐姐敞开心扉。没能早些听姐姐倾诉心事，凯特深感愧疚，不过现在能够静下心来听艾琳讲，她觉得也不错。

说完自己的近况后，艾琳看了看凯特，绿色的眸子在阳光中闪闪发亮。

"你呢？"她问道，"你最近怎么样？别告诉我你很好。我的意思是，跟我说实话，你真的很好吗？"

凯特知道，姐姐一定会问自己这个问题——她用那样的眼神看着自己，既有关切又有宽容，看得凯特直想哭。她深深地吸了一口气。

"其实，我过得一直都不好，"她说道，"过去的这几年，一直都不好。"

开口的一瞬间，她就意识到，其实这番话很久以前就应该说出来，可自己就是无法开口。这些话被她深深地埋在心里，像一把锁将她紧紧地困住。跟姐姐或是父母讲这番话，她似乎办不到。

"我从来都不知道，搬到一个新地方去会是那样的孤独。"她说。

"你比我勇敢多了。"

"你指的是？"凯特皱着眉头问道。

"不记得了吗？"艾琳说道，"我那时候本来想去伦敦念大学。我申请到了去伦敦大学学院就读的机会。可是我没有去——去那么远、那样大的城市，我很害怕。"

凯特摇了摇头。她已经不记得这件事了。

"那时候你还小，"艾琳轻轻地耸了耸肩说道，"也可能是因为我不好意思告诉你。不过，我终究没有去。那之后，我也有很多机会可以搬来这里，而且这里有我的很多朋友。可是，我还是没来。我告诉自己，我在巴斯待得很好——说实话，真的很好。我再也不想搬去任何地方，尤其是现在马克和我已经买了房子，他的事业刚刚起步。其实，我心里清楚，有一部分原因是我不敢搬去别的地方。在巴斯，我在顶级的公关公司混得不错。若搬到伦敦做同样的工作，竞争太激烈了，如果混不出个名堂来让我情何以堪？"

听了艾琳的话，凯特很震惊。艾琳从来没惧怕过什么。她清楚自己什么时候该做什么事，生气的时候就把火发出来，心情好时就百般逗趣，随便怎么样都可以，还住在一栋漂亮的房子里。或许，事实真的如此，又或许不是这样。正如当下的凯特，她确实在伦敦，也有了一份喜欢的工作，找到了一群可以被称为朋友的人，可这并不是全部的事实。

两人坐在泳池边,凯特突然觉得像在家里一样,后来,她告诉了姐姐一些其他的事情。她跟姐姐说自己上大学时候经历的事情,那时跟同学们在一起总有一种不搭调的感觉。还有那些她并不了解的室友,其实,她并不在乎拥有多漂亮的房子,不在乎街道是否宽敞,只是不愿每天都回到那样的家中。她第一次跟姐姐提起自己患有恐慌症的事——病症是如何开始的,发作时是怎样的感觉以及游泳对缓解病症的积极作用。接着,她谈到了泳池——如何与之结缘,怎么遇到罗斯玛丽的,后来又怎样参与到活动中来,要知道,迄今为止,她在这一题材上撰写的文章数量最多。

艾琳没有太多话要讲,于是,她就做了件更加贴心的事——侧耳倾听。

不一会儿,凯特把一肚子话都说完了,眼泪也流过了。艾琳伸手从包里拿出一包纸巾,悄悄地递给凯特。等她把眼泪擦干、呼吸平静些,她的眼泪终于停了下来。她看着水面上反射着的光和云彩的倒影出神。艾琳转过身看了看她,等着她说完后轮到自己说。

"刚才我就跟罗斯玛丽交流过。"她说。凯特回想起来,艾琳在罗斯玛丽的椅子旁停留过一会儿,当时两人正把盒子打开看着什么东西,正巧凯特从咖啡馆出来,端着满满一杯冰茶。"她说,若是没有你的帮助,就不会有现在的一切——文章、请愿活动、示威活动。"

艾琳说这番话的时候,凯特瞥到一个黄色的东西在泳池一角的水面上漂动。原来是一只橡胶鸭子——一定是他们遗落在那里的。它上上下下地在水上摇摆,一片湛蓝色中,泛着一点黄色。

"你干得不错,"艾琳说道,"怎么会孤独呢?这不是什么大事。你可以觉得孤独,也可以觉得恐慌。这丝毫不会影响你的人生。"

等艾琳说完这番话,凯特才发觉姐姐说的这些感受自己都曾体会过。在那段最黑暗的日子里,她感觉自己像是要崩溃了一般——觉得自己的人生很失败。

"不过,下次有类似的事情一定要跟我讲,好吗?"艾琳说道,"我们聊聊。"

艾琳伸出手来,凯特上前握住。两人就这样拉着彼此的手坐了一会儿,脚丫子耷拉在布洛克韦尔·利多泳池那冰凉的水中,太阳在她们身后西沉下去,咖啡馆里的灯光宛如探照灯般照到水面上。

那一晚罗斯玛丽回到家,她想起了乔治,若是他看到那些鸭子,会笑成什么样。有时,她会梦到他跟自己坐在客厅里,两人促膝长谈——梦中,她会把一直以来藏在心里的话一股脑儿地讲出来——晚饭做的什么,老鱼摊那里新开了一家餐馆,在泳池更衣室里听到哪些小道新闻。有时,她只跟他说说布洛克韦尔公园里漂亮的落日。

她好希望今天晚上也能重温往日的梦境——她会告诉他有关示威活动和鸭子的事,还有她跟朋友们站在条幅和泳池大钟下拍照时有多骄傲。她还想告诉他,当自己成为一名中心人物时,那种感觉有多美妙。

第四十三章

阳台上没挂那件迎风招展的泳衣

周一,凯特没有在泳池见到罗斯玛丽。所以,她只好一个人默默地游了几个来回,慢节奏游泳时,她一进到水里就会陷入沉思。游完泳后,她跟几个熟人点头打了声招呼,不过双方都没有开口讲话,看来今天早上大家都有心事。夏天悄悄地翻越了泳池的围墙,树木呈现浓重的绿色,就连晨间的灯光都是金色的,罩着一层薄雾。

凯特想起小时候暑假期间去游泳的情景。那时她还是个孩子,尚未形成自我认知,妈妈给她穿上米妮老鼠的泳装,一路穿到伯恩茅斯去看祖父母。艾琳挨着她坐在后排车座上,蓝色比基尼从外套里透过来。一路上,她大部分时间都在发信息、听音乐,可一到海边,她就跟凯特比赛,跑着去看大海。

"我能看见大海,我能看见大海!"两个孩子都很惊喜,手指着那片在阳光下闪动着的银蓝色大海。他们把车停在悬崖边上向下望,沙滩上的孩子们像一颗颗五彩缤纷的鹅卵石,有的在用沙子堆城堡,有的直接跳到海里。海水总是很凉,跟泳池里的水一样。不过,那种凉爽像炎炎夏日中的惠皮先生[1]冰激凌一样爽口。

凯特和艾琳的祖父母把硬币埋在沙子里让她们找。艾琳总是忘记,

---

[1] 一种冰激凌。——译者注

自己还是个孩子,这样的自己当然会争抢着去找零花钱。事后,若是艾琳心情好,她就拉起凯特的手一起跑到海边去,当时凯特的腿还没长那么长,偶尔会因为她的急脾气而被绊倒。

无论天气怎样,两人游泳的时候,母亲和祖父母都会穿着蓝黄条的防风衣,祖母身上还披着一件厚夹克,一暖瓶茶水在几个人中间来回传递。

凯特和艾琳则会在水边玩耍,把脚使劲儿伸进沙子里,海浪冲过来再退下去,卷来很多沙子,于是她们的脚丫越陷越深,直到后来非要铆足力气才能将两腿从沙洞里"砰"的一声拔出来,就像从碗里往外抽果冻一样。她们在一片白花花的海浪中嬉戏着,跳着舞,有时会跳过一股股浪花,有时就干脆站在那里任凭浪花从她们中间冲击而过,海水将她们的脸溅湿,她们就伸出舌头舔一舔嘴上的海水。有时,祖父会加入她们,沿着沙滩来个自由泳,两个小姑娘用崇拜的眼神看着他,直到看他成为远处浪花上一个褐色的小点。

一想到祖母看着她们游泳,凯特就会想起罗斯玛丽。凯特发现,自己双腿蹬水的姿势又回到了从前的样子,真怀念她那位朋友的陪伴和指导。晾干身体之后,她到前台去打听了一下罗斯玛丽的消息。

"罗斯玛丽今天没来吗?"她问艾哈迈德。

"今天没来。"他回答道。

凯特猜想,可能是因为罗斯玛丽喝了太多的香槟。她给她打电话,还在她语音信箱里留了言,不过上班后忙起来就把这件事忘了。

可到了第二天,还是凯特一个人。她又到前台询问艾哈迈德有没有看见罗斯玛丽。他摇了摇头。

"没有,我一直都没看见她。连续两天没有露面,她之前从没这样过——从没有过。而且昨晚埃利斯来这里游泳,他也说没看见她去市场,周一可是她购物的日子。她还好吧?"

凯特从泳池出来就给费尔打了个电话,告诉他可能会迟到一会儿,

- 181 -

晚间再补做工作。她穿过马路来到罗斯玛丽的公寓,心中的恐惧令她步伐飞快,一阵恐慌涌了上来,把她的喉咙堵得死死的,像糊上了一层厚厚的焦油。她不由得想起了自己的祖父。

凯特8岁那年夏天,全家去探望祖父母。那天,祖母出门去上健身课,他们就待在家里。艾琳在楼上读书,母亲在走廊里打电话,看那架势很有可能会打一整个下午。凯特的祖父在花园里打理他的凤仙花。

当时,凯特整个人蜷在电视机前的沙发里,从那个角度正好能透过窗户看到祖父的头。每每祖父弯下腰浇花的时候,头就低到窗户下面。她在看动画片《汤姆和杰瑞》,星期天这样好的天气窝在房间里,心里总是有一种隐隐的内疚,不过能够享受独处的时光还是很好的。客厅里热得很,她打起了瞌睡,梦见自己变成了一只追赶猫的老鼠。

等她一觉醒来,抬头看看窗外,本以为能看到祖父那褐色的头顶,却没有看到。

后来,她决定去花园看看祖父,于是她迷迷糊糊地走到露台上。这时,动画片里的女仆正在大喊大叫,用扫帚追打那只老鼠,接着她就在花园里发现了祖父,他正仰面朝天地躺在花园的地上。眼睛睁得很大,铲子丢在了一旁。

前门"咔嚓"一声响,凯特听到祖母在叫自己跟姐姐。

"我给你们买了巴腾堡蛋糕。"她站到凯特身后,手里端着一只托盘说道。只听她一声尖叫,蛋糕掉到草地上,哭着跑到花园里。凯特这才反应过来,也跟着哭起来。从那以后,她再也不吃巴腾堡蛋糕了。

此时,凯特抬起头朝那高大的住宅楼上张望,两手在额前遮挡阳光,尽量在罗斯玛丽家的阳台上找寻生命存活的迹象。结果,那标志性的旗杆并不在——阳台上没挂那套迎风招展的泳衣。

凯特在单元门的键盘上按下罗斯玛丽家的门牌号,等了一会儿。在公寓楼外围的休闲区域,一位母亲正在给一个哭啼啼的孩子推秋千。凯特又按了一次门铃,继续等。

几分钟过去了，对讲面板那边传来一阵噪音，将将盖过孩子的哭声，勉强能听到。

"喂？"对方用嘶哑的声音问道。

一听到罗斯玛丽的声音，凯特长长地松了口气。

"罗斯玛丽，我是凯特。我能上来吗？"

对方停顿了一下，紧接着门响了一声，"咔嚓"一下打开了。等凯特到达罗斯玛丽家时，门已经开了，她推开门，阳台上的窗帘遮得死死的，客厅里黑黢黢一片，走进屋里闻到了微弱的尿臊气，不过凯特假装没闻到。

"别开灯。"罗斯玛丽在沙发上说道。

过了一会儿，凯特的眼睛慢慢适应了这种光线。这时她才看清楚，地上扔了一层白花花的手纸，她能够分辨清楚罗斯玛丽身上正裹着一条毯子蜷缩在那个小沙发上。她头枕在胳膊上。由于身体蜷曲着，所以整个人看上去是那么的小，像一只还没有长毛的小动物。

"您这是怎么了？罗斯玛丽。"凯特问道，随手把门关上，朝沙发走去，小心翼翼地，以防碰倒什么家具。

"没怎么，"罗斯玛丽说道，"人老了。"

凯特在沙发旁蹲跪下来，一只手摸了摸罗斯玛丽的额头。她正发着高烧，皮肤干巴巴的。

"您这是多久没吃饭，多久没喝水了？"

罗斯玛丽摇摇头，没有回答。

"您叫医生了吗？"凯特一边朝厨房走，一边回过头来问她，接着又端过来两杯水。她打开冰箱看了看，什么都没有，这时她想起艾哈迈德的话——听埃利斯说罗斯玛丽这周没去市场买东西。凯特回到客厅，把两只杯子放到一张小桌子上，接着她扶罗斯玛丽坐起来，把杯子递到她嘴边。

罗斯玛丽慢慢喝了几口，尽量不去看凯特的眼睛。凯特问她叫医

- 183 -

生没有,她没有回答。于是,凯特一直等到罗斯玛丽把两杯水都喝完才拿起电话打给附近的诊所。打电话时她语音很轻,三言两语就把事情说清楚了。

"医生待会儿就过来。"挂掉电话后她说了句。

接着,她开始在黑暗中收拾地上的手纸,把它们扔进垃圾桶。接着又烧了壶水,给罗斯玛丽沏了杯茶,放了两块糖。两人一起等医生的时候,凯特从罗斯玛丽放在门口的泳装袋里把她的钥匙拿出来,出门去了附近的一家小商店。罗斯玛丽根本没注意到——她已经睡着了。凯特买了几罐汤、一袋面包、一盒牛奶和几个鸡蛋回来,趁着罗斯玛丽在沙发上睡觉的时候,她给她煮了一个鸡蛋,又热了些汤,把面包切成条。接着,凯特扶着她吃东西,用面包蘸蛋黄,弄成一块一块的给罗斯玛丽吃,她慢慢地吃着,手直发抖。吃着吃着,罗斯玛丽把一片面包掉到了毯子上。凯特帮她捡起来放到盘子边上。

凯特本想说点什么,想告诉她一切都会好起来,可是,又明显地感觉到罗斯玛丽的不好意思,于是她什么都没说。她打开阳台的门,拉开门后的窗帘,一阵微风透过薄薄的帘布吹了进来。

"好冷啊!"罗斯玛丽一边说,一边把裹在身上的毯子往上拉了拉。

"您现在正发热,"凯特说道,"而且,也需要一点儿新鲜空气。"就这样,罗斯玛丽一会儿醒来一会儿又睡去,凯特在旁边打扫着。终于,医生到了。凯特让他进来,跟他到沙发旁。

"这位是你的祖母吗?"医生问道。

"不是的,"她回答道,"她是我的朋友。"

"她病了多久了?"

"我能听见你说话,知道吗?!"罗斯玛丽开口说道。

"对不起,皮特森夫人,"医生说,只见他在她旁边蹲下身来,把带来的提包打开,"您病了多久了?"

"星期天晚上病的。我猜肯定是喝香槟酒的原因,我们当时在现场。我已经好长时间没喝过香槟了。"

他给她做了些检查，然后站起身。

"是流感。"他对罗斯玛丽说。接着，他朝凯特这边转过身。"她应该没事，多喝点水，多休息一下就好了。不过，她身边需要人照顾——如果一直高烧不退，就再给诊所打电话。您有子女吗？皮特森夫人。"

"没有。"

"我可以照顾您。"凯特背对着医生跪在沙发旁对罗斯玛丽说道。此时，医生已经站起身来准备收拾自己的东西。

"我不想这样拖累你。"罗斯玛丽说道。

"我可以照顾您。"凯特再次说道。她看着她，罗斯玛丽便没再说什么。

于是，医生回去了，凯特赶紧给费尔打了个电话，跟他解释了一下，告诉他说这周恐怕都要在家完成工作了。

"我这就回去把我的东西拿到这里来，好吗？"她对罗斯玛丽说。离开之前，她走进厨房，把那个黑色的笔记本从冰箱上拿下来，早些时候她就知道它放在那里。接着，她飞快地赶回家，把笔记本电脑、睡袋都收拾好，还带了一包衣服和洗漱用品。随后，她直奔市场，去找埃利斯帮忙。

第四十四章

真庆幸有你这样一个好朋友

罗斯玛丽生病的这段日子一直是凯特做饭,她琢磨着乔治笔记本上的一个个菜谱。这一周时间里,菜谱上的一应食材均由埃利斯提供,而且一分钱都没收。

"赶紧让她好起来吧。"他这样说。

长这么大,凯特都没有做过这么多次饭。她小心翼翼地捧着笔记本,每翻一页都小心再小心,还要掂量着罗斯玛丽喜欢吃什么。菜谱里有饼、布丁、炖菜和火锅。有一篇菜谱上写着"罗斯玛丽最喜欢喝的汤",于是,她便从这个开始做起。凯特费了好大劲儿才认清上面的字,跟着每一步流程去做,她认不太清楚那些字,时不时地跑去问罗斯玛丽。

其实,罗斯玛丽本没有什么胃口,不过,做饭时飘着的香味多少能让她打起几分精神来。于是,她慢慢地从沙发上坐起来,往阳台上望,看着那些薰衣草盆栽上飞来飞去的蜜蜂。等她睡着的时候,凯特就把那些盆栽搬到离门近一点儿的地方,方便她看。凯特把窗帘拉开,门半开着,让公寓保持通风。凯特也跟着一起吃饭,沙发旁边放着一只垫子,她就坐在上面吃。罗斯玛丽不愿讲话,凯特也不强迫她,所以吃饭的时候两人都不说话,凯特要么读书,要么在电脑上敲字。凯特每天都要查看脸书和示威活动的后续效果。现在的关注人数已经超过1000人，她专门为这个具有里程碑意义的活动写了一份短篇报道。此外，她还收到了几封由当地企业发来的邮件，他们表示会在自己店面的窗户上张贴告示，以支持这次活动。凯特在罗斯玛丽家的这几天，便由杰伊帮忙制作、发布这些告示。

这让凯特觉得有了希望，但内心深处依旧隐隐地担心。时不时会想起那张泳池被改建成私人会员体育馆的照片，那照片就像从窗户渗进来的股股凉气一般令人心惊。

到了晚上，凯特帮罗斯玛丽换了衣服上床休息。罗斯玛丽换衣服的时候，凯特就转过身去。跟在通亮的泳池更衣室相比，卧室幽暗的光线下，她裸露的身体显得极为不同。光线或许暗了些，可她那裸露的身体似乎更加尽显于人前。

罗斯玛丽穿的是男士系扣式条纹睡衣，衬衫袖子卷到手腕附近。凯特扶她上床，帮她把被子盖好，又把周围的被子往里掖一掖。罗斯玛丽翻过身去，面朝墙壁。凯特为她准备好一杯水，还把乔治的照片放在旁边的桌子上，之后才轻轻地关上门。

凯特回到客厅把睡袋放在沙发上打开，再钻到里面。睡前，她想过要从书架上拿一本书翻翻，可又不想扰乱了这些书原本的摆放次序——只有罗斯玛丽懂得其中的摆放逻辑。睡觉的时候，她把阳台上的窗帘都拉开，这样能看到天空，看到街上路灯的光亮。

一周以来，霍普打过好几次电话。由于之前没打流感疫苗，罗斯玛丽没有让她来家里探望。罗斯玛丽把电话拿到卧室，说话的时候把门关上。凯特在给罗斯玛丽冲洗茶壶、重新泡茶的时候能听到门里边低沉的说话声。趁着罗斯玛丽打电话的工夫，她给艾琳发了条信息，艾琳很想知道罗斯玛丽的身体情况，想知道她好些了没有。

"用蜂蜜和柠檬，"艾琳在信息中写道，"还记得小时候妈妈给我们做的吗？效果不错。"

于是，凯特往罗斯玛丽的茶里放了一勺蜂蜜，又挤了一些柠檬汁

- 187

进去。

这一周过去一半的时候,杰伊过来探望她。他给凯特带了咖啡,给罗斯玛丽带了鲜花。他从书架上抽出几本书(凯特想给罗斯玛丽读,却怎么也够不到),摞成一堆放在沙发周围,白天的时候罗斯玛丽坐在沙发上,凯特的睡袋早被卷起来,干干净净地塞到窗户下面。

"你做了件了不起的事。"离开时,他对凯特说,"那些花也是送给你的。"粉色的花朵,白嫩的新芽,整间屋子都充满着夏日气息。

一周后,罗斯玛丽恢复了正常体温而且能够正常进食了。

"真是谢谢你了。"她说。两人一起坐在客厅,都在看书,罗斯玛丽坐在沙发上,凯特则靠着沙发坐在地上。罗斯玛丽放下手里的书,一只手捏了捏凯特的肩膀。

"多谢你了,"她又说道,"真庆幸有你这样一个好朋友。"

"您客气了,"说着,凯特觉得罗斯玛丽放在自己肩上的手好温暖,一股暖流传遍全身,"您身体好些了,我真高兴。"

罗斯玛丽停顿片刻,朝阳台窗户那边望了望。

"我觉得,我们没剩多少时间了。"她悄声说了句。凯特在一旁看了看她。这一周,她瘦了些,不过气色已经恢复,蓝色的眸子如往常般有了光亮,不像一周前那样表情呆滞、眼神无光。

"您的意思是?"她说。

"我在说泳池。"罗斯玛丽一边往窗外示意她,一边回答道,"我知道,你说示威活动已经争取到了更多人的支持,可是,这活动已经过去一周了,会议也过去一个月了吧?怎么还没有音信。我猜,这件事可能早就有了结果。"

顿时,凯特不知道该说些什么。她累了,可是得有人给罗斯玛丽信心,或许她自己也需要信心,想到这,她再次克服疲惫,打起精神来。

"别担心了,"她轻快地说道,"我们还有很多时间。目前最重要的事情就是让您的身体好起来。"

那晚，凯特准备离开的时候，罗斯玛丽急忙走进厨房取了样东西。

"我想把这个送给你，"她说，"它们都在我脑子里了。你给我做了一周的饭，现在该给自己做饭了。"

说着，她把乔治那本记录菜谱的黑色笔记本递到凯特手上。

第四十五章

无论沉默还是聊天，和他在一起都觉得舒服

下一周上班的时候，罗斯玛丽的话（泳池保不住了）依旧萦绕在凯特脑中。周末还有几个当地的社团、学校一同加入了示威活动，甚至还有一个乐队（乐队成员都是当初在布里克斯顿生活过的人）也加入进来，现在总人数达到1500人。为此，周一一上班凯特就写了篇报道。

一只橡胶鸭子神气地站在费尔的办公桌上。那是示威活动（当时，一泳池鸭子的照片登上了报纸头版）过后凯特送给他的。他很高兴，管这只鸭子叫戴比，每每看到它，他都会咯咯地笑上一会儿。

示威活动的确拉来一些援助，可是，委员会方面依旧没有反应。凯特猜想着，当那些鸭子被邮寄到市政厅的时候，他们会有怎样的反应呢？她想象着那位中年委员打开盒子，从里面取出一只咧嘴笑的橡胶鸭子，那画面一定很有趣。

"早上好！"是杰伊，他带了三杯咖啡，一杯给自己，一杯给凯特，还有一杯给费尔。接着，大家都投入到工作中，戴比站在费尔的桌子上看着大家，橡胶脸蛋上挂着灿烂的笑容。

一点钟的时候，杰伊来到凯特的办公桌前，问她去不去吃午饭。

"正想去呢。"她说着，一边拿起桌上的包。两人来到费尔这儿，问用不用给他打包午餐带回来，此时的费尔正在打电话，表情沉重，眉毛拧成一团。

凯特和杰伊走出办公室来到街上。阳光照着凯特的肩膀，暖暖的。她深吸一口气，她知道空气里都是来往车辆散发的尾气，但是，在这样明媚的阳光里，空气显得那样干净、甜美。两人边走边聊，聊各自家里的状况，聊家乡，聊夏日里的伦敦有多么美好。

"到了夏天，人们的心情都变得更好了，"杰伊说道，"恨不得连路都不好好走，连蹦带跳才带劲儿。"他跟凯特说，伦敦的夏日意味着：在布洛克韦尔公园喝着苹果酒，躺在草地上望着天上的飞机，想象着它们可能飞向哪里。她听了点点头说，她喜欢长长的夜晚，那夜晚令人迫不及待地想要出去，想要做些吃的东西，而不是在电脑前啃外卖。说完，她停下来，考虑着是否应该跟他讲这些话，不过，他只是笑。两人静静地走了一会儿——跟他在一起，无论沉默还是聊天，她都觉得舒服。她还想起当初那段日子，自己一个人偷偷溜出办公室去吃午饭，现在真后悔。

两人回到办公室，看到费尔正呆呆地盯着电脑屏幕。凯特发现他桌上的戴比不见了。

"凯特，来我办公室一下，跟你聊聊。"他说。费尔哪有什么办公室，凯特只好从他桌子旁边拉过一把椅子，周围一摞摞的书和文件犹如一堵墙。杰伊从办公室的另一边朝费尔的办公桌张望。

费尔拿起一本书，摩挲着书脊。

"我想让你停止对泳池这一题材的跟踪报道。"他一边说，一边用手在书脊上来回游走，眼皮低垂着。

"这是什么意思？那由谁来接手后续的报道呢？"

"没人接手。"

"没有人？可这是我们一直跟进的报道，不能停下来。"

"从今往后它再也不是我们的报道内容了。"

"可我刚刚还给报社写了篇有关示威活动的报道——给你这家报社写的！"

费尔把书放下。"那是今天的新闻,不是明天的。"

"可我还是无法理解。我本以为你很喜欢这篇报道,戴比呢?"

凯特看了看桌子周围,急切地寻找着那一抹黄色,她在费尔那摞书中上上下下地翻找着,甚至翻乱了整张办公桌,状态有些疯癫。

"天堂居给我们提供了一大笔额度可观的广告费,"费尔悄声说道,"太可观了,让人无法拒绝。如果停止报道,我们将会获得巨大的利益。"

凯特只觉得五脏六腑都揪在了一起。她担心自己会哭出来,她觉得这件事简直让自己无法理解。

"你怎么能这样?我们写了那么多篇关于天堂居的文章,他们凭什么把我们熟悉、热爱的布里克斯顿搅得跟一锅粥一样。当初是你让我跟踪报道的!这不是利益的问题,是出卖。"

她觉察得到,自己从身体里发出的声音比预想的要大得多。杰伊看着她,在座位上半坐半站着,好像要过来插句话。

费尔又把书拿起来,狠狠地摔在桌子上。

"出卖?敢情这不是你家的报社,凯特。你觉得当地这些报社有盈利空间吗?他们没有。你能有份工作已经很幸运了。杰伊能有份工作也已经很幸运了。"他挥着胳膊,指着凯特和杰伊说道,接着又指了指他自己,"我能有份工作也已经很幸运了。我已经尽力了,可世道就是这样。人家出广告费,我们要靠这些发薪水。别再幼稚了。"

凯特没有说话,眼泪在眼眶里打转。

"我觉得,你也应该从这件事中抽身,"费尔继续说道,"让客户看到我们的记者在外面跟着别人举牌闹事不太好。我觉得你掺入了太多私人情感——别忘了,你是在工作,凯特。"

她站起来,身体一阵颤抖。杰伊也站了起来。

"好了,别吵了。"杰伊坚定地说了句。

"我也觉得不用吵了,"费尔回应道,他把椅子转过来,背对着整间屋,"凯特,你今天下午休息一下。明天再来上班。"

凯特从办公室出来，滚烫、愤怒的泪水夺眶而出，可是走着走着，这种情绪就引发了她的恐慌症，它的发作跟费尔的那番话有关，她一遍遍回想着那些话，更为严重的是，她觉得一阵眩晕，根本无法控制。走到 Sainsbury[1] 外面的时候终于发作起来，她"扑通"一下倒在地上。

原来，人崩溃时是这个样子。平时你可能觉得身体由骨头和皮肤支撑着，很坚固，殊不知，它实际上并没有那么坚强。就像暴风雨中的蜘蛛网一样。

凯特的眼泪可不是那种深吸口气、使劲儿抽泣几下、眼珠朝上翻一翻就可以忍回去的。这番犹如潮涌般奔腾而出的悲惨的啜泣折磨着她的身体，令她颤抖、几近窒息，像一只备受折磨的动物。虽然大脑命令她停下来，但是，她还是感觉心脏都要从眼睛里喷出来一样，鼻涕一个劲儿地流，汗从皮肤上渗出来。她陷入内心的恐惧中，无法自拔。此刻的她像怒犬的钢牙中叼着的柔弱玩具，它使劲儿摇晃着她的身体，疯狂地摇晃着。

人们从她身边经过，看到一个姑娘坐在地上哭得不能动弹，都觉得很尴尬。大家看凯特就像看电视剧一样。日常生活突然演变成情节复杂的剧集。生活中，人们跟朋友聊天、散步，或者一起从电梯上下来，宛若一个个演技高超的演员，游刃有余地掌控着自己的生活，应付好每一天，可凯特似乎已经失去了控制生活的能力。

这次恐慌症来得极为猛烈，她败局已定。于是，她索性坐在那里，任凭它肆意地展开攻击。

后来，一个女人像看自己的孩子一样低下头看了看她，问她是否有事。

"我没事。"凯特回应说。因为，即便说"有事"，别人又能做些什么呢？

---

1 超市名字。——译者注

就这样,她一个人坐在地上哭着。

"凯特。"

这声音像一只手,温柔地抚慰着她,把她拉回现实。她抬起头,站在身边的竟是罗斯玛丽,她正靠在购物车旁,脸上满是深沉的关爱。那一刻,她是凯特在这个世界上最盼望见到的人。

"没关系的。"罗斯玛丽一边说,一边把凯特从地上拉起来,用胳膊揽住她,紧紧地、使劲儿地抱着她。两人就这样抱在一起。

第四十六章

把我们的故事都写出来

凯特两腿蜷缩地坐在沙发上,接过了罗斯玛丽给她端来的一杯茶。"谢谢您。"她小声说了句,双手握着杯子取暖。她望着那边的阳台,看到一只蝴蝶落在一盆薰衣草上,罗斯玛丽的泳衣正"滴答、滴答"地往地上滴水。太阳爬得老高,暖洋洋的,凯特想,此时泳池里一定波光粼粼。顿时,她心里的重负终于卸下来,仿佛睡了很长时间,又做了很多噩梦,终于苏醒过来。

罗斯玛丽面对凯特坐在扶手椅上,看着她。

"我觉得,我应该解释一下刚才发生的事。"凯特说道。她刚要讲述自己跟费尔因为天堂居及系列报道争吵的经过,没想到却被罗斯玛丽打断了。

"现在我不想听关于泳池的事情,只想弄清楚你刚才怎么了。"

凯特心想,这两件事又有什么本质上的区别呢。她觉得,直到发现这座泳池——或者说是泳池发现了她——她才算真正找回了生命的乐趣。当她在冷水中漂浮起来的时候,似乎一切自我感知和焦虑的情绪都被涤荡干净了。在水里,她不再是凯特,而只是一个被水和蓝天围绕、庇护着的人。水能让她觉得自己无所不能。

"恐慌症是我当年搬来伦敦时得上的。"她说道,脑子里回忆起母亲和继父开车把她从布里斯托送来这里时的场景,车上空间有限,于是凯特索性把羽绒衣服裹在身上。离这座城市越来越近，意味着离新家越来越近，凯特越发兴奋，甚至连堵车都觉得很兴奋。这里跟布里斯托的交通状况不太一样，马路上挤满了红色的汽车和甲壳虫一般黑色的出租车。

"我之前总是焦虑，到伦敦后变得更严重了，"她说道，"那时，我喜欢这里，现在依旧喜欢。可是，我很快就发现自己有些承受不住了。"

父母走后，凯特出去走了走，打算晚些时候再收拾行李。她想去嗅一嗅新地方的味道，感受脚下这片温暖的土地。在伦敦，街上的人走得更快些，她觉得自己得加快脚步才能追上他人的节奏。她喜欢由人群、汽车、公交车交织而成的音乐，喜欢电影院里放大若干倍的电影名字，喜欢布里克斯顿庄园的点心和咖啡。她总是把点心蘸在咖啡里，一定要等点心全部被浸湿、再也吸不进咖啡，才一口吃掉。没多久她就发现，自己走路的时候只顾着看脚尖，不看周围，逐渐地，在她眼里，伦敦只剩下无数双脚和拥挤的马路。她也会时不时地抬起头，可眼里看到的景象令她害怕。

"病症发作的时候我也描述不清楚，"她说，"一想到恐慌症，我就觉得它像一只如影随形的怪兽，会突然往我的腿肚子踢上一脚。而且，它好像还赖在我的身体里——有时，感觉它像是要把我撕成两半。"

她想起了那些自己完全不了解的同租室友。想起那些在脸书上看到的人，她第一次发出了疑问：那些人过得真有那么好吗？或者也像她一样有着万分的痛苦，肩上像是坐着个淘气鬼，脖子时不时被他用胳膊使劲儿地勒一下？

罗斯玛丽看着她。

"后来好了很多。我真觉得好了很多。不过，它还会时不时地发作。真不好意思。"

"没什么不好意思的，"罗斯玛丽说道，"我不能自理的时候是你一直看护我，我那时连站都站不起来，是你照顾我。根本就不用不好意思。"

凯特默默地流下眼泪，泪水顺着脸颊往下流，连她自己都没有意识到。

"你跟家里人提起过吗？"罗斯玛丽问道。

"姐姐来这里时我跟她说过，"凯特回答着，脑海中回忆起姐妹俩在泳池边的场景，姐姐握着她的手，"我得恐慌症已经很长时间了，没告诉过妈妈和继父。我不想让他们担心。"

她又想起小时候和姐姐一起在布里斯托的日子，那时姐妹俩生活在一起，想到这里，顿时一阵家的感觉涌上心头，犹如开闸的洪水一般。每当怀念这种感觉的时候，她的思绪就会回到过去。她在想，罗斯玛丽是不是也时常这样？想到这儿，她拉过她的手。

罗斯玛丽把她的手攥在自己手里，虽然皮肤干巴巴的，但是凯特觉得那手很温暖，让人不愿松开。两人在罗斯玛丽家的客厅里握着彼此的手，就这样待了一会儿。两个女人都觉得心里放松了很多，紧握的双手帮她们重温了久违的感觉。罗斯玛丽觉得凯特身上的温度从她的手指传到血液里，像一只连指手套，把孩子的手指包到一起，以防漏掉哪一根。

这时，门铃响了。罗斯玛丽站起身，慢慢地朝可视电话走去，她拿起电话听了听，然后按下开锁键。几分钟后听到敲门声，罗斯玛丽打开门，原来是杰伊，他跟着她进到客厅。

"我本打算先来您家找找看，"他说道，"我还有备选。要是不在您家的话，我就去泳池找找。"

凯特正坐在沙发上，把脸上的眼泪抹掉，才发觉眼妆早已被哭花了。

"你居然能找到我。"她小声说了句。

"我给你泡杯茶吧，杰伊。"说着，罗斯玛丽快步走进厨房，橱柜被她开开关关，本来凯特觉得不必弄出那么大动静，老人家却偏要弄得叮当响。

"费尔太过分了。"杰伊一边说,一边走向沙发,在凯特旁边坐下。说话的时候,他认真地看着凯特,眼睛忽闪忽闪的像个孩子。

"他不应该拿那笔钱,也不应该对你说那些话。不过,去他的吧,我要告诉你一件更重要的事。我刚从《卫报》那边接到电话。有一位记者在那儿工作,他就住在布里克斯顿,听说了这次示威活动。他们想买下我们的一张照片。他们喜欢这个报道,还有橡胶鸭……"

他噼里啪啦地说着,凯特在旁边都能感觉到他的身体在颤动。"《卫报》?"她问道,脑子里使劲儿地想象着看到自己的名字登上国际性报纸时该是怎样的感觉,想象着艾琳和妈妈会怎么说——她们会有多高兴。

"不过,不止这些,他们还想附一篇评论。一篇关于泳池的评论。要写出泳池对于社区居民的重大意义,还要写明一直以来大家是如何奋力拯救它的。我告诉他们,我知道有个人能写这篇报道,不过我还是得先问问你。你一定会同意的,不是吗?凯特。"

说着,他双手捧起她的脸,亲了她一下。这太过出乎她意料了,她愣愣地待在那里。他放开她的脸,身体向后移了移,眼神深情而沉迷。

"对不起,"他说道,"我也不知道自己为什么那样做。就是太高兴了,也真的是很生气。"

"你生气的时候就喜欢亲别人吗?"凯特问道。

"不总是这样的。"

说着,两人哈哈大笑起来。一时间,她只觉得浑身发热,好像刚喝了一大口威士忌。她也弄不清刚刚那个吻到底是怎样的感觉,或者说不知道自己对他是什么感觉,不过她并不在意这些——她只觉得这种舒服、安心和温暖让全身都舒畅了。这时,罗斯玛丽端着盘子走了出来。

"让我来吧。"杰伊一边说,一边站起身接过罗斯玛丽手里装着茶壶和杯子的盘子。

"您得帮我劝劝凯特，她很优秀，《卫报》想要她为他们写一篇关于泳池的文章。"

"凯特，这多棒啊！"罗斯玛丽一边说一边满脸骄傲地看着她，"那可是在国际性报纸上署名啊！"

听了这话，凯特的脸一下子红了。

"我不确定是否能应付得来，"她笑着说道，"我写的大都是关于小猫小狗的故事。"

她想起当年读新闻学研究生入学第一天时的场景，想起她那些同学谈起各自的成就时自信满满的样子——那是怎样的成就啊。他们想要去征服世界，毅然决然地去争取自己想要的和应该得到的东西。提起自己的名字，他们每个人都自信满满，觉得自己的名字登上各大报纸是理所应当的事，凯特对自己从来都没有那样的信心。她还想起当年上课的时候，他们会点评彼此的文章。在同学们口中，他们的评论与观点都是信手拈来，可她却从来没能客观地看待同学们对自己作品的点评，而是觉得他们在人身攻击。她这个人，似乎不太可能把她写的东西与自我区分开。

"不是这样的，你写的可不止那些东西，凯特。"罗斯玛丽说道。说着，她慢步朝书架那边走去。

"难道这些都是小猫小狗的故事吗？"她一边说，一边递给凯特一本剪贴簿。那是一个再普通不过的带着红色封皮的剪贴簿，凯特看到报纸的边缘从里面露出来。她打开看到，自己写的东西尽在眼前，关于泳池的所有文章，都被小心翼翼地粘在上面。她写的其他的一些文章也在上面——自从费尔给她机会以来写的所有故事，那时她刚开始为报社做实时报道。她想象着罗斯玛丽从报纸上将这些文章剪下时的情景，那些报纸的边缘都参差不齐，不难想象，罗斯玛丽剪的时候手一定是颤抖的。杰伊拍的照片也在。凯特看着罗斯玛丽和其他几名游泳者一起拍的照片，他们正笑着看向镜头。

"你一定能行的,凯特,"罗斯玛丽说道,"把我们的故事都写出来。"

"您得帮我。"凯特回应说。

杰伊清了清嗓子。

"我想,还是你们俩商量一下吧。"他说了句。

说着,他看了看凯特,想再说些什么,却没有开口,只是朝她们点了点头,好像意识到此时对凯特来讲,最为重要的事情就是把文章写出来。

接着,他从屋子里出来,轻轻地关上门,罗斯玛丽和凯特挨着坐在沙发上,凯特从包里把笔记本电脑拿出来,尽量不去想杰伊刚才的那一吻。

"我不能只写自己喜爱泳池的理由,"她说,"应该把您的故事加进去——您和乔治的故事。"

罗斯玛丽点点头笑了,她瞄了一眼和乔治的结婚照,两张脸正冲着她笑。

就这样,罗斯玛丽讲述,凯特记录。这时,凯特觉得很放松,好像喝了一碗暖暖的鸡汤,一口口地越喝越有劲儿。她们喝着酒,聊着泳池和乔治,还有在那儿认识的人。终于,文章写完了,凯特把文档命名为"泳池"保存起来,趁自己还没改主意,赶紧放进邮件里发给了杰伊。

第四十七章

唯一合理的解释

凯特回家后,罗斯玛丽挑了一张唱片放到唱片机上。一个人的时候,她很少听音乐,不过今晚,整个房间都飘荡着音乐。她猜想,邻居们一定惊讶得在竖着耳朵听。或许,他们会猜,是不是这个老邻居死了,搬进来一对年轻的新婚夫妇——邻居们听到的是甲壳虫乐队的摇滚乐,那么这便是唯一合理的解释。

她把 *Please Please Me* 的唱片盒放在桌子上,瞧着上面的四个年轻人,他们正从楼梯的阶顶上往下看。

乔治觉得奇怪,自己怎么会喜欢甲壳虫乐队。他不喜欢他们身上穿的那些乱七八糟的东西——通常情况下,他不喜欢乱糟糟的东西。可是,他就是喜欢甲壳虫乐队。那是某一天他从果蔬店下班回家的路上买的,他把唱片和一袋子胡萝卜夹在胳膊下。那天,两人一起听音乐跳舞。

听着听着,她想起了那时候的布里克斯顿,那些红色的、破旧的公共汽车,跟如今街上跑的车完全不一样。她想起色香味俱全的格兰维尔拱廊[1],那是她和乔治发现的第一个可以吃到味道甜美的土豆和秋葵的地方。乔治跟埃利斯的父亲肯一样,从来不觉得摊贩之间是竞争

---

1 布里克斯顿庄园原名。——译者注

关系——他会像跟老朋友聊天一样与那些人交流，这承继了他们家族的精神风貌，热爱这片土地，热爱被这片土地所滋养的一切。无论是闻杧果皮，还是在皱巴巴的南瓜上使劲儿敲几下的时候，他都兴奋得像个孩子。每当他跟别人讨论蔬菜时，她就会到其他摊位旁转悠，看着那些色彩鲜亮的西印度衣服料子，高高地挂着，连阳光都像被它卷进去了一样。那时，报纸的标题总是能令她吃惊，她总在想，那些记者是不是从来都没尝过甜土豆的味道。

也就是在那个时候，乔治在泳池做教练。星期天早上，他去泳池，肩膀上总是搭着一条毛巾，嘴里哼着小曲。罗斯玛丽跟他一起来，在自由区域的泳道游泳，游完之后就坐在台面上看着乔治给孩子们演示什么是狗刨式游泳（或者自由泳），还要根据孩子们的年龄适当地教他们跳水，小一些的孩子央求他给他们露一手燕式跳水。他就站到泳池边上，突然假装被绊倒，落水时再来个漂亮的入水。孩子们见了，总是笑声伴着尖叫声。

当时有一个小女孩儿，名叫茉莉，她很怕水。她的妈妈想让她学游泳，于是，每到星期天的时候她就跟着哥哥来。一到泳池，哥哥跳到水里，立马来个引人注目的自由泳，可是茉莉却穿着她那身印有鲜花的泳装、皱着眉头站在台阶上，死死地抓着梯子不放。

有一天，小姑娘终于成功下了水。乔治在旁边为她欢呼，扶着她，不让她沉下去。课后，罗斯玛丽问她，跟之前比有没有进步。

"我还是有点害怕，"茉莉说道，"可是看那些游泳的人，他们好像很开心的样子。我可不想被别人落下。所以我就告诉自己，一定要把心里的害怕赶走。"

罗斯玛丽在想，是不是有一天凯特也能摆脱恐慌症的困扰，或者学会如何让恐慌远离自己。那么，罗斯玛丽怕什么呢？她想起泳池，想起乔治跳水时整个身体击破平静的水面。她害怕某一天醒来发现这一切都消失了——保存着她和乔治美好记忆的地方都消失不见了。

第四十八章

你是很自恋的人吗？

看到《卫报》将自己的文章带着署有"凯特·马修斯"的名字刊登出来，她觉得一切好不真实，却又兴奋至极。她一遍又一遍地看，来来回回地读那些关于泳池的文字，包括待关停那段，包括罗斯玛丽与乔治在泳池边的爱情。这时，电话提示音响了两下，都是早晨的时候打进来的。妈妈和艾琳早早就出去买报纸了，恨不得附近的报摊一开门就去买。

"我连睡裤都没换，"艾琳在电话里说道，"我跟店员解释，说我要买五份同样的报纸，因为上面有我的天才妹妹写的文章！我还特意给她看了那页报纸。"

那天早上，罗斯玛丽手里拿着报纸跟凯特挥手打招呼。她早就让艾哈迈德在告示板上贴了一张，她还在更衣室的镜子上贴了一张。罗斯玛丽的这份骄傲，还有早上与妈妈和艾琳兴奋不已的对话，给了凯特极大的鼓励，让她暂时忘记了与费尔之间的争吵，忘记了对泳池关停这件事的担忧。她忍不住发自内心地笑了起来。

一周之内，凯特的文章以及众人对这件事的持续关切吸引了更多游泳者来到泳池。布里克斯顿闷热的夏天让人们纷纷来到这座露天泳池。周六，有几个人告诉艾哈迈德，他们在报纸上看到有关这座泳池的文章，慕名而来。他把宣传单一一发给进来的人。杰夫还接受了当地媒体的采访，后来还上了第五广播频道。没多久，"拯救布洛克韦尔·利多"的脸书网页就累积了几百名粉丝，有将近9000人报名加入示威活动。

一支长长的队伍弯弯曲曲地排到了公园里。

"我们已经等了几个小时。"一个年轻人感叹着，一边不耐烦地用鞋子刮擦着路面，索性把泳装袋直接横挂在胸前。

"要是大家都不愿意来这儿排队，那你还觉得来这里游泳有什么意义吗？"旁边的爸爸说道，"这么长的队说明这里一定很好。你得有耐心，打起精神来。"

给孩子鼓劲儿，让她打起精神来，就好像在告诉一株植物给自己浇水一样。它若是能做到这一点，自然不需要他人。

只见这孩子排队等着，对父亲满心怨愤。过了一会儿，她进了门，顿时大开眼界，想不开心都难。这次，她时不时地咧着嘴笑，故意不去想刚才所说的话，以防被别人发现她的错误。

对于很多孩子来讲，这座泳池就是他们见过的唯一一处海滩。他们把毛巾放在由混凝土建成的地方摊开，躺在上面，想象自己将在沙滩上打盹。其实，他们并不知道，泛咸的海水与这种散发着漂白粉味道的水是不一样的。

"别让他们抓住你，"一个小男孩儿说道，"你会被吃掉的。"

大人们是鲨鱼，孩子们是普通的鱼。见孩子们一边喊，一边拼命地游到离他们很远的地方，大人们听不懂这话是什么意思，反过来，孩子们也不能理解大人们的反应。这时，一个小女孩儿大叫一声。她比刚才那个男孩子小，听到叫声，男孩儿这才猛然想起来，自己可是大哥哥。

"没关系的，"他说道，"你只是一条普通的鱼，我可是海豚。鲨鱼不会惊扰海豚的，因为海豚的肉不好吃，再说，海豚跟鲨鱼一样大。你骑到我背上来就安全了。"

于是，小妹妹紧紧地搂住大哥哥的脖子，仿佛自己是泳池里最安全的人。

  妈妈们看着各自的孩子，想象着孩子们生活的那片纯粹的世界。在他们眼中，世界到底是什么样的呢？她把书摊开，放到泳池台面上，完全忘了书里讲的是什么；她从上面往下张望，整个人的心思都放在了水中玩耍的孩子们身上。等他们长大了，还会记得在这里玩耍的场景吗？她能给孩子们营造出一个有着蓝色天空的童年记忆吗？

  一个男人躺在泳池边上，胳膊耷拉到水里。一副太阳镜稳稳当当地戴在脸上，他正透过镜片望着那深褐色的天空。只见他慢慢地把胳膊从水里抽出来，感受着手指在水面上激起的水波。他这是把这里当成了牙买加岛。他从来没去过那里，却记得小时候祖父给他讲的那些故事。每当布里克斯顿的天空特别蓝的时候，他就喜欢抬头看天，好像这片天就是小时候守卫祖父的那片天。

  罗斯玛丽靠坐在台面上的一把塑料椅子上，头微微地仰向天空。太阳照在她的脸上、胸膛前，暖暖的，接着，她轻轻地呼了口气。两只鸟儿你追我赶地飞着，飞机就像蒸汽机一样，尾巴喷着气。她正在想，它这是要飞去哪里呢？

  罗斯玛丽试着想象自己要是乘坐飞机去旅行该是怎样的感觉。飞机起飞的时候耳边会不会"吱吱"地响呢，离开脚下这片土地的时候，会不会觉得害怕呢？要是从天上往下看，她的家会是什么样子的？还能看到布里克斯顿吗？还能看到蓝蓝的泳池吗？想着想着，她紧紧地抓住椅子扶手，光着的脚赶紧踩到台面上，好确认自己所在的位置。这时，泳池那边传来一阵水花四溅的声音，原来是一群孩子跳进了一端的深水区。

  "能把防晒霜递给我吗？"罗斯玛丽问道，她睁开眼睛，转过身跟凯特说，凯特正坐在她旁边的椅子上。此时的凯特正穿着一件泳衣，毛巾围在腰间，双腿伸展开来，两只脚踝交叉放着。大腿上放着一本杂志，脸上一副享受的表情。

  两人第一次在泳池边这么放松地待着，跟在水里游泳一样。这个星期天尤其热,好像整个布里克斯顿都懒洋洋地躺在水边。凯特早就跟罗斯玛丽提议说来这里,这辈子在泳池边度过的所有夏日时光,罗斯玛丽都记得,自然就同意了凯特的提议。此外,她没想到的是,凯特居然提出这种大胆又任性的提议(晒着太阳犯懒),不过,她觉得这样的凯特很好。

罗斯玛丽从凯特那儿接过防晒霜,往脸上涂了涂,又往肩上涂了涂。她喜欢那种味道。一到夏天,她就给乔治的后背涂抹防晒霜,她喜欢用双手去感受他那结实的肌肉。涂完之后,她就在他的肩胛骨上亲一下,嘴巴里都是汗珠、防晒霜和氯水混在一起的味道。

"递给我一本。"说着,罗斯玛丽指了指凯特椅子旁边的那摞杂志。凯特顺着她手指的方向往地上看了看,回过头来又看看罗斯玛丽。

"你确定?那些可都是垃圾读物。"她说道。

"我还真就需要点垃圾,"罗斯玛丽一边说,一边接过凯特递过来的杂志,"莎士比亚的东西太不接地气了。"

接过杂志后,她又靠回到椅子上,轻轻地翻开杂志的亮皮封面。两个女人就这样坐了一会儿,后来,罗斯玛丽一声响亮的"哼"打破了这片沉寂。凯特抬起头看看她。

"怎么了?"她问道。

"没什么,没什么,不好意思。"

可是,几分钟过后,罗斯玛丽又笑起来,而且这一次,哼声演变成大笑,连她自己都无法控制。

"是什么这么有意思?"凯特问道,她一边说,一边把自己手里的杂志卷起来轻轻地敲打着罗斯玛丽的椅子。

"现在你们年轻人都关注这些吗?"罗斯玛丽一边指着手里的杂志,一边问道。

听了这话,她把那本杂志捡起来,大声地读着:"你是很自恋的人吗?请翻到34页。接下来写的是女人必须要掌握的八大完胜技巧。假如这三位明星穿着同款礼服去参加聚会，会是怎样的情形？你觉得把这些东西放到床上他会喜欢，其实不然。所谓的'超级食品'其实会往你身上添肥肉。患得患失会毁了你的一生。你的社交媒体简历中都记载了哪些感情生活……"

罗斯玛丽一板一眼地读着上面的东西，听上去反倒让人觉得好笑。

"停吧，停吧，"凯特说道，"我明白了。"

"不过说实话，"罗斯玛丽等凯特停住不笑时说道，"要是我的膝盖能恢复到以前的状态，我愿意付出一切代价，不过眼下，我可不愿意再回到你那样的年纪。"

"我要去游泳了，"凯特说完站起身，把杂志和毛巾扔到椅子上，"要我帮您递点什么吗？"

罗斯玛丽摇摇头，又朝凯特挥了挥手，让她去游泳。接着，她把杂志放回到地上，看凯特转过身进到一端的浅水区，先是整个身体都进到水里，再开始慢慢地用手臂拨水。

看着凯特，罗斯玛丽想起了那些令自己夜不能寐的事情，想起了那些睡觉的时候都在担心的问题。她像凯特这么大的时候在做什么？那时，她早就结婚了，和乔治一起在公寓里生活。其实，有些事她也拿不定主意。虽然她很少盛装打扮出门，但每次跟图书馆的其他同事去参加圣诞节晚宴的时候，她就会站在镜子前，问乔治自己穿的衣服怎么样，是太短，还是太长，脸上的妆容合不合适，头发是很惹眼还是很普通。每到这个时候，他总是微笑着告诉她，她看上去很美，可她就是不信。如今，她愿意相信他的话了——她的确很漂亮。她希望凯特能赶在87岁之前意识到这一点。

罗斯玛丽闭上眼睛，隔着眼皮她感觉到，太阳是粉色的。她听着熟悉的水花声、人们发出的声音，还有对面公园那边传来的火车声，逐渐地，这些噪声变得不那么吵了。

等她一觉醒来时，凯特早就从泳池里上来了。

"水怎么样？"罗斯玛丽赶紧再把杂志捡起来，装作没睡着的样子。可是，手里的杂志却是倒着的。

"当然是不错了。"凯特笑着说道。接着，两人一起看了会儿泳池里的水。

"您的肩膀都快晒伤了，罗斯玛丽。我帮您吧。"

说着，不等罗斯玛丽拒绝，凯特就往手里挤了些防晒霜。她站到罗斯玛丽身后，双手放到她的肩膀上，温柔地把凉丝丝的防晒霜涂抹到泳衣带子中间罗斯玛丽够不到的裸露皮肤上。

她就这样感受着凯特的手在自己身上划动，胳膊上的汗毛都立了起来。顿时，她觉得一股暖流顺着脖子沿脊柱向下流淌。凯特轻轻地用手指帮她涂抹，罗斯玛丽紧张地直眨眼，那双手放在她裸露的皮肤上，弄得她觉得连呼吸都困难了。她闭上眼睛。凯特头发上冰凉的水滴落到罗斯玛丽的肩膀上，弄得她好痒。一阵和暖的微风从她的脚趾间钻了过去，太阳亲吻着她的脸。突然间，她觉得，似乎身上的每个细胞都在欢快地笑着、唱着，喜极而泣。

"再给您涂一点，我可不想您被晒伤了。"凯特一边说，一边又往罗斯玛丽的肩胛骨上挤了些防晒霜，然后继续给她轻轻地按摩。

罗斯玛丽在椅子上放松地享受着。有人帮她在裸露着的身体上涂防晒，那感觉着实令她感动得想哭。

"差不多啦。"凯特一边说，双手一边轻轻地把住罗斯玛丽的肩膀，过了一会儿才把手拿开。

"谢谢你。"罗斯玛丽深吸了一口气说道。

"我要去换一件干衣服，一会儿就回来。"说完，凯特拿起泳装包朝更衣室走去。她转身走开的时候，罗斯玛丽抬起头，发现这丫头肩胛骨缝的地方被晒伤了一大片。

第四十九章

我只想一个人待着

凯特一觉醒来，天已经大亮了。她穿好衣服打开了窗户，顿时，隔壁邻居的花园里，两个孩子的嬉闹声传到她耳朵里，孩子们等一会儿要去上学。她在想，两个小家伙一定是玩得正高兴，满校服都是泥巴，抑或是他们连睡衣都没换就出来疯玩儿了。他们"咯咯"地笑着，像两只喝醉了酒的猴子，直到妈妈出来喊他们回屋吃早饭才罢休。那声音让她想起杰伊，想到他第一次跟她提起自己的侄子、侄女时脸上灿烂的表情。两人都没有再提起那天的吻。偶尔，她会发现他在看自己，那眼神让她觉得很难为情，不过她并不讨厌，那感觉像一缕明亮温暖的阳光照在身上。有时她本以为他要跟自己说什么，他却没有开口，于是她也就没有说话，两人就这样一如往常地待着。她也弄不清楚自己是否在乎这件事。她想过给艾琳打电话聊聊杰伊，可是内心一直犹豫不决，便没有打电话。问题的关键在于，她要先把这件事弄明白。

马路上一辆汽车呼啸而过，吹得垃圾箱盖"呼啦"一下，只听有人喊，"浑蛋"。

凯特急忙换了泳装，把紧实的衣服往裸露的皮肤上一套，再把裤子和内衣塞进包里，这才意识到新的一天开始了。

她先拿过一件裙子和一件黑色的毛衫，后来又改了主意，换了件黄色的。

一出前门,迎接她的是一片湛蓝的天空,今天一定是个好天气。邻居家的门开着,两个孩子都穿着肥大的校服像鸭子一样摇摇摆摆地从屋子里出来,妈妈手里拎着两个运动包,肩上挎着一只书包跟在孩子后面。看到凯特,她点点头,凯特也笑着点头回应。

"我们喜欢黄色。"大一点儿的孩子指着凯特的毛衫说道。凯特突然发现,除了校服和参加葬礼时穿黑色的衣服,她极少看到孩子们穿黑色的衣服,她也纳闷,为什么小时候的自己从来都没穿过。小孩子一向不喜欢黑色的衣服。她想起某个早上妈妈第一次让她挑衣服穿的情景——格子呢紧身裤、印花T恤、亮粉色短裤,还有一件绿色的套头外衣,当时正是夏天,她却选了一双长筒靴。很长时间之后她才意识到,原来自己的穿衣搭配一直都不在调上,或者说衣服原本就有搭配规则,只是于她而言,它像一种复杂的数学公式,她完全弄不清楚。

艾琳上大学以后,就再也不用穿校服了,于是早上穿衣的时间延长了很多,也变得复杂了。一股紧迫感从艾琳的房门钻出来,凯特能够明显地感觉到,它就像晚上睡觉时从门缝渗进来的银色月光一样。

"妈,我那件衬衫哪儿去了?"艾琳穿着牛仔裤和文胸朝楼下喊道,胸上还捂着条毛巾。

"那天看到你扔在地上,我就把它洗了。还没干呢。"

"可我现在就得穿它!"

"穿另一件不行吗?"

"不行,那样的话,我就得连牛仔裤和鞋子都换掉。"

有时早晨凯特会看到艾琳拿吹风机将衣服吹干。

"你的上衣为什么是湿的?艾琳。"凯特吃早饭的时候会这样问。

"才不湿呢,马上就干了。都怪妈不好。"

"你就不能穿另一件吗?"

"我的天!又开始了。"

一系列的回忆让凯特不知不觉笑了起来。如今,艾琳的穿衣搭配依旧很讲究，不过跟之前比随意了很多。自从姐妹俩在那次示威活动后敞开心扉，她们几乎每天都给对方发信息。艾琳去生育诊所的前一天晚上，凯特给她打电话祝她一切顺利，艾琳问她活动有没有进展。像这样坦诚地跟她聊天，感觉真好——凯特好像终于找到了一位朋友，其实，这位朋友一直都在身边，只是她以前从没注意到而已。

凯特把前门锁上，接着便朝泳池那边走去。一只狐狸从马路上穿了过去，羞答答地看了她一眼，给人感觉像一个夜不归宿的人，早上匆忙往家赶的时候碰巧遇到正要出门上班的人一样。正待清理的垃圾箱里的味道飘得满大街都是。小区一家住户的门上缀着一束紫色的醉鱼草花，奇香无比。凯特经过的时候心想，这就是她所生活的城市，甜美与酸臭同时存在。

到了泳池她发现里面空无一人。清晨的阳光照在水面上，像铺了一层锡纸。救生员椅子背上罩着一张绒布。

凯特走到前台的时候心里仍惦记着，艾哈迈德通过考试了没有。接下来的几个月他恐怕会坐立难安，她还记得自己当年参加完A级考试后痛苦的等待过程。夏天，总是充满了沉甸甸的期待，朋友们都各奔东西，不再见到彼此，不愿再想起那些烦心事。八月终究还是来了，她紧张得连开信封的勇气都没有。最后还是艾琳代劳，她小心翼翼地把信封顶部撕开，像孩子拆圣诞节礼物的包装纸一样，不过告诉凯特结果时，她出奇地沉住了气（分数比她期望的低，不过足以上大学）。凯特想，艾哈迈德一定会收到褐色信封的。他会自己打开吗？他会在学校直接打开，还是把信封收起来躲到角落里偷偷地看，把卧室门关上，而门外的家人都紧张地屏住呼吸？

她想把当年的感受讲给他听，可是他没在前台，其他同事也不在。前台办公桌上空荡荡的，只有一只橡胶鸭。自从那天示威活动拍完照后，这只鸭子就一直摆在这里，凯特却第一次发现。泳池里一个人影都没有，这只橡胶鸭仿佛成了泳池的守护者。凯特急得差点问鸭子大家都去哪儿了，后来一想，一只橡胶鸭子又能知道什么呢。

这时，她看见咖啡馆里人影绰绰，听到里面有声音。瞬间，她想起了纸花，想起了斯普朗特脖子上戴着的领结，想到这儿，她推开门。

凯特没想到，斯普朗特从屋子另一边朝她跑过来，蹭了她一身奶白色的狗毛。

"你好啊，小可爱。"凯特一边说，一边用两只手揉着它的耳朵。斯普朗特使劲儿摇晃着尾巴，打在她的小腿上。突然，凯特发现周围的人都在看着她。

大家围着咖啡馆的桌子，有人坐着，有人站着，有人靠在吧台上。弗兰克、杰梅因、霍普、埃利斯、杰克、艾哈迈德、杰夫，还有在泳池工作的一些人、咖啡馆的员工以及一些无论天气怎样都照常来泳池的人。年轻小伙子把套头衫拉链一直拉到下巴，新晋升为人母的女士怀里抱着熟睡的婴儿，孩子的嘴巴微微张着，口水淌在母亲的衬衫上，湿了一大片。仰泳爱好者和瑜伽爱好者，还有那个在更衣室里裸露着身体却犹如穿了件舞会礼袍般举止优雅的女人，还有在泳池里分享沐浴露、聊八卦的朋友们，还有那个穿着潜水服、戴着呼吸管的男士。站在中间的是罗斯玛丽。

"我还想呢，你什么时候能来？"她说。双手握着一只空的马克茶杯。埃利斯一只手搭在她的椅背上。

"发生什么事了？"凯特一边问一边站起身来让斯普朗特回去。狗狗又重新站回弗兰克的两腿中间，在他脚边躺下。

"结束了，"罗斯玛丽说道，"他们赢了。"

"您这是什么意思？"凯特问道。

"我们只剩下四周的时间了，"罗斯玛丽说道，声音老大。她的声音颤抖着。"四周。"说最后这句的时候几乎是喊出来的，惊得一个孩子大哭起来。那位年轻的妈妈站起来，把怀里的孩子搂得更紧了，轻轻地拍着孩子。凯特从未见罗斯玛丽大喊大叫过，立马惊呆了。

"对不起！"罗斯玛丽小声说了句。只见那位妈妈摇了摇头，和善地笑了。接着，她一边轻拍着孩子，一边走开了，嘴里发出"嘘嘘"的声音叫孩子不要哭。不一会儿，她走到咖啡馆另一边，推门出去了。她继续沿着泳池踱步，阳光照在她的身上，金灿灿的。那一刻，凯特以为一切都还安好。泳池依旧在，还跟往常一样美丽。或许是大家弄错了，或许他们还能再做些什么。

"谁告诉您的？"凯特转过身来问罗斯玛丽。两人的眼神交汇在一起，感觉彼此那样陌生，眼睛里充满了气愤与悲伤。

"我收到一封来自市政委员会的信，"罗斯玛丽说道，"理所当然地，泳池这边也会收到这样一封信。他们要是没寄给我该多好。"

"都是些浑蛋！"靠在咖啡馆吧台边上的埃利斯转过身来对大家说道。

"我们该怎么做呢？"凯特说。

"什么也做不了，"罗斯玛丽说，"都结束了。"

"不可能结束的。"凯特说。她看着屋子里一张张写满失望的脸。看着看着，恐慌症犹如一只虫子，从她内心深处的盒子里钻了出来。

"我也读到那封信了，"杰梅因说道，"恐怕这次真的就这样了。委员会已经决定接受天堂居的投标。他们说会尽可能找到另一种解决方法，可最终还是这个样子。只剩下四周的时间，泳池就要被关闭了。等价格一谈妥，天堂居就成为它的合法所有者。到那时，他们就可以为所欲为了。大家心里都清楚，它肯定不会再对公众开放了，他们会把它改建成住户专用的私人俱乐部。把泳池填了，建成网球场。"

凯特听后胃里一阵翻腾。这么长时间以来，她已经把心里的阴霾驱散得差不多了，突然间又蒙上了一层，弄得她全身麻木了一般。此刻的她，真恨自己当初承诺要帮忙，恨自己说过要搞定这件事，恨自己到头来什么都没办成。

在场的人都不知道该说些什么好，索性都没言语，只是望着外面的泳池。凯特看了看站在人群中间的罗斯玛丽，只见她脸色惨白，眼睛转而盯着桌子。过了一会儿，罗斯玛丽又开始说话了，声调比刚才柔和，不过依旧颤抖。

"我只想说……"声调有些高低不稳，接着她轻轻地咳嗽了两声，又开口说道。

"我只想说，谢谢你。"

她抬头看着凯特，用亮蓝色的眼眸凝视着凯特，眼睛里闪着晶莹的泪花。看着这样的罗斯玛丽，凯特的眼睛里也噙满泪水。她走上前，一只手捧着罗斯玛丽的脸。接着，罗斯玛丽转过身来看了看其他人，这些一同赶来奋力挽救泳池的朋友。

"谢谢你为这件事所做的努力，"罗斯玛丽说道，"你能这么用心，我真的很感激。我知道，乔治也一定很感激。"

凯特注意到罗斯玛丽在说乔治名字时连声调都变了，老人的眼泪又在眼圈里打起转来。凯特想起那天在罗斯玛丽的公寓看到的她和乔治的结婚照，还有乔治那本黑色的食谱笔记本。她还想起了当初罗斯玛丽做的那张宣传单，那是她第一次看到泳池的照片——一个摆好了姿势准备跳水的男人。

刚开始，报道泳池只是她工作的一部分。可如今，泳池对于她的意义已远不止于此。她再次学会了游泳，更重要的是，她找到了重新开始生活的方法。通过帮助罗斯玛丽·皮特森拯救布洛克韦尔·利多泳池，她向自己证明了一些事情。可此刻，一切都结束了。她失败了。

"我们已经尽力了，"罗斯玛丽继续说道，"我真的很感谢。遗憾的是，有时候即便付出了最大的努力，结果也会不尽如人意。"

凯特听了罗斯玛丽的话，觉得心里的支撑一下子坍塌了。

周围的人一直在尽力安慰罗斯玛丽。霍普搬来椅子，坐在罗斯玛丽旁边，头靠在她的肩上，罗斯玛丽一动不动——好像被钉在椅子上一样，呆呆地望着窗外的泳池。

最后，大家都不情愿地散了。来游泳的人还要上班、上学，或者回家。于是，他们都悄悄地从咖啡馆离开了。弗兰克一脸悲伤地道了别，之后叫上杰梅因、斯普朗特走了。埃利斯、杰克和霍普本来想到罗斯玛丽跟前说些宽慰的话，可后来也悄悄地离开了。罗斯玛丽已经无法再顾及这些，她没办法看这些人的眼睛。凯特不想留下罗斯玛丽一个人，可眼看上班就要迟到了。

"求您了，"凯特看着罗斯玛丽，强忍住泪水说道，"我能扶您回家吗？"

罗斯玛丽摇了摇头。

"我只想一个人待着。"她说道。

于是，凯特只好一个人迈步朝公园那边走去。原来，今天并不美好。她垂头丧气地走着。

此刻，只剩下罗斯玛丽一个人，她坐在桌旁，望着外面的泳池。看着照在水面上的阳光，看着那只大钟，虽然它已经停止，但是依然有滴答的声响。救生员回到座位上，泳池里的人逐渐多了起来。快到中午的时候，一群学生来了，孩子们把书包放到五颜六色的柜子里，"扑通、扑通"地跳下水，又"咯咯"地笑着。很少有谁会扶梯子下水，都是直接跳下去，水花四溅，像喷泉一样。学校老师站在旁边看着，胳膊上挂满了毛巾，裤腿被水花溅湿。此时此刻的泳池跟以往一样，本来罗斯玛丽以为它会永远这样。

她坐下来，试着回忆往日的一幕幕。当年泳池第一天营业时的情景，那是战争时期的泳池，接下来的生活中有了乔治以及两人在公园的篝火晚会上相遇后发生的一切。

午饭时分，咖啡馆里忙碌起来，推着婴儿车前来打听素食早午餐的女士们，还有几对上了年纪的老夫妻坐在那里读报纸。即便如此，服务员依旧没有让罗斯玛丽离开。相反，他们给她留了张桌子，桌上摆着一只空杯子。服务员在她周围继续忙着，引领客人入座，让其他人先在泳池边等候。她几乎没有注意到周围发生的一切，完全陷入回忆里。望着泳池，她又想起那晚和乔治翻墙到泳池的情景，想起他穿着泳裤跟她求婚时的情景，想起他星期天早晨在这里教游泳课时跳水（她就在旁边骄傲地看着他）的情景。

从下午逐渐到了晚上，咖啡馆的员工开始打扫地板，他们把椅子从泳池旁边搬进来，倒扣在桌子上。咖啡师把咖啡机拆开，小心翼翼地清理着那些闪闪发亮的金属零件。终于，罗斯玛丽慢慢地站起身来，伸了伸她那僵硬的后背，膝盖痛得她咧了咧嘴，就这样往家的方向走去。或许是住在那边吧，走路的时候她在想，可是她的家更像是在那片砖墙后面，在那汪方方正正、无可挑剔的蓝色水池里。

凯特下班回家躺在床上，罗斯玛丽也回到自己的公寓，她拿钥匙在锁孔里转了几圈，进屋后轻轻地把门关上。接着，她把钥匙放到椅子上，朝卧室走去，她甩掉鞋子，爬到床上。在布里克斯顿城的两端，两个女人同时盯着天花板哭了起来。

"对不起！乔治。"罗斯玛丽哭着说道。

"对不起！罗斯玛丽。"凯特说。

第五十章

与这座泳池相见恨晚

听到那个消息后,凯特本以为自己很难再坚持去泳池游泳了。没想到早上醒来,游泳竟成为她从床上爬起来的唯一动力。到了报社,她逃避与费尔直视,只是坐下来静静地写一些感人的故事,有关宠物的故事,以避免在工作上与他有进一步的接触。她又回到了以往熟悉的工作中,眼睛盯着屏幕,在电脑上敲字。偶尔,她会抬头朝杰伊那边看一眼,他也正在看她,而且她觉得,他一定看透了她的心思,已然明了她的想法。她在想,是否应该跟他聊聊,但那样一来,自己的伤痛就会暴露给他,这一点,她还无法承受。

在剩下的四周时间里,最重要的就是抓紧时间,凯特不愿浪费一分一秒。到了水里,她装作跟往常一样,水那样蓝,夏日里的太阳那么大,一切一如昨天,怎么会有不好的事情发生呢?游泳的时候,她的动作虽不十分稳健,划水的节奏还算和谐,好像整个人被保护着,不会被未来的烦恼所干扰。她知道,泳池就要关停了。可游起泳来,就什么都不去想,一心一意感受清凉的水,还有头顶的太阳。

在7月最后的那些日子里,除了凯特,很多人赶来泳池,以表告别之意,似乎布里克斯顿所有的游泳人士都来跟它说再见了。

一天早上,她在泳池看到了弗兰克,第二天又碰到了杰梅因。游泳时，他们彼此打过招呼。还有一天，凯特碰到了带着小外孙女艾耶莎的霍普。凯特看到霍普在泳池边上，穿着一双拖鞋，头上戴着泳帽，一身亮黄色的泳衣紧紧地贴在她丰满的身体上。旁边跟着的小女孩儿，凯特猜想也就7岁左右的年纪。

"站在泳池边上要小心，宝贝儿，地上滑，"霍普说道，"别忘了把防护眼镜戴上。从梯子上下来，我帮你戴。抓住两边，要小心，我的小天使。"

凯特看着外婆和外孙女儿慢慢进到水里。等霍普一下水，艾耶莎立马游起来，老太太脸上泛着满满的爱意。看艾耶莎停下、两脚踩池底站起来，霍普这才抬起头，看到了凯特。双方挥手打招呼。

一个星期天，埃利斯和杰克结伴而来，凯特发现，埃利斯比他爸爸强壮多了，游泳时，他故意放慢速度，好让老人跟得上。

除了那些经常来游泳的人，还有一些其他人。凯特听她们在更衣室聊天，要不是在报纸上看到这家泳池，她们到现在还不知道这里呢，而且听说这里就要被关停了。听到这些话，凯特心头一紧。她跟这些人一样，都觉得与这座泳池相见恨晚。

只有一个人没有来。凯特独自游泳，没有这位朋友在身边，就没有人给她纠正蹬水的姿势。

出了泳池，身上的水一干，凯特急忙穿上衣服，抄近路到马路对面，朝罗斯玛丽的公寓走去。她抬起头，眼睛搜索着那几株盆栽，快速定位阳台的位置。晾衣绳空空地挂在那里，像一根干瘪的树枝。

凯特到了单元楼门口，上前按门铃，等着它把信号传输到罗斯玛丽家。等待时，突然想起之前跟罗斯玛丽一起吃饭的情景，那时候她心里还存着一线希望。太阳照在凯特肩上热辣辣的，那一头湿漉漉的头发披散在脖子周围，感觉凉爽些。一会儿，她听到可视电话的另一头传来了熟悉的声音。

"喂？"

"罗斯玛丽,是我,凯特。"

"噢,你好!"罗斯玛丽回答道。

这时,对讲机里发出微弱的嘶嘶声,仿佛连它都担心这两人之间会尴尬得没话说,这才在停顿的空隙发出嘶嘶声。

"我能上来吗?"凯特最后说道。

这时,嘶嘶声好像越发大起来。

"今天不行,对不起!"罗斯玛丽回答道。

一时间,凯特竟不知道该说些什么。还没等她再开口,罗斯玛丽接着说了一句:"对不起,我只是有点忙。"

凯特想问问她在做什么,可一听罗斯玛丽话语间有些犹豫,便没再问,只是说了一句,"今天去泳池没看见您。"

凯特想起第一次跟罗斯玛丽游泳时的情景,这位老妇人平时连走路都颤颤巍巍,可一到水里瞬间变得年轻起来。她发现,原来罗斯玛丽的力气无法在岸上展现,到了水里,这股隐藏的力量就会被瞬间释放,虽然外衣没有这种魔力,但一件海军蓝的泳衣绝对能做到。

"嗯,就是这样。"罗斯玛丽的声音很轻。可视电话又发出微弱的嘶嘶声,好像在插话。

"我明天能见到您吗?"凯特说道。

"不能,我觉得不能。"

即便在马路这边,凯特依旧能听到泳池围墙里传出来的笑声,原来是泳池入口处排队的人在聊天。

凯特听到罗斯玛丽叹了口气。

"我真的去不了。"她说道。

凯特还想说些什么,好劝这位朋友从公寓里出来,可想来想去也说不出什么。

"那好吧,"停了一会儿,她说了句,"不过,我仍然希望您能改变主意。"

凯特最后看了罗斯玛丽的公寓一眼，转身穿过马路朝家走去。她一边走，头发上的水流到肩胛骨缝处，脚下马路上的热气穿透了单薄的鞋底，只听头顶传来罗斯玛丽的声音："我真的去不了。"

　　她知道，对于罗斯玛丽来讲，跟泳池道别的确很难，但是抛开这一切不谈，如果不在最后几周的时间里去跟它道别，罗斯玛丽将来一定会后悔。所以，凯特很惦念她。最后几周的时间里，去泳池游游泳总比不去要好，可是一到水里发现朋友不在身边，她又很难过。一想到再也不能跟罗斯玛丽一起游泳，悲伤之情涌上心头；一想到泳池关停的日子越来越近，五脏六腑就一沉，只能老老实实地等着恐慌症发作，仿佛它就在身后不远的地方。天色渐暗，她沿街越走越快，忽然发现自己又变回了那个孤独的人。

第五十一章

朋友们的声音像香水一样飘满房间

人们游泳时水花四溅的声音传到罗斯玛丽的公寓里。她赶紧把阳台门关上,声音便被隔离在窗外,屋子里再次安静下来。

罗斯玛丽把阳台门后的帘子拉上,客厅一下子被一层冷冷的蓝色阴影遮住了。房间里一片狼藉,地上到处是盒子,书架下面堆着一摞摞书,鼓鼓囊囊的黑色垃圾袋堆在角落里。看样子,她要彻底把屋子清扫一遍,才弄得这么乱。

看得出来,她是从书架开始的,她把每一本书都拿出来,一一清理,又把书架整理一遍。这可是项耗时的工程,干到一半就得停下来歇一歇。一半的书放在地上,等着回到干净的书架上。屋子里的家具也乱成一团,她把沙发拽出来,把后面彻底清扫了一遍。后来才发现,好像没办法把它归到原位,于是沙发横放在了房间里。

她一边打扫屋子,一边听今天的语音留言,朋友们的声音接二连三地冒出来,像香水一样飘满整个房间。

"我今早带艾耶莎去泳池了。"罗斯玛丽正要去拿鸡毛掸子时听霍普说道,"她现在游得不错,甚至连手臂游泳圈都不用戴。真希望你能过来看看。"

霍普清了清嗓音,这时罗斯玛丽已经打扫完咖啡桌,转过身盯着答录机,等她这位朋友把话说完。

"我明天会过去看看你。我知道，你来不了泳池，可我还是想劝你过来。我知道这很难，可如今时日已经不多，我不想让你留下遗憾。不管怎么样，先说到这儿吧，明天去看你。"

接着，答录机"咔嗒"一下把霍普的声音切换到另一个较为低沉的声音，是一位男士。那人先咳嗽了一声。

"皮特森夫人吗？我是埃利斯，给您打这个电话是想告诉您，我装了一袋土豆和应季草莓，袋子上写着您的名字，您过来的时候，记得到我这里取。嗯，就这些。"

接着，他又咳嗽了一声。

"再见，再见。"

"再见。"罗斯玛丽在这边回了句。其实，朋友们一直都在关心着她，她知道。他们似乎在轮班给她打电话或者来她家拜访。每次他们都尝试新招，尽量劝她走出公寓去泳池看看。可是，没有一个人能劝得动她。

她把手中的鸡毛掸子放下，环视着整个房间，大大小小的盒子、袋子以及凌乱摆放着的家具，看上去屋子的主人像搬走了或出去度假了一样。可是，她能去哪儿呢？她靠着沙发坐在地上，想起前段时间凯特坐在这里往笔记本电脑里打字、自己则因为感冒而昏睡时的情景。坐在地上很舒服，虽然她家在四楼，但坐在地毯上感觉像坐在地上一样踏实，这大大缓解了她的头晕目眩。她想躺下来，而且她真的这样做了，她靠着沙发的一边躺下，在地板上伸展开身体。两手放在肚子上，就这样躺着，眼睛盯着天花板。

屋子中央的天花板（吊灯处）裂开了一条细缝，角落里的墙皮掉了一小块。她在想，应该补刷一下，可转念一想，涂料刷子放哪儿了呢？可能是和活动梯子、电钻一起被她扔掉了。

突然间，她觉得好累，一定是打扫房间的缘故，她想。活儿干得猛了些。她闭上眼睛，可即便闭上眼，脑海里依旧浮现着那条细缝，还有那脱落的墙皮；想着想着，外面的蓝天和云朵越发吸引她的注意，于是她强迫自己把注意力放在这两件事上。或许，邻居们家里有涂料，一会儿过去问问。

罗斯玛丽被一阵敲门声吵醒了。她猛地坐起来，血一下子涌到头上，头晕晕的。她靠在沙发边上缓了一会儿，之后才慢慢地站起身来，朝门口走去。

"来了，来了。"

她打开门，惊讶地发现站在走廊里的竟然是杰伊。

"罗斯玛丽。"他说了句。

"杰伊。"

此时的他仿佛把整条走廊都挡住了，脏兮兮的头发油光铮亮，如同站在一盏明灯前一样。他脸上带着微笑，可罗斯玛丽却皱着眉毛看着他。

"你是怎么上来的？"她一边说，一边往他身后的走廊瞟了一眼。

"有人把我带进来的——我能进去吗？"

"好吧，既然都来了。"她一边说，一边转身回到屋子里。他跟在身后把门关上。他环视了整间屋子，看到凌乱的家具，还有角落里的垃圾袋。

"我正在打扫。"说着，罗斯玛丽在沙发上坐下。

"看得出来。"

她坐下来，眼睛盯着他，什么都没说。

"我能去泡杯茶吗？"杰伊待了一会儿说道。

"我刚刚泡了一杯。"她一边说一边拿起茶杯喝了一小口。已经凉了。"噢，看来比想象中睡得久了一些。"说着，她把杯子递给他。

"不好意思，我吵醒您了吧？"

她摆摆手，又摇了摇头。真希望自己刚刚没说这番话。大白天就睡觉，她觉得不好意思。几点了？她看了看手表，下午一点十五分。杰伊把杯子拿到厨房，几分钟后，他端来两杯热气腾腾的茶，递给罗斯玛丽一杯，接着又在她旁边坐下。两人就这样一边喝茶一边聊起来。

- 223 -

"凯特怎么样了？"罗斯玛丽喝了几口茶问道，"她一直都想来看我，也总是打来电话。"

"她现在变得寡言少语，"杰伊回应着说，"整天只知道埋头工作。我一直想给她鼓劲儿，却又不知道该说些什么。她不想说话。我猜，她一定失望透了。我敢说，你们俩肯定都很失望。"

他转过身来看着她。两手手指交叉握杯，罗斯玛丽心想，此刻的他像一个忧心忡忡的小男孩儿。他令她很为难，虽然她不太愿意让他进来，可是看他这样坐在身边，也算是一种安慰吧。跟他坐在一起仿佛凯特在身边，仿佛一伸手就能握到她的手一样，而且不用看到她的脸和她的悲伤，或者说，不用直视映在她眼中的自己的悲伤。

"她很想您，罗斯玛丽。而且我知道，这话不应该我说，但是我确实觉得您应该去泳池看看。只剩下几天时间了——您应该在那儿，别闷在家里。我知道这很难，可我担心您若是现在不去，将来会后悔。您应该去跟它道别。"

接着，他长长地呼了口气，像在赶去演讲的路上不停地做练习（他有过这种经历）。

"你现在是午休时间吧？"罗斯玛丽问道。

他看了看手表。"没错，不过我可以再待一会儿。"

"谢谢你用午休时间来看我，我真的很感激。可是你也看到了，我真的很忙。其实，很久之前就应该做大扫除的。真的有很多事要做，所以才没有时间去游泳。"

只见她站起身来，又坐下，好像有人把她死死地按在沙发上一样。她叹了口气，看着他。他那绿色的眸子也看着她，等着听她的心里话。

"我真的不能去跟它说再见。"最后，她小声地说了句。接着，她把视线从杰伊身上挪到自己手上，一个劲儿地转手指上的那枚婚戒。戒指比之前大了很多——身体发福，手却变瘦了。她一圈圈地转着戒指，两年前乔治去世的时候，她参加完葬礼直接奔去泳池。仪式是在早上举行的，前来参加的人不多，都是附近的邻居，还有几个儿时的伙伴（那些仍旧健在的），再就是他们的家人。

"谢谢你能来，他要是知道一定很高兴。"那一天，她不停地跟人们这样说。其实，她根本不知道该说些什么。他高兴人们来参加他的葬礼吗？他死了，怎么能高兴呢？可是，她还是不停地这样说，她真的不知道该说些别的什么。

那天，她穿了条黑色西服裙，是从霍普那里借来的。衣服太大了，而且料子容易生静电。那个时候的她已经不介意衣服是否得体——世间唯一的悦己者如今躺在一只木盒子里。

"请您带些三明治回去吧，否则都浪费了。"人们离开的时候，她不停地说着这句话。她把三明治和香肠卷用保鲜纸包起来给大家，像给孩子们包派对食物一样。亲戚们拿着用闪闪发亮的保鲜纸包起来的东西，衬着一身身黑色的葬礼服，他们回到车上（或是去乘坐公共汽车，或者步行回家），看起来有些笨拙。

等所有人都走了，她坐下来，吃了些早已不新鲜的鸡蛋和水芹三明治，这才意识到，自己一整天都没吃东西了。接着，她又吃了些加冕鸡和几卷香肠。跟服务员点菜的时候，她都不知道该点多少。她无法想象，葬礼过后大家居然还能吃得下东西。可是后来她才领悟到这样的事实（并非如人们口中所讲）：死亡阻挡不了人们吃饭。人们吃啊，喝啊——幸好，她在最后的时刻点了些酒水、茶和咖啡。

罗斯玛丽坐在那里，品尝着这一席已经冷掉的自助餐。这时，一位服务员进来收拾盘子，看见她满手粘着面包屑，就连霍普借给她的黑色西服裙的领子上都有。她看到服务员过来，有些不好意思，赶紧把粘上的面包屑抖落掉，还给了他一份数额可观的小费。

"要我帮你收拾吗？"她一边用手把桌布上的面包屑捡起来放到一张纸巾里，再把纸巾规整地折上，一边问道。

"不了，我们能应付得来。您应该回家了，皮特森夫人。"

听了这话，她把一些面包屑收拾到纸巾里，然后慢慢地整理好手提包跟服务员道别，服务员表达了哀悼之意，她点头接受，还说了一句"谢谢你们"。

可是，她没有回家，严格来讲，是没有在家待多长时间。她拿起游泳用的东西去了泳池。等她到的时候已经是傍晚，天空一片青灰色。那时，泳池里有很多孩子，救生员吹一声口哨，孩子们一头扎进水里；接着又是一声口哨，孩子们从水里出来，弄得人们分不清这口哨的开始与结尾。孩子们就这样一头扎进去，溅得周围人一身水，然后又出来，再扎进去。

她在更衣室换好泳装，把这一堆黑黢黢的衣服放在脚边。她从口袋里找出钱包，翻出了50分硬币，乔治的照片就在硬币的旁边。接着，她把葬礼礼服叠好放进柜子里，上锁后她推开了更衣室的门。

迎面扑来的是吵闹声，之后则是一阵凉意。那是水花声、孩子们的笑声、救生员的哨声，还有微风吹过的声音。她慢慢地朝梯子走过去。

当泳池里的水从身体周围将她包围起来时，劳心的一天终于结束了，她整个人放松下来。她斜着向后靠，任凭水将自己托起来。清凉的水犹如温柔的手掌，从她的身体、指间、发间轻抚而过。

水没入她的耳朵，也没过她的脸，一整天过去，她终于可以放肆地哭出来。她漂浮在水面上，望着天空和一只气球，是那些在她身边玩耍的孩子放到天上的。她还看了看那个守望了她一辈子的大钟。

接着，她翻过身来蹬水，慢慢地用手臂拨水，开始蛙泳，这时她想起了乔治。乔治年轻的时候经常去高高的跳板上跳水，他张开双臂，像极了展翅飞翔的鸟儿。在水里，乔治能从她两腿中间游过去。天黑的时候，乔治还会在泳池里亲吻她。他像一只蜥蜴一样躺在阳光下，她就这样看着他，爱着他。要想从头到尾回忆乔治的点点滴滴，回忆他们的生活，几个泳程的时间怎么能够呢？

孩子们在她周围玩耍,一会儿跳到泳池的漂浮物上,一会儿又从彼此的肩膀上跳下来,完全没有注意到旁边这位一边游泳一边哭泣的老人。他们甚至都没注意到她,她似乎成了隐形人。那个真正把她放在心上的人已经被葬在冰冷的地下。

她在泳池里一直待到停止营业。换衣服的时候,清洁员在周围拖地。从泳池出来经过前台的时候,她看到救生员正在往泳池上盖苫布。她在冷水里待了太长时间,手指尖都泡出了褶,胸腔也疼痛起来。青灰色漫过整片天空,天黑了下来。除了那栋空荡荡的公寓,她已经没有别的地方可以去了。

回到家,她没有开灯。把湿漉漉的泳衣放到卫生间水池里,然后去了客厅,一屁股坐到他的扶手椅上。椅子一边的把手上搭着一条毯子,她把毯子拉过来,紧紧地盖住大腿,又往上拽到了脖子。她就这样在他的椅子上坐了一晚,两眼直勾勾地盯着冷清的客厅。等太阳升起来的时候,她睡着了。

此时,罗斯玛丽抬头看着杰伊,她很想站起来,想把那堵在喉咙里的泪水通通吐出来。可是,她又觉得身上一直有根弦在紧绷着,于是她在沙发上调整了一下坐姿,直了直腰。

"我已经跟他说了一次再见,不想再去了。"

"好吧。"杰伊说道。两人坐在一起待了一会儿。他走之前帮她把书都搬回到书架上,又把沙发挪回原位。要出门的时候,他把角落里的垃圾袋捡起来往肩上一扛。

"跟她说……"罗斯玛丽话说到一半停住了。

"我会跟她说的。"杰伊说道。后来,她在他面前把门关上,站在门后听他扛着垃圾袋"哗啦、哗啦"地走下楼梯。随后,她听到电梯来到的声音,"砰"的一声门开了,接着又关上,此刻又剩下了她一个人。

第五十二章

泳池不是在地上挖个坑，再添些水

今天是泳池开业的最后一天。傍晚时分，杰夫彻底关了门。过几天，天堂居的人就要来谈合同了。

《布里克斯顿纪事报》办公室倒是安静——凯特第一个到。费尔稍后也到了，不过他直接去了自己的办公室，连招呼都没打。自从那次跟凯特争吵后，他一直没跟凯特说话，甚至都没直视过她。凯特工作的时候整天都戴着耳机。有时，她是在听音乐，不过很多时候，她只是戴着耳机装样子。

费尔给她发了一封邮件，分派给她一些行政方面的工作，她就静静地干活儿，打字的时候尽最大努力不去想太多。这时，杰伊到了，两人看了看彼此，点了下头，不过凯特还是没什么心情说话。他们之间的那个吻似乎是很久之前的事了。此刻，她一门心思地盯着电脑屏幕。

打字的时候，她在想，费尔还会不会给她撰写重要稿件的机会。想来，真应该私下里找份兼职做。那样可能会经常熬夜，可就目前来看，她手头没有什么活儿，而且再也不用去游泳，闲暇时间多了起来。

想着想着，她哭了起来。起初，她是悄悄地哭，眼泪顺着脸颊流下来，滴到键盘上，她甚至都懒得用手去擦一下。她一直盯着屏幕，渐渐地，屏幕上的字混成一片。她再也忍不住了，开始抽泣起来，整个身体都跟着颤抖。

杰伊从座位上起来，站到她旁边，两手搭在她的肩上。

"凯特，凯特。"他叫道，低沉的声音透过她的耳机。此时此刻，她连把耳机拿掉的力气都没有，于是他帮她把耳机取下来，又把她的座椅转过来正对着自己。

费尔从电脑屏幕上方偷偷地朝这边看，只见杰伊蹲跪下来将凯特紧紧地搂住，她任凭自己被他揽在怀里。她的头靠在他的胸膛上，透过那柔软的棉质T恤听他心跳的声音，嗅着他身上的咖啡香和报纸的油墨味。

她想说点什么，想跟他解释，却怎么都开不了口。她只觉得精疲力竭，整个人像一块湿毛巾被人用力地拧干、挤干。终于，抽泣声没那么强烈了，这才有了力气说话。

"太令人失望了，"她说道，"我无法相信，我居然又哭了。你一定觉得我的精神出了问题。或许我真的疯了。我太累了。我想让一切都回到正轨，真不敢相信泳池就这样关闭了——今天是最后一天。"

凯特还想起了罗斯玛丽，刚刚她才意识到这位挚友已是一位87岁的老人，当初她们因为她要撰写拯救泳池的报道而结识。她想起了罗斯玛丽的泳衣，想起她常常把泳衣挂在阳台上，它摇摇晃晃地像一面旗子。

"会好起来的。"杰伊一边说，一边用胳膊紧紧地搂着她。她等他再说下去，他却什么都没说，她猜想，或许他也不知道该说些什么吧，就像她不知道该说些什么一样，就像她不知道该如何让罗斯玛丽高兴一样，就像她不知道如何解决事情一样，就像她不知道自己的生活该何去何从一样。或许，生活就是如此，没人知道问题的答案，大家只是装作知道罢了。大多数时候都是这样的。

"会好起来的。"杰伊搂着她又说了一句。

此时的费尔正站起身来，在凯特办公桌旁来回踱着步子。她抬起头，越过杰伊的肩膀，惊讶地看见费尔那张因为焦虑而扭作一团的脸。

他走过来，拍了拍她的肩。这一动作着实有些笨拙、尴尬。他这一拍，凯特吓了一跳。等她回过神来，又觉得有些出乎意料。

凯特想象自己是一位旁观者，目睹此情此景：这个人在大哭，在办公室中央被同事紧紧地搂着，老板的手搭在她的肩上。此刻，他们已经忘却周围的一切，只有一摞摞乱糟糟的文件和报纸。她电脑后边贴着一张罗斯玛丽在泳池时的照片，之前把它贴在告示板上。那位老人怎么会得到这样的结局？出了这间办公室，整座城市依旧正常运转。一家图书馆关停，又有一家咖啡店开业，工程队在不停地挖石头，公交车上的乘客站起来给孕妇让座，一辆卡车和一辆自行车相撞，一辆老式双层巴士上正举办一场婚礼，身处同一片蓝天下，有些人却要去泳池最后一次游泳。

费尔清了清嗓子，好像要说些什么，却什么都没说。接着，他又咳嗽了一声，再次尝试着开口。

"会好起来的。"他也学杰伊那样说道。

"可如果不像你说的那样呢？"凯特擦了擦眼泪，身体稍微坐直说道。她看着面前的两个人，看了看这间办公室。杰伊和费尔都不说话了。

"如果不像你们说的那样呢？"她又问了一遍。突然，她的内心世界发生了变化，好似有一只动物在搅动。"我知道，那只是一座泳池，可对于罗斯玛丽、霍普、埃利斯、艾哈迈德、杰夫、弗兰克和杰梅因来讲，那绝不仅仅是一座泳池。几个月前，这些人我一个都不认识。"

她盯着费尔，涂着睫毛膏的眼睛死死地盯着他的眼睛。

"很多事情看上去没什么，可是，那是我们生活的一部分，走路会经过那些地方，我们总是以为，一切会好起来，或者觉得这些事物并不重要，或者觉得一切就该是这样。城市在变化，房地产公司购买居民社区，建造更多价值百万镑的公寓，这些都无所谓。可是有一天，当你一觉醒来突然发现，这一切真的很重要。很多事情确实不必放在心上，比如，晚饭到底是吃奶酪通心粉还是意式肉酱面，或者我穿上泳衣会不会显胖，或者我今天的发型怎么样，又或者在那位上了年纪的大学导师眼里我混得怎么样。可说实话，这些才是我时常放在心上的事情，绝非其他。"

刚开始的时候，她的声音还是颤抖的，可逐渐地，那声调越发强劲、坚定起来。杰伊放开她，靠在她的办公桌上看着她。

"泳池不是在地上挖一个坑、再添些水，人们也绝不是心情好时偶尔来游个泳。这里面有着十分重大的意义。若是意识不到这一点，那么恐怕你得换个方式看待生活了。自从遇到罗斯玛丽，我才意识到了这一点。一个人生活了一辈子的地方就这样被拆毁，变成废弃的瓦砾被扔到大街上，就算不是泳池，也会是图书馆，或者是青少年活动中心，又或者是哪栋摩天大楼。我们这家报社每天关注的东西无一不与之息息相关，或者说我们应该把这些东西写出来，因为它们实在很重要。依我看，事情不会就这样好起来，根本就不会好起来。"

说完，她站起身。费尔像怕她会出手打自己一样身体赶紧往后一躲。她把椅背上的外套和地上的帆布背包拿起来，准备出去。

"对不起，"她说了一句，"我现在必须得出去一下。"说着，她出了办公室，疾步到了街上，头也不回地走了。外面，迎接她的是太阳公公光辉的臂膀。

第五十三章

这个想法其实有些疯狂

路上,凯特给杰夫打了个电话,把自己的计划告诉他。她讲话的时候,他在电话另一边静静地听着。

"好。"他最后说了句。她到泳池的时候,他早就攥着钥匙在前台等她了。今天不是艾哈迈德值班。身后的泳池里一个人都没有——最后一拨来泳池的人已经走了,有人正在做器具的善后清理。

"真不知道为什么要这么做,"他一边说,一边把一串钥匙交给凯特,"不过,我觉得值得一试。"

"谢谢你。"说着,她从他手里接过钥匙,小心翼翼地握在手里,唯恐一不小心弄坏了。

"你会去通知大家吗?"她问道。

"我会看着办的。"

说完,他转身出了前门,算是最后一次吧。凯特在一串金属钥匙中找到那把钥匙。这时,她听到一阵脚步声——有人正小跑着朝她这边来。她抬头一看,原来是杰伊,一只肩膀上挂着相机,另一只肩膀上背着行李袋。

"我刚收到你的信息。"他一边说,一边在她面前停了下来。

一路小跑过来的他此刻脸颊红扑扑的。

"你不用这样的,"她说了句,"这个想法其实有些疯狂——我们有可能遭到枪击。或许被警察抓走也说不定。"

他朝前迈了一步，一只脚跨过门槛。

"我愿意这样做。"他说道。接着，他又走了一步，来到前台。她看着他，看样子像是在做着什么决定，接着她往后退了一步让他进来。进来后，两人一起把身后的门关上，凯特从里面把门反锁。她想跟他说对不起——自从上次亲吻之后，她就一直跟他保持距离，也很少跟他讲话。可是，一想到泳池，她又把注意力拉了回来。

"我们找些什么东西把门挡住吧。"她一边说，杰伊一边跟着她来到空荡荡的走廊。于是，他们从员工办公室搬了桌子顶在门前。接着，他们又到练习室把各种设备都搬来，放到泳池前边。工程结束后，只见泳池入口处堆了一排桌子、椅子和健身器材。

"这样应该就可以了。"凯特说道。

咖啡馆那边还剩下一个入口，于是他们又进行了同样一番操作——先把门锁上，然后把桌子、椅子通通搬到门前。屋子里看上去空荡荡的，咖啡师和服务员早就把咖啡机收了起来，他们的围裙还挂在咖啡馆一端的尽头。凯特想，恐怕他们再也不用往脖子上系这些围裙了。

咖啡馆里还剩了一副桌椅，凯特在那里坐下，从帆布包里把笔记本电脑拿出来打开。接着，她开始打起字来。

凯特写稿子的时候，杰伊便在空荡荡的泳池边转了转，边走边拍照片。水依旧很蓝，空空的救生员座椅守望着这座寂静的泳池。他给大钟和前台旁边的零食铺拍了张照。屋里的百叶窗拉了下来，在这冬日里，这里真像一座海滩小屋。他沿着走廊过去，午后的阳光照在空荡荡的瑜伽室里，灰尘颗粒静静地在空中飞舞，他又拍了张照。

正当他准备回咖啡馆的时候，忽然听到一阵吵闹声从围墙外传来。

"不要填平我们的泳池。"人们喊着。

杰伊回到咖啡馆，给电脑前的凯特拍了张照，她正认真地写稿子。

听到吵闹声，她抬起头。他又抓准这个时机给她拍了一张。

"对不起，"他说道，"忍不住给你拍照。大家都来了。"

她站起身来，满眼期待地往门口那边张望。人群离前台这边越来越近，声音也越来越大。她拉住他的胳膊。

"不要填平我们的泳池！"

凯特和杰伊透过前台旁边的窗户往外看，外面站着一群人。他们正举着布告和大型条幅，在泳池的几扇门前站成一长排。声音很大，凯特猜想，他们一定把泳池四周的路都围住了，用身体形成了一堵墙，把入口堵住。她看到了埃利斯——他转过身来跟他们挥手。杰克也来了，还有霍普、杰米拉、阿伊什和杰夫。他们旁边还站着弗兰克和杰梅因。就连斯普朗特的领结上都挂着一面旗子，上面用大号字写着"拯救布洛克韦尔·利多泳池"。凯特还看到了那个年轻的小伙子以及那位新任母亲，只见她背着孩子，丈夫在旁边。瑜伽教练也来了，还有救生员以及那些在泳池和咖啡馆工作的人。

"真不敢相信，他们都来了。"她对杰伊说道。

"要不是你，他们不会来的。"他回应道，眼睛凝视着她的眼睛。她不好意思地笑了笑，把脸颊上的头发拢到一边。

队伍末端站着一个身材健硕的人，凯特看不清他的脸。他转过身笑了笑——原来是费尔。他手里正举着一条标语。看到他的一瞬间，凯特觉得心脏加速跳动起来。

费尔转过身，透过窗户看着他们。他朝她点了点头，她也点头回应。

"接下来该怎么做？"杰伊问道。

"等。"

第五十四章

整个人被满腔热情所感染

参加示威活动的人在这里待了一下午。埃利斯和杰克给大家分发啤酒,弗兰克还带了饼干。附近的人经过这里,给他们拍照;有的还加入到队伍当中,他们被分到剩下的标语。大家就这样站在太阳底下,凯特坐在咖啡馆里写稿。她往几家全国性报纸和当地的博客投了一篇新稿子,还四处分享有关示威活动的网络链接。一天下来,报名人数持续攀升。每当有新人加入,凯特心里就增添几分欣慰。一想到团队里的人都在尽力保住泳池,沮丧之情顿减许多。她不再是孤军奋战,即便结果可能会令人失望。此刻,她真希望罗斯玛丽能来。

"快来看这里。"傍晚时分,杰伊突然说了一句。落日的余晖穿过咖啡馆的窗户投射到凯特的头发上。她从电脑后面抬起头来。

"是警察来了吗?"

"警察还没来,不过我猜这些人应该是天堂居方面派来的代表。"

只见这些人走到前台那边,往窗户里望了望。霍普从示威人群中站出来,应付那些西装革履的人。凯特在这群人中发现了那天出现在会场上的委员,其他人她就不认识了。霍普把标语死死地握在胸前,拿着它使劲儿摇摆。埃利斯从人群中走出来,加入对话。

有一个人指了指泳池,另一个人看了看手表。凯特听不见他们在说什么,只能透过玻璃窗往外看,她在想警察是不是已经在赶来的路上了，他们制造的那些障碍能够抵挡多久。杰伊紧挨着她站着，肩膀挨着她的肩膀，她甚至都能感受到他身体的温度。过了一会儿，那群人最后看了泳池一眼，接着就匆匆离开了。霍普和埃利斯回到人群中。后来，大家都散了，霍普穿过人群来到玻璃窗前，以便让凯特听到自己说话。

"他们是谁？"凯特从窗户那边喊道，"是去叫警察了吗？"

霍普摇了摇头。

"是天堂居的人。我已经把我的想法告诉了他们！"她说道，"不过，他们今天不会有什么动作——我想他们一定是着急回家吃晚饭。不过，这些人明天会过来。他们说，我们今晚就得把东西从他们这栋建筑中清理出去，否则他们就要采取行动了。'他们'的建筑？真是放肆！他们根本就不把这座泳池放在心上——一听到他们说这是'他们'的建筑……或许，他们说得没错，也许若是能顺利做完交接，这就真是他们的了。"

杰伊看了看凯特。外面那些参加抗议活动的人也都纷纷转过身看着凯特。凯特想象着这样一种情景——被警察赶出来，再不情愿地把钥匙交到天堂居那些西装革履的人手中。一想到这儿，她就觉得恶心，连呼吸都急促起来。恐慌症似乎悄悄地露出头来，伺机将她吞没。可是，她还是把它赶了回去。

"你想要怎么做？"杰伊问道。霍普依旧站在那里，站在玻璃窗边，等着凯特回话。那一刻，她好想问问罗斯玛丽或是艾琳该怎么办。不过在关键时刻，这姑娘的内心突然坚强起来。

"除非他们硬拉我出去，否则我不会离开。"她说道。

霍普笑了，转身把凯特的意思大声地转告给大家，好让他们听清楚。听到她这番话，窗外的人群一阵沸腾。

"你确定要这样做吗？"杰伊说道。

"是的，我确定。"

突然间,她不再感到害怕。本来,她发觉恐慌症与杰伊都并肩站在自己面前,可此时,她根本没去理会它,完全忽视它。她想待在这里,直到最后一刻,即便结局没有什么改变,她依旧要这样做,还要再争取一次。泳池或许会被永久关停,但是她想拼尽全力去保住它。

"那我跟你一起。"杰伊说道。

"你不用这样。"

"我明白。"

他看着她,心里在想,眼前这个姑娘跟以前(过去在办公室楼梯或是街上遇到她时,她只是跟他挥挥手)相比真是判若两人。她还跟过去一样可爱,不过现在的她,心里像是点亮了一盏灯。整个人能量满满,他也被这满腔的热情所感染。

第五十五章

结局不该是这样的

　　罗斯玛丽家依旧一片乱糟糟的,似乎越清理越乱。这一天,她听到公园那边传来阵阵喊声"不要填平我们的泳池"。她偶尔往阳台窗户那边张望,看到泳池围墙被示威者围得水泄不通,想探头看看,身体却又往后退,唯恐被人发现,于是她继续整理房间。干活干累了,她就舒展开身体,在沙发上睡一大觉,尽量不梦到泳池。

　　一大觉过后,她慢慢地清醒过来,发现已经是晚上了,阳台的门还开着。已经听不到示威者的声音了。窗帘被吹得啪啪响,房间笼罩在黄昏的暮色中。一股凉意蹿到身上,她站起身,缓慢地走到卧室取羊毛衫。卧室也跟客厅一样乱,收拾屋子的时候,大大小小的盒子散落在地上。她从众多盒子中间挪步过去,打开衣柜,翻找着保暖的衣物。只见她从衣柜最上面的隔板处找到一件叠得整整齐齐的外套,顺势往外一拽,结果掉下来的不只外套,还有放在旁边的盒子。盒子翻倒在地,盖子打开了,一大堆黑白相间的纸片飞出来。原来是照片,一摞摞的照片,记录着张张笑脸的照片如雨滴般飞落下来。

　　罗斯玛丽愣住了,等着这场照片雨停下来。她傻傻地站在衣柜前,怀里抱着那件外套,照片撒了满满一地,都是乔治,正冲着她笑。她跪下来,随机捡起一些照片。

　　有乔治站在跳台上微笑的,从跳台上跳下去的前一刻,他转过身来看着她，确认一下她正看着自己；有乔治在泳池边上躺着的照片，他脸上扣着一本打开的书，头枕着胳膊，两只脚踝交叉放着；还有乔治教孩子们学自由泳的照片，他站在泳池边上，双臂在空中张开，模拟自由泳的姿势，孩子们看着他哈哈大笑。

她又捡起一张照片——这张是她自己的。当时，她正穿着一身条纹泳衣，手里拿着两只冰激凌甜筒——照片是黑白的，所以泳衣也是黑白的，不过她记得很清楚，那是件红白相间的泳衣。当时，化掉的冰激凌顺着她的手滴下来，她正朝镜头的方向伸手，嘴巴张得很大。拍照的人是乔治，他让她拿着冰激凌，可是已经化掉的冰激凌正顺着她的胳膊往下滴。于是，他笑啊、笑啊。

还有一张他们两人的照片，两人都靠在泳池边上，脚在身后踢水，水花溅到空中，反射着阳光。霍普还给他们俩拍了一张，当时两人正潜到水下，在水里接吻，之后又跳出水面来呼吸。

还有一张，泳池上盖了一层白雪，乔治带着棉帽子、围巾，穿着泳裤，站在泳池边上呵呵笑着。还有一张，他跟罗斯玛丽一起跳到深水区，两人像彼此的影子，几乎同时入水。

她把这些照片拢到腿上，把承载着乔治一张张笑脸的照片摞在一起。这辈子的时光像幻灯片一样展示在她眼前，杂乱无章，毫无头绪。有几张照片，拍的时候拇指挡住了镜头，或者是闪了光，总之看不清上面的脸。不过，她依旧记得那脸的样子。从始至终贯穿这些照片的便是这座泳池，泳池是串接这些时光的主线，是他们一直守护的地方，是他们的家。看来，她的确应该做些什么了。结局不该是这样。

- 239

第五十六章

希望才是最令人痛苦的

直到天黑,人群才散去。凯特一直关注着大家,一直都在等罗斯玛丽,可她还是没出现。凯特时不时地看看手机,看有没有信息,可始终没有她的动静。凯特往罗斯玛丽家里打电话,却直接接通了语音信箱。她没有留言。试过多次之后,她才明白,罗斯玛丽根本不会应答。可是,一想到她一个人在家,不能来这里跟泳池做最后的道别,凯特悲伤极了。她希望,若是泳池就这样被永远关停,罗斯玛丽将来不会后悔。若等到那个时候,就再也没有机会跟它说再见了。

后来,她给艾琳发了条信息,把自己的想法告诉姐姐,还跟她说,罗斯玛丽没来,她很伤心。姐姐立马回了信息。

"你真棒!我刚刚还想起你,想起有关罗斯玛丽的事——或许,她会来的。对她来讲,做这样的决定不容易。有时,希望是最令人痛苦的。"

凯特读着姐姐发来的信息,灵光一现,她终于明白为什么联系不到罗斯玛丽了,终于明白为什么她到现在都不来泳池、不让任何人见她了。或许,与众人隔离开来,不让自己接触任何人和事——水上的阳光或者朋友们的安慰之语——就是不想让他们再给自己希望。

人群慢慢散去,弗兰克和杰梅因透过玻璃窗跟凯特挥手道别,接着两人把标语条幅往肩上一扛,身后跟着斯普朗特,回去了。霍普跟杰米拉、艾耶莎一起走了,杰克和杰夫也走了。

"我们明天再来，亲爱的。"霍普隔着玻璃窗说道，然后也转身离开了。正当她转身要走的时候，凯特突然发现有人正朝泳池门口这边走来。原来是艾哈迈德。令人情绪高涨的一天过去了，她突然意识到原来示威队伍中少了这个人。

"对不起，我来晚了。"走到玻璃窗近前，他把脸贴着窗子说道，"杰夫把你的计划告诉我了，可是我今天有期末考。本来一放学就该过来的，可爸爸非要带我出去吃晚饭。"

说着，他脸"唰"的一下红了，凯特见状笑了。

"恭喜你呀！"凯特说道，"现在终于自由了！"

艾哈迈德笑了，在窗户外面张开双臂，仿佛一只鸟儿，立马就可以自由自在地飞翔。

"干得好，伙计。"杰伊举起一只胳膊，好像要过去拉住艾哈迈德的胳膊、拍拍他的后背一样，不过他突然意识到中间还隔着玻璃窗。艾哈迈德也举起胳膊，两人互相敬礼致意，随后又哈哈大笑起来。

"我本想来的，来预祝示威活动成功。"艾哈迈德说道，"不过，我还想跟你们说说我的主意——或许能挽救泳池。"

凯特扬起眉毛，聚精会神地看着艾哈迈德，勉强克制住自己，不让心脏跳得太快。希望才是最令人痛苦的。

"你继续说。"她说道。

"这或许不会管用。"艾哈迈德突然紧张起来，说道。

"请说吧，"凯特说，"我们现在最需要的就是有人出主意。"

于是，艾哈迈德把想法告诉了他们。

"考完试后，我想了想泳池这件事。虽然考试很重要，但是没能跟它共同度过这最后一天实在惋惜。后来，我突然想起之前跟你姐姐艾琳的一次聊天。还记得吗，做橡胶鸭子示威活动的那天？"

凯特点点头，想起那天姐姐确实是在泳池边跟他认真地聊过。当艾哈迈德了解到艾琳在大学时同样主修商务学时，他真是高兴极了。

"嗯，我记得那天她跟我聊了些有关建立品牌模式的问题——比如，像巴克莱银行和伦敦共享单车，酋长球场……于是，我灵光一现就想到了——既然他们可以运用这种模式，那么或许泳池也可以借用？"

听他说着，凯特心中希望的种子开始生根、发芽。

"继续说。"她说道。

"嗯，或许我们可以找一家愿意在泳池做广告的企业。再加上一直以来对它的报道，真希望媒体能挖掘到你今天被锁在里面这个题材……"说到这儿，他停住了，几个人都笑了，"……总会有一家广告商对它感兴趣。我已经调查了几家公司，还列了份清单，如果他们之中的哪家对此感兴趣，泳池或许就可以继续营业了。"

说完，他把手插在口袋里，看着凯特和杰伊，等着他俩的反应。此时的凯特真想从窗户跳出去，给这个了不起的年轻人一个大大的拥抱。

"棒极了！艾哈迈德，"她说道，"真的很棒。而且，这一定值得我们试一试。"

这时，凯特的电话铃响了。她低头一看，吃了一惊，手机屏幕上显示的是罗斯玛丽。她赶紧转过身，好不让杰伊和艾哈迈德听出是谁打来的。凯特深吸了一口气，接了电话。

"罗斯玛丽。"她说道。

"凯特，对不起。我之前犯了个大错误。"

电话那头，她的声音颤抖着。

"罗斯玛丽，你还好吗？"

罗斯玛丽抽了一下鼻子，语调终于变得欢快了一些。

"是的，是的，我很好。我真的很好。可是，我突然意识到，自己真是傻透了。我本应该勇敢面对——其实，我没去泳池，是因为没有足够的胆量，不敢面对你，不敢跟我的朋友们讲话。"

"没关系的,"凯特说道,"我知道,这对于您来讲一定很难。一定很难。不过,能再次听到您的声音真好。"

"能再次听到你的声音我也很高兴,凯特。听着,我一直在想……"说着说着,她的语速快起来,语调也越加地坚强,"事情还没完,我们一定可以做些什么。"

于是,凯特告诉她自己现在在哪儿,告诉了她活动计划。

罗斯玛丽听了哈哈大笑起来,这笑声给了凯特前所未有的力量。

"我承认,我早就听到示威者的声音了,不过倒是没想到你居然被反锁在里面!我的老天。乔治要是知道了,一定很高兴!活动搞得好!你,凯特·马修斯,比我想象的要勇敢得多。"

此时此刻,杰伊和艾哈迈德正看着凯特,这次轮到凯特脸红了,他们俩听到了一半的谈话内容。她一边听电话,一边抬起头看着他们俩,突然想起了艾哈迈德的主意。

"罗斯玛丽,艾哈迈德想了一个绝妙的主意,或许能换一种方式帮我们拯救泳池。我想,要是有人能帮他,一定能成功,可是我现在被锁在里面……"

接着,她把这主意讲给罗斯玛丽听。

"艾哈迈德在那里吗?"罗斯玛丽说道,"跟他说,他真是一个聪明的孩子。"

凯特传话给艾哈迈德,小伙子脸"唰"的一下又红了,之后她又接起电话。

"那么,您能帮艾哈迈德吗,罗斯玛丽?你们俩可以一起去和商家见面洽谈,您把有关泳池的记忆全都讲给他们听,就像在市政厅时一样。"

"当然可以,"罗斯玛丽回答道,"无论如何都要去。"

说完再见,凯特挂掉电话,转过身来看着艾哈迈德。

"看来,你有商业伙伴了,她会一起跟你执行这次任务。"

第五十七章

我等这一刻等了好久

终于，凯特和杰伊有了独处的空间，空荡荡的泳池静悄悄的。此刻的泳池似乎比以往任何时候都要大，宛如一座他们在夜里守护着的城堡。她有些发抖，对于这样做是否合适心里犯嘀咕。可是，她就是想坚持到最后。泳池就像一个新家一样迎接了她，她想要在泳池围墙内安全的港湾里待到最后一刻——直到被迫离开的那一刻。当她再次听到罗斯玛丽的声音，她知道老人没有彻底放弃，这让她心里又重新有了目标。

"我饿了。"安静了片刻，凯特说道。

"我也是，"杰伊说，"要不，我们看看能找到些什么吧？"

于是，两人回到咖啡馆，打开包，把里面的东西放到一张空桌子上。凯特拿出一包霍诺比斯消化饼和一盒乳蛋饼。杰伊有三明治、奇巧巧克力和两罐金汤力，还有奎宁水。他们的包里还有很多备用的食物，够挺一周的——以防万一。

"好一顿大餐！"凯特说道。

"这是你做的吗？"杰伊指着乳蛋饼问道。外面的酥壳眼看要掉下来，一面有些烤焦了，不过看上去还不错，杰伊突然觉得更饿了。

凯特爽朗地笑着。

"是我做的！"

听口气，凯特很骄傲，惹得杰伊都有伸出胳膊把她搂到怀里的冲动。

突然，周围一片漆黑。

"该死。"

与此同时，一束白色的月光从外面射进来，不过窗子对面的另一半屋子依旧漆黑一片。杰伊试着找到灯的开关，把它们全部打开。

"很有可能是他们把电闸拉了。"他说道。

这时，只见凯特消失在咖啡吧后面，她蹲下来，好像在找什么东西。"我在想，它们是不是还在这里。"她一边说一边找。终于，她站起身来。

"找到了。"她说。

接着，她拿着几根大蜡烛和一盒火柴回到桌子这边。点上蜡烛，瞬间整个房间都笼罩在橘黄色的烛光中。烛光和两个人的脸映在玻璃窗上。泳池外面漆黑一片，安静极了。

"完美。"杰伊帮凯特拉开椅子让她坐下，接着自己也坐下。

"谢谢。那我们就开吃？"

说着，她从早就准备好的布包里把刀拿出来，切了两块乳蛋饼。一打开金汤力和奎宁水，瓶子里发出的"嘶嘶"声真是悦耳极了。

"干杯。"

"味道真棒！"杰伊一边说一边又咬了一口乳蛋饼。

"谢谢你，我虽然不是什么好厨子，但我一直在学，是乔治一直在教我。"

杰伊一脸疑惑，凯特解释说，她一直都在研究乔治笔记本上的食谱。

接着，她不再说话了。

"罗斯玛丽同意帮艾哈迈德，我真高兴。可是，如果这个计划还是不管用，她能接受吗？若结局依旧如此，我觉得她肯定受不了。要知道，她的整个生活是以泳池为中心的。"

接着，两人都安静下来，想着罗斯玛丽和她的泳池。

"对她来讲，这一定很难，"终于，他开口说了句，"毕竟泳池已经陪伴了她一辈子。"

他们望向黑黢黢的窗外，想象着罗斯玛丽在这里经历过的所有事情、遇见的所有人。她在这里游过多少次泳了？多得数不清了。后来，两人在烛光中静静地把剩下那算不得晚饭的晚饭吃完了。夏夜将它的脸颊贴在窗上，天空中繁星闪烁，映在泳池的水面上。

"你觉得明天会发生什么事呢？"凯特抿了一口金汤力，在酒的作用下，她脸颊红扑扑的，问了一句。

"我也不知道，"他说，"可能明早我们就会被赶出去，或许还会因为非法翻墙而被抓。"

凯特叹了口气。

"嗯，是啊。"

她望着那边暗黑色的水面，心里想着过去几个月里来这儿游泳的场景。她住的地方离这里不过15分钟左右的路程，但是被派来执行采访任务之前，她从未来过这里。相见恨晚。

"我之前以为自己会害怕，"她说道，"可此时此刻，我并不怕。"

她看着玻璃窗上的自己，第一次没有躲避自己的目光。她坚定地看着。"我来了，"她想着，"我就在这里。"

她转过身朝向杰伊。

她想到过去的几年里，自己总是忧心忡忡。恐慌症羁绊了她太长时间。来这座泳池之前，她总以为只要一站到跳板上，自己就会因恐高，而导致身体不能保持平衡。可是事实证明，她一点儿也不害怕。她已经做好了跳水的准备。

想到这儿，她站起来，身体探过桌子，双手坚定地捧起杰伊的脸，吻了他。他惊讶地眨了眨眼，接着上前回吻了她。两人把椅子挤到一边，尴尬地站起身来，嘴唇依旧吻在一起。接下来，他把她拉到跟前，腰身贴在一起，伸出胳膊将她拦腰抱住。他的嘴唇暖暖的，她的手碰到他的胡子，那胡子有些粗糙。她也把他拉到跟前，直到胸腔紧紧地贴在一起，两人的心脏跳得好快，像拍手的节奏一样。这吻跟第一次大为不同，她意识到了其中的缘由，因为这次她做好了准备——准备好了接受他的爱。

两人在烛光中亲吻着，凝视着彼此的脸。过了一会儿，他们放开彼此的唇，轻柔地亲吻起彼此脸颊、耳朵、下巴、脖子。他亲了她的眼睛，她亲了他的脸。没多久又再次接吻。

不一会儿，她轻轻地推开他，看着他的脸。他也看着她，一只手放在她脸上。

"老天，我等这一刻等了好久。"他说道。

"我也是。"

话一出口，她才真正意识到，或许之前她过于担心了，不过这正是她想要的。他正是她期待的那个人。她再次上前亲吻他，又放开，深吸了一口气。

"如果这真的是泳池开放的最后一天，我想我们该去游泳。"她一边说一边把套裙从头上脱掉。

"确实如此。"他一边回应，一边解开衬衫。两人边朝泳池走边脱衣服，衣服散落在经过的地方。她花了好长时间才克服心理障碍，不过最终她还是克服羞涩，把衣服脱了个精光。杰伊进到水里，冷得他大叫了几声，她见了哈哈大笑。就这样，他们在泳池里游泳，月亮在空中望着他们。

"我还真不习惯！"他说道。听了这话，她又哈哈大笑起来，接着潜到水里，头发像海藻一样在身体周围飘散开。她的手臂在身体前伸展开，张开眼睛看着自己苍白的皮肤和远处杰伊的泳姿。她也不清楚，到底是他还是这冷水让自己的心跳得如此之快。紧接着，她来回换了几次气，朝他那边游过去。

起初，两人像孩子一样一边哈哈大笑一边玩水。后来，他们停止嬉闹，一起静静地游了几个泳程。他背朝下漂在水面上，她也是。她试着数天上的星星，可是星星太多了，根本无从开始。

他们游啊游，直到累得发抖才从水里出来，这时，他们的皮肤冰凉而且有些触痛感。

"毛巾呢？"杰伊问道。

他们拿起一个灯笼，抱着一堆衣服，凯特带他过了走廊来到前台，两人一边走，身上的水一边往下滴。她在前台办公桌后面找了一通，找出来一只盒子，里面装满了白色的毛巾，今天是泳池营业的最后一天，员工放在这儿的，没人动过。他们赶紧把毛巾披到身上，相拥着给彼此取暖。

"时间一定很晚了。"她突然意识到时间在流逝，好像是在地下沉睡了很久才出来一样。前台上方挂着的大钟告诉他们，已经是夜里十二点半了。

忙了一整天，她这才意识到累，写文章、组织示威活动，花费了如此大的精力。她累坏了。即便再次听到罗斯玛丽的声音，即便知道朋友又回来跟她们并肩作战，此时此刻，她已经打不起精神。于是，她拿起一盒毛巾、自己的衣服还有大帆布包，杰伊跟着她，两人去了瑜伽室。她借着光亮四处张望，直到发现角落里的瑜伽垫。她把盒子放下，把垫子拉到屋子中央打开，铺散开。他帮她把瑜伽垫铺到地板上，又把那如同毛绒床单的毛巾披上。

"真是完美。"他说道。

凯特弯下腰从帆布包里拿出一只睡袋，放在瑜伽垫和一堆毛巾上打开。睡袋只有一只，不过她觉得并无大碍。

整个房间在烛光的映照下闪闪发亮，沿墙有一排镜子映着两个人的身影。屋子另一边是一扇长长的窗户。外面天已经黑透，凯特的头发散在肩膀上，她那用毛巾紧紧裹住的身体，冻得直发抖。

"到我这边来。"杰伊一边说一边用胳膊搂住她，亲吻她。两人一边亲吻，一边站起来，又一起坐下，后又躺在那一堆垫子和毛巾上。她探过身来，一口气把蜡烛吹灭。黑暗中，他在她身后躺着，把她紧紧地抱在怀里，两人的身体紧靠着，成为一个 S 形。紧靠在他身上，她后背能感受到他跳动着的心脏。

"我们可能会被抓起来，"快睡着的时候，她小声地说了句，"不过能在这里，我很高兴。"

"我也是。"

淡淡的月光从窗外照进来，照在犹如湖面的镜子上，他们睡着了。

第五十八章

我们争取到了一次机会

第二天，罗斯玛丽和艾哈迈德约在布里克斯顿庄园的一家咖啡馆碰面。她提前到了一会儿，在正对市场的角落里挑了张桌子坐下。她看着人们从窗前经过，有的还会往里望一下。走出公寓的感觉真好。一周没出来活动了，此时的她感觉浑身充满全新的活力。膝盖一直疼，虽然这几天把心思放在了别的事情上，但是依旧没能分散疼痛的注意力。她一只手不停地拍打着大腿，一边等着艾哈迈德。想着泳池的事，她的心脏"扑通、扑通"地跟着拍打的节奏跳动，真希望这次的计划能奏效。这时，艾哈迈德进了门，胳膊下面夹着iPad，她朝他招了招手。他朝服务员问来wifi密码，接着便向桌子这边走来。

"看看，现在像个大人了。"罗斯玛丽一边说，一边拉着他，给了他一个拥抱。刚开始，他还觉得不好意思，不过他很快就沉醉在这位老人有力的拥抱中。

"我听说你考完了，"她看着他，面带微笑，退后一步拉着他的胳膊问道，"干得好。"

一时间，她脑海中浮现出他在泳池前台复习功课、桌子周围铺满了过期告示的情景。忆起有关泳池的往事，一想到泳池很快将成为一段回忆，她就一阵心痛，可是她依旧努力地保持着笑容。

"还不知道能不能通过。"艾哈迈德害羞地说道。

"噢，我觉得你一定能通过。别担心。"

两人一起坐下来，艾哈迈德跟罗斯玛丽提了几家他想联系的企业，商量着该怎么跟他们说。看到他在 iPad 上绘制的表格，她备受感动——那表格让人一目了然，她这样评价，惹得他脸"唰"的一下红了。

罗斯玛丽从没想过自己会说这样一番话，"您好，能让广告部接电话吗？"只一个早上的时间，这句话就被她说了将近20遍。接着，艾哈迈德接二连三地接到各家企业打来的电话。罗斯玛丽每打完一个电话，艾哈迈德就把信息敲到 iPad 里。后来，换艾哈迈德打电话，罗斯玛丽做记录。

几小时过去了，眼看清单上的电话号码就要被打完了，可还是没有哪家企业明确表示要和他们见面。艾哈迈德重重地瘫在椅子上，满脸失望。罗斯玛丽也好想哭——像个孩子一样在咖啡馆里一把鼻涕一把泪地大哭一场。可是，她想起了艾哈迈德，也想起了乔治。她在想，要是换成乔治，他会怎样做呢？乔治会慈祥、耐心地对待这个年轻人。

"我们再来点茶吧。"罗斯玛丽一边说，一边轻轻地拍了拍艾哈迈德的肩膀，接着她站起来，摇摇晃晃地朝柜台那边走去。她刚离开，艾哈迈德就拿起电话，接着打给下一家。

柜台前排着一小段队，罗斯玛丽排队等着的时候在前台发现一摞《布里克斯顿纪事报》。她急忙上前拿起一张，一下子就认出那个上头版的人。

"当地记者为了拯救布洛克韦尔·利多泳池参与示威活动"，标题是这样写的。空荡荡的咖啡馆里坐着的那个人正是凯特，当时她正往窗外的泳池张望，门被打开了。旁边放着一只帆布包，睡袋的一角从包里露出来。一定是杰伊拍完照片发给他们的，她心里想。再一想，两人被锁在泳池里，门后堆了一排椅子和健身机器，罗斯玛丽忍不住笑了，而且笑意越来越浓。

几分钟后，她端着装了茶水的盘子从柜台回来座位的途中（小心地不让茶水迸溅出来），发现艾哈迈德正兴高采烈地打着电话。他抬起头看着她，做了个竖起大拇指的动作。看到这情景，她端盘子的手更抖了，小瓶子里的牛奶洒在托盘上。柜台后的服务员见此情景赶紧过来帮她托住，慢慢地放到桌子上，然后微微跟她点了个头。她也点头回应，表示感谢。

等她坐下来，把牛奶擦干净，艾哈迈德挂了电话，满脸笑容地看着她。

"我们争取到了一次机会，明天去跟一家企业约谈！"艾哈迈德说道。这次，他主动上前来给了罗斯玛丽一个大大的拥抱。

第五十九章

暴风雨来临前的宁静

醒来之后,凯特反应了好一会儿才弄明白自己在哪儿。她盯着瑜伽室的棚顶,听着身边杰伊重重的呼吸声。她不想动,便尽可能一动不动地躺着,就这样过了一会儿,外面空荡荡的泳池里传来阵阵轻柔的吵闹声。原来是窗外鸟儿的喉管振动发出来的叫声,其他的一切都是寂静的。躺在她旁边的杰伊身体暖烘烘的,她又往他那边靠了靠,感受着他的体温,既踏实又安全。她心里想着,翻个身应该不会吵醒他,于是,她用胳膊搂住他,一碰到他的皮肤,她的心跳立马加速。这让她想起第一次到泳池游泳时的场景,当时沾到冷水,她的心就像要跳出来一样,全身的细胞都苏醒过来,变得更加有生命力。

她盯着天花板,心里想着,警察多久会赶来。他们今天能来吗?还是明天?他们会把她抓走吗?那将会是怎样的情景?之前,除了违章停车被贴上罚单,还从没有做过太过分的事。罗斯玛丽那边怎么样了?如果艾哈迈德的计划不管用怎么办?要是泳池最后真的关停,被天堂居改建成专门为富人创建的网球场该怎么办?眼前的一切像探不到底的深海,又像黑洞。她完全理不出头绪,也不想理。于是,她索性转过身,头枕在杰伊的胸口,睡梦中的他无意识地将她揽在臂弯里。

就这样过了一会儿,他醒了,亲吻着她的额头。

"看来,我不是在做什么不靠谱的梦吧。"他依旧带着睡意说道。

"这不是梦,你跟我一起被困在这里了。"

他打了个哈欠,把她拉得更近些。

"我们该起床了。"最后,她说了句,确认完窗外没有人之后,两人伸了伸懒腰,从临时床铺上起来,把床边胡乱缠在一起的衣物交给彼此赶紧穿上,不过两人丝毫没有觉得不自在。

接着,他们回到咖啡馆,打开通往泳池的门,坐下来吃了一顿不入流的早餐——昨夜吃剩下的乳蛋饼和巧克力豆。

"看起来好奇怪,怎么这么安静。"吃完饭后,两人往椅子上一靠,望着泳池里的水,凯特说了一句。

"这是暴风雨来临前的宁静,"杰伊说道,"罗斯玛丽或是艾哈迈德那边有消息吗?"

凯特看看手机,摇了摇头。她知道,他们一定在忙着赶任务,不过此时此刻,两人一同被困在泳池的围墙里,凯特觉得仿佛这个世界只剩下她和杰伊了。

在这片唯美的晨光中,池水波光粼粼。在这之前,虽说已经多次见过这番景致,可今日依旧为这汪蓝色的精灵而感到震撼。看着这蠢蠢欲动的池水,凯特走到水边。太迷人了!这次,杰伊没有跟在她身边,而是坐在椅子上静静地看着她,脸上带着笑容。

"我真无法相信,我来泳池静坐示威居然没有带泳衣,"说着,凯特开始脱衣服,"这是我独占泳池的绝佳机会。"

她站在泳池边上,知道杰伊在身后看着。她很清楚,自己的身材并不完美。不过,她觉得无所谓。只见她走下梯子,滑进水里。

她沉到水面下待了一会儿,然后睁开眼睛。刚开始,水下有些模糊,不过紧接着,眼睛适应了环境,这时,一整座泳池在她眼前延伸开来,这里空荡荡的,只有几片落叶慢悠悠地在水里打转。看上去有些奇怪,给人感觉像演员出场前的舞台一样。接着,她猛地从水里钻出来换气,开始摇摇晃晃地游起蛙泳来。

真讽刺啊，偏要等到快结束的时候才想到享受这番清净与美好，一个人在冷水里游泳的时候她心里这样想。突然她意识到，这很有可能是自己最后一次在这座泳池游泳了。一想到这些，她的心如同被撕裂了一般，可是当她感受到清凉的水、铺洒在水面上的阳光时，这份简单的快乐又让她坚强起来。

等到游累了，她才爬上岸，站在岸边把身体晾干，穿上衣服。

"老天，你太美了！"她回来，在他旁边的椅子上坐下，杰伊发出这样的感叹。听了这话，她有生以来第一次觉得自己或许很美。

两人在一起坐了一会儿，接着听到泳池墙外传来一阵吵闹声。只见他们神情紧张地围在入口处探头往里看，透过一排桌椅后面的玻璃窗向里面张望。

示威者拿着标语站在这里，不过这次一队警察参与进来，跟在他们后面穿过草地。凯特心一沉，皮肤上一阵阵刺痛感袭来。终究还是来了——他们就要被赶出去了。钥匙会交到警察手里，等泳池招标的事一结束，钥匙就会交到天堂居的人手上。再接下来，一切都结束了。

她那抓着杰伊的手被他紧紧地拉着。

凯特看到霍普正在跟其中一位警官交谈，接着又递给他一条标语。最后，这群人一起来到泳池门外。

一名警官是一个五十几岁的男士，穿着警长制服，其他三名年轻许多——两位女士和一位留着络腮胡子的男士。他们身上的制服看上去是崭新的，当霍普再次尝试将标语条幅递给他们，鼓励他们接过去的时候，看得出来，几个人有些不知所措。只见那位年长的警官试图推开人群往门外走，却被霍普、弗兰克、杰梅因、杰夫、埃利斯和杰克围成的人墙挡住了去路，他们将几位警官与泳池的入口隔离开来。

"请走开，我们不想把事情弄复杂。"凯特听到那位警官这样说道。

"我听说有两个人在里面——我们想找他们谈谈。"那位警官朝凯特和杰伊这边高声说道，此时两人正贴在玻璃窗上往外望。

"能听见我说话吗？"警队队长喊道。

凯特和杰伊越过一辆运动单车的车座（这是第一道路障）朝他看着，点了点头。杰伊依旧牵着凯特的手。她能够感觉到自己的五脏六腑在搅动，心跳急剧加快。眼泪在眼圈里打转，不过她还是强忍住，没让眼泪掉下来——不能在战败的时候让人察觉到她的难过。

"现在，我建议你们二人自觉离开这座建筑，"警官说道，"否则，我们就得强行把您二位带离这里。"

"比利·胡珀，真希望你不要用这样的语气讲话。"示威队伍中，有人这样说道。

只见几位警官和示威者纷纷让出一条路来，走上前来的是罗斯玛丽，她正朝泳池入口走来，旁边跟着艾哈迈德。她透过窗户看了看凯特，朝她点头笑了笑，凯特紧张的心终于平缓了一些。

"皮特森夫人。"警官说道。他低下头摆弄起双手来，霎时间，他看上去不再像一位身穿帅气警服的五十几岁的执法警官，倒像一个穿着破旧校服的小男孩儿。

"里面是我的两个朋友，"罗斯玛丽一边说，眼睛一边盯着胡珀警长，他终于抬起头。两人对视了一会儿，接着罗斯玛丽继续轻声说道，"你的几个孩子怎么样了？听说你刚刚晋升为祖父。恭喜呀！"

胡珀警长跟罗斯玛丽聊了一会儿之后，转身朝向凯特和杰伊这边，抗议者纷纷围拢过来。

"是这样的，"他说了句，"老实讲，你们待在这里并没有触犯法律。这栋建筑的所有者——到目前为止依旧是市政委员会——我们接到法院的指令后才有权让你们离开。在那之后，若你们还是不走，我们便会执行命令强制你们离开。"

凯特和杰伊你看看我，我看看你。

"距离法院下达指令，还有几天时间。"看到他们忧虑的表情，警长说道。

"好了，"他又转过身朝向罗斯玛丽，继续说道，"皮特森夫人，我们把今天的时间留给您。明天，我们还会过来，维持秩序。若是造成什么损失——那他们可真的有麻烦了。"

凯特听了这话几乎要笑出来——难道示威者有什么理由破坏这个拼了命都要保护的地方吗？

正当他要离开的时候，那位年轻的警官上前跟上几步，他回过头来。

"你我都不愿意看到这座泳池被关停，"他说道，"我小时候常常来这里游泳——我们大家都是。可是法律就是法律，不管我们愿意与否，天堂居一定会争取这座建筑。这已经是无法改变的事实。"

他朝罗斯玛丽点了点头，接着转身和几位同事穿过草坪，消失在公园里。看着他们离开，凯特的呼吸终于恢复正常，这才放开杰伊的手。

"到底是怎么回事？"凯特问道，"他看上去很怕你，罗斯玛丽。"其他示威者也围上来，想听一听为何胡珀警长看到皮特森夫人会如此羞怯。

罗斯玛丽摆摆手，似乎没把这当回事。"比利还是个孩子的时候，经常来乔治的店里。他爸爸很长一段时间没找到工作，他有四个弟弟和四个妹妹，所以乔治经常往他的购物袋里额外塞些东西。谁都没有注意到乔治这样做，不过他是个聪明的孩子。"

"乔治为人一向如此。"杰梅因说道。

"嗯，他是一个善良的人。"她回应着。

示威者们又聊了一会儿，庆祝这次小小的胜利。

"我看这样一来，我们得等法院一声令下了？"凯特跟杰伊说道。他点了点头。

"可能还得有几天时间——我们有足够的食物撑到那个时候吗？"他问道。

"我也不确定，"凯特回应着，"到时候就知道了。希望能吧。"

听说要有法院的指令才会产生法律效力，示威者们这才放心地离开。凯特和杰伊不会有什么危险，目前来看，任何人都没有权力将他们赶出去。

"明天见。"他们隔着玻璃窗朝其他人挥手告别。

最后离开的是罗斯玛丽和艾哈迈德，她们站在离窗户最近的地方，凯特和杰伊能够从里边看到她们。罗斯玛丽告诉他们，明天早上她和艾哈迈德将跟一家企业洽谈。

"嗯，多亏了艾哈迈德。"她说道。凯特看得出来，他又多了几分信心，几次考试下来，再加上操心泳池的事，他好像从一个大男孩儿一下子历练成了一位男青年。她真希望自己也能跟他们一起去洽谈。

"可那样的话，谁来看守泳池呢？"罗斯玛丽说道，"不行，你和杰伊必须待在这里——保护泳池的安全。"

"看样子，明天是至关重要的一天了。"凯特一边说，一边紧张地盯着其他三个人。

"我也是这样想的。"罗斯玛丽说道。

接着，大家都沉默下来，想象着明天会是怎样的一天。此时此刻，除了那对绿头鸭悄悄地从水面上掠过，没有人来享受这美妙的景致，即便如此，傍晚的阳光一如往常洒在水面上，照在他们身上。

第六十章

有的时候，什么都比不上老物件

艾哈迈德在罗斯玛丽公寓楼对面的公交站等她。今天，他穿了一套西装，尺码比他的身型大，身体套在里面显得有些不合身。

"真不好意思，"看到罗斯玛丽过来，他指着身上那件松松垮垮的西装说道，"是我爸的。我妈说，如果我通过考试，就给我买一件正经西装。"

"我觉得你看上去很精神，"罗斯玛丽说道，"从来没见你这么帅气过。"

罗斯玛丽穿了一条淡蓝色的西装套裙。早上穿的时候她还在想，看这衣服的颜色，一下子就能联想到泳池，很适合今天的场合。艾哈迈德听了一边开心地笑，一边伸手去扶她。

"您准备好了吗？"他说道。

"准备好了。"

"我有些紧张。"

"我也是。"

不一会儿，公交车来了，两人挽着胳膊上了车，在靠近车门的地方找了两个座位。接着，汽车沿路继续向前开，罗斯玛丽望着窗外，她的布里克斯顿从眼前快速闪过。汽车绕行公园一圈，接着就往布里克斯顿山那边拐去，经过教堂的时候，一群无家可归的流浪汉正坐在那里，默不作声地从塑料口袋中把特制啤酒拿出来喝，再接下来，汽车经过电影院，沿着那条通往弗兰克和杰梅因书店的路继续向前，一群人从地铁站出来拥到大街上。她使劲儿往电动大街那边张望，心里想着不知能否看见埃利斯，不曾想看到的却是乌泱泱的一群人，他们正穿梭于各家用条纹遮阳棚遮着的摊位。接下来的布里克斯顿俨然变成另一座城市，她再也认不出两边的街道和店铺。咖啡馆和公园都已经成为陌生人的地盘。

接着，汽车穿过肯辛顿和帝国战争博物馆，一排大炮在入口处守卫着。他们又经过兰贝斯宫，它在盛夏日光的照耀下熠熠生辉。穿过兰贝斯桥的时候，罗斯玛丽和艾哈迈德不约而同地打量两边的河岸，他们看到一边的伦敦眼和国会大厦，又看到另一边一栋栋高耸入云的玻璃墙建筑，那建筑反射着阳光，闪闪发亮。汽车继续往前开，过了威斯敏斯特教堂、大本钟和国会广场，有一群示威者举着告示牌，还把条幅系在围栏上。罗斯玛丽使劲儿地看着上面的标语，想知道都写了些什么，却一个字都看不清楚。她心里想，这些人在这里待多久了？他们在争取什么呢？忽而又想到，这些人能打赢这场战争吗？她真希望他们能赢。

到了特拉法尔加广场，由于交通繁忙，车速慢了下来，罗斯玛丽和艾哈迈德看到纳尔逊纪念柱和几只铜狮子，狮子的嘴巴微微张开像要说话。广场上簇拥着一大群游客，还有鸽子、查理·卓别林的石膏像，以及铁皮人（把帽子放在地上用来收集钱币）。

终于，车子在终点站摄政街停下。

"谢谢您，司机师傅。"罗斯玛丽被艾哈迈德扶下车时说了句。

汽车开走了，把两个人留在马路上。他们正好在哈姆雷斯玩具店外，街上到处是小孩儿和他们的父母，人们从商店的大门不停地进进出出。哈姆雷斯玩具店的店员站在门口，有几个穿着红色制服，其余人则穿着一身儿童装。一群学生正挤在一只"大熊"旁边拍照。

"借过一下，借过一下。"一位母亲拉着女儿的手从学生中间挤过来，直奔玩具店。艾哈迈德和罗斯玛丽在街上愣了一会儿，看着身边川流不息的人群，听着车辆从身后呼啸而过。一个骑自行车的人回过头来朝汽车司机叫嚷了几句，突然有几个人横穿马路，惹得一辆小汽车不停地按喇叭。犹如高塔般耸入蓝天的便是那栋淡色墙体、镶有梯台的建筑，排列整齐匀称的柱子作为外表装饰，每一扇高大的窗户外都装有黑色的栏杆。

"走吧，"艾哈迈德最后说了一句，"我们走吧。"

罗斯玛丽紧紧地挽着他的胳膊，他带她沿街走着。购物者从他们身边匆匆经过，手里拎着的袋子不小心碰到他们身上，他们偶尔低头看手机，差点被撞倒。后来，两人转进比克街，相对来讲，这里安静一些，于是艾哈迈德停下来，拿出手机看走的方向对不对。罗斯玛丽在一旁等着，他低头看看手机，又抬头看看周围的街道。

"嗯，"他说道，"可能走错方向了。我们现在所处的位置并不是蓝色指示标所指示的街道。我不确定应该往哪个方向走。"

他又看了看蓝色指示标，一脸茫然地环视周围。

"对不起，我不想迟到的。"

听了这话，罗斯玛丽把手伸进包里，拿出一本破旧的地图。

"这个能派上用场吗？"

艾哈迈德看了哈哈大笑，他接过地图。两人一起低头翻找着，终于找到他们所在的街道，弄清楚了该往哪个方向走。

"好了，找到了。"艾哈迈德说道。

"有的时候，什么都比不上老物件。"罗斯玛丽回应道，说着顺手把地图放回包里。

离约定时间还差几分钟的时候，两人终于赶到了。企业的玻璃门窗让他们往里一瞧便瞧见了前台，一个涂着红色唇膏的女人正坐在前台后面讲电话。她满头银发，但面相很年轻。一定是皮肤保湿做得比较好,罗斯玛丽一边看着她,心里这样想。

吊顶上挂着明亮的灯泡,棚顶还吊着红色的装饰带,桌子后边看上去是不怎么体面的刨花板墙。棚顶看着像用木制包装箱做成。可能这间办公室是新装修的,员工们搬进来没多久。这里人不多,前台旁边摆着一张玻璃桌子,周围放着一堆高矮不齐的椅子。这里既有布袋沙发又有高脚沙发,还有餐桌椅和皮制的扶手椅。有个人正坐在布袋沙发上,正有些尴尬地不停地看手表。

这时,一位梳着马尾辫的年轻男士从他们面前经过,上了楼梯。接待员跟他挥手致意,只见他把手里的卡往左边门口划了一下,继而上了楼梯。

罗斯玛丽和艾哈迈德你看看我,我看看你。

"准备好了吗?"艾哈迈德问道。

"准备好了。"罗斯玛丽点头说道。

随后,两人一起上了楼梯。

"您好!"他们来到前台,接待人员热情地打了声招呼,"有什么能帮您的吗?"

"我们预约过了,"艾哈迈德一边说,一边伸手从口袋里拿出一张纸,那上面记着一些信息,"我们10点钟约了托莉·米勒。预约人是罗斯玛丽·皮特森和艾哈迈德·琼斯。"

只见这位年轻女士看着电脑屏幕核对了一下,点了点头。

"是的,我这就告诉他们说你们已经到了。"

"那是什么?"罗斯玛丽指着前台最边上一台高高的玻璃金属机器问道。

年轻女士笑着站起身来。上衣正好到肚脐眼上方,像用剪子齐刷刷裁剪掉了一般。

"是冰沙机,"她笑着说道,"您想来一杯吗?还是想来杯咖啡?我可以让我们的咖啡师给您冲一杯,怎么样?"

"噢，不，不。"罗斯玛丽摇头说道。如果是茶，她一定不会拒绝，可一听是咖啡，她还真说不好自己喜不喜欢喝，也不知道那些名字是什么意思。卡布奇诺、玛奇朵、白咖啡……对于罗斯玛丽来讲，这些名字没什么区别。

"那好吧，您稍坐一会儿，"年轻女士说道，"等他们准备好我就带您过去。"

于是，两人来到座位区，艾哈迈德坐在餐桌椅上，觉得怪怪的。罗斯玛丽选了一张扶手椅，可是她坐上去就后悔了，她深深地陷到坐垫里，像要被吞掉一般。等着的时候，罗斯玛丽两手一会儿交叉着放到大腿上，一会儿又拿下来，还不停地整理裙子、看手表。她做了几次深呼吸，努力保持镇静，暂且不去考虑今天这次洽谈的重要性。可是，她还是静不下心来。泳池一直在她脑海中闪现，心里乱糟糟的，一会儿想起几个月前跟凯特第一次游泳时的泳池，一会儿又想起战时经常去的泳池，那时她还年轻。后来，她又想起当年家里发生几场大的变故后，乔治为了让她冷静下来，便陪她去游泳的场景。她看到他一边冲自己笑，一边跳下水。接着，她又想象着泳池被关停并改建成私人俱乐部的情景——泳池被水泥填平，救生员的椅子也消失不见了。

"他们已经准备好见你们了。"这时，接待人员过来告诉他们。罗斯玛丽抬起头睁开眼睛，这才意识到自己在哪儿。艾哈迈德朝她点了点头。他帮忙把她从椅子上扶起来，两人一起跟着那位年轻女士通过安检来到一条长长的走廊。刚开始，年轻女士的步伐很快，后来当她发现罗斯玛丽和艾哈迈德跟不上的时候，就慢了下来。终于，他们来到走廊尽头一扇关闭着的门前。

"好了，就是这里了。"接待员说了一声，她打开门，里面是一间大型会议室。一张长条桌周围坐了十几个人。罗斯玛丽见状紧张得手都抖起来，只好把手牢牢地放在身前。

"访客到了。剩下的时间留给你们。"

桌子周围的一席人点点头，接待员把门关上。艾哈迈德和罗斯玛丽一声不吭地站在房间的最前方。

"大家好，我叫艾哈迈德·琼斯，"终于，艾哈迈德深吸了一口气说道，"我们之前通过电话。"

这时，他想起了爸爸的建议，走上前跟桌子周围的每个人握了握手。在这过程中，他努力地让手不发抖，保持镇定。围坐在桌旁的人们朝艾哈迈德点了点头。

"很高兴见到大家。"

"这位是罗斯玛丽·皮特森。"艾哈迈德说道。

罗斯玛丽依旧愣愣地站在原地，无法移步。于是，艾哈迈德只好退回几步，站在她旁边。

"我们在报纸上见过您，"桌旁坐着的一个人说了句，"文章写得不错。"

"那是凯特写的，"罗斯玛丽说道，"是我朋友凯特写的文章。"

桌子周围的人纷纷点头。

"请允许我们做个自我介绍吧。"坐在中间的一位年轻女士开口说道，她就是托莉，广告部经理；接着，其他人也纷纷报上姓名和职务。罗斯玛丽努力地想记住他们的名字，可是职务跟名字都混在一起根本记不住，最终她只记住了谁是首席品牌广告官。

那些人做完自我介绍后，艾哈迈德朝罗斯玛丽笑了笑，然后又对房间里的其他人笑了笑。

"大家都知道，我们今天来的目的是想建议贵公司以布洛克韦尔·利多泳池为平台做广告宣传，"他说道，"夏天的时候，布洛克韦尔·利多每天都能迎来数百名顾客。我们希望通过做广告的方式实现双赢——一方面，我们能让泳池继续营业；另一方面，贵公司也可以获得一个不错的宣传平台。比方说，泳池的池底是拍广告的绝佳地点。过去的几年，全国各地的报纸和杂志曾经拍过数十张泳池的鸟瞰照片。不过,说到它对我们的重要性,我的朋友罗斯玛丽将阐述一下她的看法。"

说完,他又退步回去,朝罗斯玛丽点了点头。接着,对方的注意力都转移到她身上。

"您要用幻灯片吗?"桌旁的一位男士问道。

"什么?"罗斯玛丽说道。

"您需要电脑吗?"

"不。"

"好吧。"

这时,屋子里出奇的安静,这么多人看着自己,还都是些年轻人,身穿西装套裙的罗斯玛丽突然觉得有些不自在。若是换作在泳池里,这么多人根本不算什么——一把衣服脱掉,人就都是一个样子。可是在这里,这群面孔新鲜的年轻人都梳着类似的发型,穿着类似的制服,这还真有些吓到她了。

"那就请您给我们讲讲泳池的事吧。"托莉说道。说着,她往前探了探身,胳膊放在桌子上。坐在她旁边的男士则身体向后,靠在椅子上,手里握着一支笔。其他人纷纷把椅子转过来,对着罗斯玛丽。艾哈迈德也向她转过身来,面带微笑,试着鼓励她。大家都看着她,静静地等着。

此时此刻,她好害怕最后的一线希望破灭,害怕不小心失误,所以只是站在那里一动不动。她心里清楚,这是最后的机会。她感觉到自己在颤抖,于是她闭上眼睛,脑海里回放着那片平静而广阔的水面。水面上漂着一道道绳子,将慢速、中速和快速泳道分隔开。泳池一边的挂钟正滴滴答答地响着,望着清凉池水中那些正在游泳的人。随后,她睁开眼睛。

"在布里克斯顿,我们有一座泳池,"她终于开口说道,"我已经在那里游了80年,泳池就是我的家。不过,她不只属于我——对于我们整个社区来讲,它都极为重要。"

起初,她的声音有些颤抖,可是随着叙述的展开,她的声调变得越发坚定有力。对面那些人看着她,艾哈迈德紧挨着站在她旁边。

"过去的几个月里,我尤其深刻地意识到这一点,以往我并不觉得。可笑的是,为什么等到泳池即将被关停才意识到它的特别之处呢?它跟别的地方都不一样。外界可能纷纷扰扰,可一旦进入池水,一切就都无所谓了。人们刚来这里的时候可能不太理解,可是跟布里克斯顿的其他地方相比,这里总是能让人静下心来。这恰恰就是它特别的地方——生活中,若想找个避风港,其实都不用出社区,去泳池就可以。有人管它叫布里克斯顿海滩——那里是孩子们所知道的唯一一处海滩。夏天,那里挤满了人,大人们舒展着身体躺在浴巾上,或是到水里和孩子一起玩耍。在那里,你能看见各个年龄段的人——年轻人一个猛子扎进水里,吸引众人的关注,小一点儿的孩子则在浅水区学游泳,生意人来这儿洗涤烦恼。至于我……"

她又在脑海中勾勒着泳池在盛夏时节的样子——孩子们的笑声、水花溅落的声音,还有照在脸上的暖暖阳光。

"那么您呢?"会议桌旁有人问道。"对于您来讲,泳池有着怎样的意义呢?伦敦还有其他泳池——为什么非要死守这一个?"

罗斯玛丽合上眼睛,眼前又浮现出那一汪清清凉凉的碧水。

"没错,或许还有更多更重要的东西值得我们去守护,在这个世界上还有更多更加重要的事情,"说着,她睁开眼睛,"我一直在对自己说,罗斯玛丽,没关系的。"

昨晚,她坐在床边一次次地对自己说着这句话,拼命地说服自己,没关系,不用非得参加洽谈会,不用非得站到那么多陌生人面前,不用非得拼死争取这最后一次机会。就算自己会失望,会失去泳池,会让乔治失望,又能怎样?

"可是这很重要,真的很重要,像当初图书馆被关停一样。"

她的声音越来越大,整个人激动得颤抖起来。她一只手扶着桌子,帮身体站稳。

"一到冬天,图书馆里就挤满了人,那里成为人们躲避寒冷的地方。可是,图书馆关闭之后,那些下雨天没处避雨的人要去哪里呢?真不知道他们还能去哪儿,我感觉这都是我的错,没能拼尽全力去保住它。"

"我丈夫乔治去世以后,只要天一下雨,我就像没了依靠。每当狂风暴雨来临,他就是我的避风港。他去世那年85岁,这辈子过得还不错。我不该讲这些琐事,有我这种经历的人比比皆是。我们生活得很幸福。"

他从水下钻出来的时候,脸上带着笑容,他睡觉时发出沉沉的鼾声,那些时刻,她的生活不再是乏味的。过去,那些事情往往让她晚上无法入睡,有时惹得她生气。可即便他睡着时喜欢打呼噜,即便她为此很生气,她依旧怀念那种感觉。

"可是,嗯,说实话,我很想他。"

说完,她深深地吸了口气,手指不停地拨弄着上衣扣子,不停地系上又解开,又系上。一只扣子松动了,扣子后面连着线,向下耷拉着,像一只断了茎的花。她整理了一下裙子,擦了擦眼睛,抬起头来。

"或许还有别的泳池,可那完全不一样。别的泳池里没有我的乔治,只有在我们的泳池里才能找到他。"

此刻,对面的一群人都在看着她,她却没有意识到。

"他走后,我坐在他常坐的那张椅子上,想象着他还在我身边的样子。我知道,这听上去很傻,可我并不觉得丢人。可就算是这样,我心中的苦也缓解不了几分。于是,我开始更加努力地寻找以前的感觉,可还是没用。他已经不在了。不过一去泳池,我就能感受到他的存在,那里到处是他的影子。"

早上,水面上那团雾气中,有乔治;湿漉漉的跳台上,有乔治;鲜亮色的衣柜边上,有乔治;当她踏进冰凉的水中倒吸一口冷气时,还是能看见乔治。周围的一切都在暗示她,他还活着,鼓励她要坚强地活下去。

"泳池赚不了多少钱,这或许是事实。我是一个脑筋不正常的老太婆,这或许也是事实。可是,我不能就这样失去泳池,不能再失去乔治。"

艾哈迈德张开胳膊,搭在罗斯玛丽的肩上,紧紧地搂住她。她深深地呼出一口气,激动的情绪耗尽了她所有的力气。会场安静了好一会儿,后来一位男士站起来。

"我们会考虑在泳池做宣传,不过我们要先商量一下。晚些时候再给您打电话。"说完,其他人也都站起身来。

"不过,还是要谢谢您能来,罗斯玛丽。还有你,艾哈迈德。"

自从开口说话,罗斯玛丽一直没能直视对面那些人,此时她终于抬起头来看了看他们。只见托莉的脸红红的,其他人在一个劲儿地眨眼睛,好像眼里迷了什么东西。

艾哈迈德再次跟大家握手,一一道别。接着,等在门外的接待员带他们回到门口。

"我们叫辆出租车吧,"艾哈迈德说道,"我觉得您应该坐车回去。"

她点了点头,接着他招手叫了一辆——她累得连话都说不出来了。回到公寓,要好好睡一觉,她这样想。她知道她本该去泳池那边把情况告诉凯特,可此刻,她想先回家,一个人静静地待一会儿。现在,她像被人榨干了一样,什么也不想做,只想一头倒在床上,躺在喜欢的那一边(乔治活着的时候她就喜欢躺在那一边)。两人上了出租车,坐在后座上,艾哈迈德再次欣赏着车窗外伦敦的景致,罗斯玛丽闭着眼睛靠在他的肩膀上。不知不觉中困意袭来,半睡半醒中她在想,自己已经尽力了,剩下的只能听天由命。

第六十一章

真为你现在所做的事感到骄傲

示威活动的第三天,凯特和杰伊焦急地等着法院下达指令。两个人在咖啡馆、泳池边和前台之间徘徊,穿过一系列障碍物,紧张地向外张望。凯特一听到泳池外边有动静,便以为是传达法院指令的人来了。她时不时地瞟一眼挂在泳池上方的大钟,仿佛连上面的指针都比以往走得慢。

今天来参加游行的人少了些。弗兰克是一个人来的,杰梅因留下来看店;埃利斯在这儿,杰克没来,他正在给爸爸看摊位。他们一直心怀歉意,所以想坚守到最后,不过生计还是要维持。队伍中要数霍普喊得最来劲儿,每当有人从公园穿过、途经泳池外边时,她就大声呼喊"不要填平我们的泳池"。午饭时分,这里聚集了一小群人——原来是在报纸上看到示威活动的消息利用午休时间慕名而来的附近居民。这些人刚刚加入示威群体的时候先是一阵喧哗,凯特从前台的门后看着他们。霍普给那些人发放标语条幅,埃利斯用手机拍照。过了一阵,那些新加入的示威者就回去上班了,埃利斯把照片传到"拯救布洛克韦尔·利多"的脸书上。

一天就这样过去了,无论是警局、委员会,还是天堂居方面,都没有任何动静。等待的过程中,凯特焦急地在泳池周围踱步,时而去前台看看。她想再游一次泳,可是她担心那些人在自己游泳的时候赶来——裸着身体——被撵走。于是,她只好到空荡荡的更衣室洗了澡,接着在电脑旁工作起来,随时关注着示威者那边的动静。一夜之间,关注人数飞涨,而且在持续攀升。她到推特上看了看,发现附近的居民和游泳爱好者纷纷换上了"拯救我们的泳池"标签。她工作的时候,杰伊安静地坐在旁边,时而探过头去看看前台,或者走到玻璃窗看看霍普和其他示威者的情况。下午时分,霍普和杰克跨过警戒线,站到泳池围墙这边,杰克大声喊杰伊过来,站到围墙的另一边。

凯特跟在他后面,两人并肩站在台面上,抬头看着那面砖墙。不一会儿,他们看到有东西从天上飞过来。杰伊倾斜着身体,张开胳膊伸手抓住了一只柔软的塑料午餐袋。

"希望它旅途顺利!"霍普在墙那边喊道。杰伊把袋子递给凯特,她把袋子打开,一个锡纸包——打开一瞧,是一块被压扁了的姜饼。

"我猜,你们可能饿了!"霍普喊道,"这是我在家做的!"

看着这块特意为她和杰伊做的有些扁的姜饼,凯特的眼睛湿润了。她强忍泪水,大声朝墙那边喊道:"谢谢您!"凯特想到当初刚搬来伦敦时,想到几个月前在布里克斯顿还不认识几个人,更别说会有人担心自己饿着,还给自己做吃的。这一小小的细节让她倍加感动,她和杰伊一起吃了姜饼,那是她有生以来吃过的最甜美的食物。

"真想知道罗斯玛丽和艾哈迈德那边怎么样了,"凯特一边吃一边这样说,"他们的洽谈应该结束了。"

想到这儿,两人又沉默下来。吃东西的时候,凯特快乐极了,可是一想到过不了多久自己会被赶出泳池,这快乐很快就消失了。接下来要做什么呢?难道要回家,跟那些陌生的室友(对此次活动一无所知,恐怕连她消失了三天都不知道)住在一起?

杰伊好像读懂了她的心事,他把凯特搂过来,紧紧地抱着她。这时,凯特口袋里的手机响了,她从杰伊怀里坐起来,顺手拿出手机。

"有什么消息吗?"

"还没有。"凯特给艾琳回了信息,"法院随时可能会下达指令。罗斯玛丽和艾哈迈德那边也没有消息。我猜十有八九不顺利吧。"

"坚持住,"姐姐回信息说,"真为你现在所做的事感到骄傲。"

艾琳的话让凯特多了几分信心,可是她依旧觉得累,便又躺回到杰伊的臂弯里,让他抱着自己。

"一切都会好起来的。"杰伊轻声说道,两人好像都是这样的想法,一切都会好起来。

过了一会儿,他们休息好了,便走到前台看看情况。正当两人朝门口走时,凯特看到艾哈迈德朝他们这边走来。她下意识地寻找罗斯玛丽的身影,却只看到他一个人。

抗议者纷纷给艾哈迈德让路。他依旧穿着那套不合身的西装。凯特来到玻璃窗前,为了让彼此听到,两人几乎是用喊的。

"怎么样?罗斯玛丽呢?"

"我觉得还行吧,"他回答说,"她回家等电话去了——他们说,明天之前会给我们答复。我猜她一定是累坏了——回来的路上一直睡着。"

凯特努力想象着罗斯玛丽站在那间豪华办公室里、站在一群广告人面前的情景,可是,那里跟泳池不同,她怎么也想象不出当时的罗斯玛丽是什么样子的。

这一天剩下的时间里,她每隔几分钟就看一下手机,可是除了艾琳发来的几条信息,没有任何音信。艾哈迈德也不停地看手机,没有未接电话,也没有信息。到了一点钟的时候,手机铃响了,他兴奋得差点把手机掉到地上,可低头一看,是他妈妈打来的,问他是否按时回家吃晚饭。

又过了一会儿,凯特再也忍不住了,她拨通了罗斯玛丽家的电话,问她收没收到广告商那边发来的消息。

"没有,"罗斯玛丽说道,"我一到家就守在电话旁边,连动都不敢动,卫生间也没敢去,就是怕错过他们的电话。"

"我觉得，您要是忍不住的话，可以去卫生间，罗斯玛丽。"凯特说道。

"嗯，你不知道——我是不想错过……"

"等他们那边有音信了记得给我打个电话，好吗？"

"好的。"

下午，两人在等警局、市政委员会和天堂居的官方消息时，听到外面传来一阵阵大笑声和聊天声，觉得十分好奇。她从咖啡馆走到泳池前（她一直都是从这里看示威者的动静，顺便查看脸书，再看看泳池前面）顺着声音往外瞧。只见两排小女孩儿正手牵着手从公园那边走过来，前面由两个成人带领着，统一着黄褐色的服装。费尔在她们旁边。队伍越走越近，凯特发现孩子手里都拿着一张纸，走路的时候，纸张跟着忽闪忽闪地摆动。

"我们刚从附近的布朗尼蛋糕店过来，"其中的一位成年人走上前来说道，"我们是来参加示威活动的。"埃利斯和霍普欢迎她们的加入。费尔脸上带着些许困意，埃利斯依旧上前来跟他握手。

"我们这些女孩子，大多数在附近学校上学，游泳课就在这座泳池上。一听说泳池要关停，她们急坏了。于是，我们就来了。"其中一位带头人说道。

"我觉得，这个故事不错。"费尔补充道，眼睛紧张地盯着玻璃窗那边的凯特。他们对视了一会儿，接着费尔走开了，他那紫红色的脸颊一下子更红了，脸色比以前鲜亮了很多。

"我这里有些消息要告诉你，"他一边说，一边避开她的眼神，"我听说法院指令的下达要比他们想象的迟一些。不过应该很快，你顶多还有一两天的时间。"

凯特点点头，很感激费尔传递来的消息，心里一直纳闷，他是从哪儿得到这消息的呢？一想到接下来的几天里可能会发生的事情，她浑身上下都很不安，不过她努力地把注意力放到孩子身上，她们正手拉着手，跟旁边的大人们说着话。

"孩子们自己做了标语条幅，"布朗尼蛋糕店的人说道，孩子们放开彼此牵着的手，面朝凯特站成一排。她们举起手中那些画有泳池的纸挥舞着。孩子们手中的画大小各异，不过有一个共同点——碧色的水池和活泼好动、在水中嬉戏或是在沙滩上玩耍的人们，人们脸上都洋溢着开心的笑。看到孩子们手中的画纸，泳池被她们画成了各种形状，涂上了各种颜色，见此景象，凯特感动得又要哭起来。

孩子们转过身，把手中的画拿给其他人看。

杰伊在玻璃窗的另一边拍了张照，埃利斯在窗户的另一边也用手机拍了一张。

"拯救我们的泳池！"领队喊一句，孩子们跟一句，接着喊口号的频率越来越快，直到大家忍不住笑了，后来她们就聊起天来。

布朗尼蛋糕店的人在这里待了一会儿，他们那欢快的声音让凯特想起夏日泳池里挤满人（在这里戏水，尽情地享受）时的情景。她在想，不知还能否再听到这些声音。最后，孩子们的父母纷纷赶来接她们回家，她们三三两两地跑过公园，手里还拿着剪纸，只有一两张掉落在泳池外的马路上。

6点钟的时候，孩子们都离开了，泳池又变得安静起来。凯特又给罗斯玛丽打了个电话。

"他们说晚些时候会给我打电话，"罗斯玛丽接起电话说道，"为什么还不打来呢？这是否表示他们不同意？如果同意，就一定会打电话来对不对？"

"我觉得应该不是这个意思。"凯特回应道，不过当意识到其中可能蕴含的意思时，她的心猛地一沉。

"真希望能过去跟你一起。"罗斯玛丽说道。

- 273

"我也是。"凯特回应道，可实际上，她突然好希望自己在另一个地方。那个地方不是自己家，而是一张舒适的床，她可以静静地蜷缩起来，好好地睡一觉。现在她神经紧绷，不知道要等到什么时候，心力交瘁。

　　那一晚，她睡得很不安稳，热得一把把睡袋掀开，蜷缩着身体躺在瑜伽室的毛巾上。每每翻身，她都会不安地踢踹一番，吵醒了杰伊，他翻过身来在她额头上亲了亲，安慰她那焦躁的身体，告诉她一切都会好起来。这话既是宽慰她的，也是宽慰自己的，月光照进瑜伽室，也照在沉睡的水面上。

第六十二章

被阳光晃得流了眼泪

太阳爬上淡蓝色的天空。鸟儿围着树木叽叽喳喳地唱个不停,像市场上的商贩在竞相刷新最低价一样。蜜蜂在泳池边的野花丛中旋转飞舞。一位男士正在遛狗,经过泳池时,他透过窗户往里瞟了一眼,看到瑜伽室里两个人正缠在毛巾里睡觉。他把脸贴到玻璃窗上,看到这情景,默默地笑了,继续往前走,狗在他前面蹦蹦跳跳地穿过公园。跑到山顶,狗看到一位老妇人正坐在一张凳子上望着山下的景色。

"你好啊!"罗斯玛丽一边说,一边俯身摸了摸狗的耳朵。它高兴得两只前脚搭在她的膝盖上,使劲儿地摇晃着尾巴。

"斯戴尔,快下来!"狗主人喊道。狗跳下来后便跑开了,跑到路边一棵大树下嗅了嗅粗糙的树干。

"不好意思。"狗主人说道。罗斯玛丽笑着摇了摇头。接着,男士和狗朝山那边走去,留下罗斯玛丽一个人。

罗斯玛丽已经在这里坐了一个早上。她是第一个来公园的,那时公园还蒙在一团雾气中,她沿路穿过草地,衣服被打湿了。她慢慢往山顶走,等到了山顶,她一屁股重重地坐到凳子上。

此时,太阳已经升起来了,阳光照在山底的泳池里。晨光中的红砖墙宛若金色的陶土,她坐在那里,回忆如潮水般涌来。一闭上眼睛,她就能看到墙里边那汪蓝色的池水。意念之中,她穿过泳池前门,看到乔治正站在泳池边,抬起头看着她,等她过来,好拉她的手一起跳进水里。

她张开眼睛,俯视着那栋静悄悄的建筑。角落里的老树还在,只是少了一根树枝;自从她和乔治翻墙那晚把树枝折断之后,它就再没长出来。她记得那晚树枝"咔嚓"一声断裂,接着树叶如雨滴般落下,两人笑作一团。一想到乔治的笑声,她心里便像闯进了一头乱撞的小鹿。

坐在凳子上,她这一生的经历浮现在眼前。她曾经跟同学们走过这条路,在穿雨衣跳到泳池里之前,她们在雨中艰难前行。她又朝公园的另一边望去,那是欧洲胜利日那天举行篝火晚会的地方,是青年人找寻自由的地方,是她耷拉着脸(红红的脸颊、挺直的鼻子)寻找未来的地方。她坐在这里,不远处便是那棵树,她和乔治在那里练习过倒立,那时自己仿佛是第一个倒立着看世界的人,她感受着堕入爱河时那令人五脏六腑一齐翻腾的兴奋。也是在同一棵树下,他们结了婚,他紧紧地搂着她,她的脸贴着他的脸,明媚的阳光照在他们脸上。

又一位遛狗的人经过,朝她点了点头。那时,她正聚精会神地望着山下的泳池,几乎都没注意到人家跟她打招呼。她在想泳池里那清凉的水,想那对在水面激起阵阵波痕的绿头鸭。她看到了那口大钟和那家零食店,她和乔治第一次约会时,他就是在那家店给她买了杯茶。还有那个陈旧的跳台,那是很久以前的事了,乔治像鸟儿一样在那里跳水,入水时几乎看不到水花。从水面钻出来的那一刻,他总是面带微笑,和看到她时展露出的笑容一样。

"罗斯,"他说着,"我的罗斯。"

泳池那边便是布里克斯顿各家住户的屋顶,她想象着自己走在熟悉的街道上。经过自家公寓楼,仰头望着那高耸的建筑,看到阳台上那盆薰衣草盆栽,紧接着进了市场,在乔治经营的老店铺外停住脚步,想象着里面堆满了蔬菜,那里有他的声音。

她又往前走了一段,这座城市在视线内无限延伸开去。视线的尽头是那一栋栋高矮错落的建筑,镶有玻璃墙面的摩天大楼反射着阳光,站在上面能看到很远的地方,这也正是将它建得如此之高的原因。以上就是她坐在凳子上所望见的从公园到泳池之间的全部景致。

"都结束了。"她大声地说了句。

这时,一位慢跑的人转过身来看了看她。罗斯玛丽好像哭了般,却又像是被阳光晃得流了眼泪。慢跑的人深吸一口气,到路对面继续往前跑,留下罗斯玛丽一人欣赏这景色。

第六十三章

一脚踏入晨光中

第四天,凯特从睡梦中醒来,她坐起来伸手去拿旁边瑜伽垫上的衣服,悄悄穿上。泳池里安静极了,阳光透过窗户泻进来。她望着远处的那些野花,犹如红色的花朵在高高的草地上方摇曳。穿过片片花丛,她往公园那边看了看,这时她望见了山顶的罗斯玛丽。

"杰伊。"她一边说,一边推了推旁边睡着的杰伊。他一下子坐起来,抹了抹脸,上前亲了一下她的脸颊。

"是警察来了吗?还是法院的指令到了?"他一边说,一边环顾四周。可是,泳池里依旧空空如也,这里还是那么安静。

"不是,你快看。"凯特一边说一边指了指窗外的山顶。他也看到了坐在凳子上的罗斯玛丽。

"你猜她去那儿干什么?"他问道。

"不知道,不过我猜应该不是什么好兆头。是不是事情搞砸了?"

话一出口,她只觉得胸口一阵钻心的疼。凯特好想哭——她早就知道结局会是这样,却不曾想是这般心如刀绞。

"或许我们也该离开了,"杰伊悄悄地说了句,"你不过去看看她吗?"

她摇了摇头。

"还不能离开。我还不能离开。"

"好吧。我过去看看怎么样?"

凯特稍停了一下，同意了。他穿上衣服，两人一同把桌子椅子拉到一边，腾出一条通往前门的路。凯特找到钥匙把门打开。

"我去去就回。"说着，他上前跟她吻别。

"好的。"

凯特把门打开，阳光一下子照进来。杰伊从桌椅中间挤了过去，朝公园那边走去。她看着他离开，之后又把门关上、锁上，把桌子拉回来挡在门前。回到瑜伽室，她在床边坐下，看杰伊上山后，走到罗斯玛丽身边，挨着她坐在凳子上。

离得太远了，凯特看不到他们脸上的表情，不过两个人就这样坐了好一会儿，一边聊天，一边俯视着山下的公园。凯特觉得恐慌症又张狂起来，她努力地压制着。坐在地板上进行了几次深呼吸，胳膊紧紧地抱住身体。为了冷静下来，她想象自己在泳池里游泳。

整座公园里貌似只有杰伊、罗斯玛丽和一位慢跑者，此时此刻，慢跑者从远处绕着跑过来，正往下朝赫尔恩山跑去。终于，凯特看到杰伊站起身来，拉着罗斯玛丽的手，扶她起来，两人一同穿过草地朝泳池这边走来。

凯特站起身，跑到窗边。罗斯玛丽看到她，慢慢地朝她这边走，罗斯玛丽越走越近，直到来到玻璃窗外面。杰伊的脚步慢了下来。

罗斯玛丽两手放在玻璃窗上，凯特也把两只手放在窗户上，两人隔着窗子将手掌贴在一起。

"没事了！"罗斯玛丽隔着玻璃喊道，"一切都过去了！"

罗斯玛丽开始哭起来，凯特也哭了起来。她能从罗斯玛丽的语调中感觉到"一切都过去了"这句话并非其字面意思。

罗斯玛丽手里拿着一张《伦敦晚报》。她把报纸打开，贴在玻璃窗上。凯特看到上面有自己的照片，照片里自己正回过头来看着镜头。"为拯救布洛克韦尔·利多泳池，伦敦记者参加到示威活动中"——版面标题这样写道。

"出来吧!"罗斯玛丽喊道。

"警察没来吗?"

罗斯玛丽摇摇头。

"就我一个人。"

凯特从走廊跑到前台,把桌子和锻炼器械等障碍物挪开。通往门口的路终于通畅了,她打开门,一脚踏入晨光中。

杰伊等在门口,凯特从他身边经过,径直向罗斯玛丽跑去。他朝她点点头。她转过身来,继续朝那位老人跑去,她早已成了她的朋友。

"都过去了,"凯特走近的时候,罗斯玛丽说道,"我们赢了。"

紧接着,两个女人张开胳膊,紧紧地抱在了一起。

凯特哭了,她突然发现,当初(第一次遇到罗斯玛丽时)自己想都不敢想的事,现在居然做到了,她真的做到了。罗斯玛丽也哭了起来,她想起乔治,所有的往事如同泳池里的水一般在她身旁涌动。只要守住这座泳池,他就能一直陪着她。

"跟我说说,他们都说什么了?"终于凯特擦了擦眼睛,抱着罗斯玛丽的胳膊松开,问道。两人离得很近,罗斯玛丽跟凯特说,她今早收到了托莉发来的语音留言,说他们愿意在泳池做广告。他们要把品牌名称写在泳池池底,付给泳池的钱足以维持泳池的日常运营。他们已经跟委员会沟通过了,委员会也接受了这一申请。

收到语音留言后,罗斯玛丽立即给艾哈迈德打了电话,跟他复述了谈话细节。艾哈迈德也一直在等托莉的电话。接着,罗斯玛丽给凯特放了一遍托莉的语音留言。

"这应该是一次不错的机会。就泳池目前紧张的经营状况来讲,我们可以争取到一个合理的价格,做生意看的就是这个。不过,最最重要的是,这件事很有意义。是您打动了我们,罗斯玛丽。谢谢您跟我们分享您的故事。"

"您做到了!"凯特看着罗斯玛丽大声说道,眼睛里闪着晶莹的泪花。

"噢，不是我一个人的功劳，艾哈迈德昨天的表现棒极了。还有今天早上，他们还在电话里说看到你昨晚在《伦敦晚报》上发表的文章，这也是他们做最终决定时的一个参考因素。他们想'花钱做好事'，我猜这就是他们所谓的好事吧。"

"可天堂居那边怎么办？"凯特问道，一脸的担心，因为她突然想起艾哈迈德的计划中有一处疏忽：先递交标书的投资方享有购买泳池的资格。

罗斯玛丽摇了摇头。

"他们本来定好了今天签合同，可是当委员会听说广告商方面要递交申请就改了主意。听说在天堂居旗下的一座新小区发现了石棉，看来也跟这件事有关——你今早没看《布里克斯顿纪事报》上的新闻吗？"

凯特摇了摇头。"谁写的文章？"她问道。

罗斯玛丽从包里拿出一份当地报纸来递给凯特看。文章署名"费尔·哈里斯"。

"这么说，我们真的办到了？"凯特一边问，一边抬起头来看着罗斯玛丽，她那双蓝色的眼睛里满满的都是幸福。

"我们做到了。"罗斯玛丽回答说，她又紧紧地抱住了凯特。

"谢谢你。"罗斯玛丽一边抱着凯特，一边说道。凯特也紧紧地抱着她，不想放开。两个人就这样在阳光下抱在一起，像刚刚归家的人。过了一会儿，杰伊打破沉默，走上前来朝一旁指了指。

"看谁来了。"他说道。

原来是弗兰克和杰梅因一起过来了，见此情景两人都笑了。斯普朗特跑上前来，蹦蹦跳跳地到了凯特和罗斯玛丽脚边，使劲儿朝她们摇尾巴。霍普正朝她们摆手，埃利斯和杰克都笑了，朝她们摆了摆手。再看艾哈迈德，他正摇摆着胳膊，自信满满地朝这边走来，那一刻，他整个人是那样的高大，再也不是那个整日里把考试挂在嘴边的他。

大家围上前来，脸上都绽放笑容，随后都哈哈大笑起来。艾哈迈德和罗斯玛丽来了个大拥抱，弗兰克和杰梅因把凯特拉过来抱在一起，使劲儿地把她夹在中间，斯普朗特跳起来想加入他们，一起来了个拥抱。两人松开凯特，凯特在人群中发现了杰夫，从口袋里把那串钥匙拿出来还给他。

"我想，它归你了。"她说道。

"谢谢，"说着，他接过钥匙，"真高兴它们能再次交由我保管，谢谢你。我想说的是，真的很感谢你。"

"我觉得，还有一件事没有做。"大家聚拢过来，罗斯玛丽说道。听了这话，大家纷纷转过身来看着她。

"游泳啊！"

"这主意不错。"霍普一边说，一边把泳装袋拿了起来。

接着，大家一同从走廊的一堆桌椅组成的障碍中穿过，朝泳池走去。经过瑜伽室的时候，凯特往里看了看，瑜伽垫和毛巾还铺在地板上，想起这几晚裹着被子睡在杰伊旁边的情景。想到这里，她拉起他的手，一起来到泳池边。

第六十四章

一个喜欢螺旋式蹬水的人

几个月过去了,每周末来泳池的人仍然很多,等待进入泳池的人一直排到公园里。泳池里,有一位游泳运动员在泳池边上放了一瓶水和一只表,那表用来在游泳的时候掐时间;有一位仰泳爱好者,她似乎只会向后游,人们还以为她只会仰泳,其实她是因为不知道从泳池一头到另一头要划多少次水,所以需要掐时间避免头撞到池壁;有一位游泳动作幅度较大的游泳爱好者常常一个人占一条泳道(或许,他是故意这样做的);还有一位喜欢潜水的游泳爱好者,平时大家很少见到她,因为她游泳的时候几乎贴在池底;有一位男士,他是一名瑜伽游泳爱好者,他一条腿站在浅水区,双手并拢,胳膊在头顶高高地举起,接下来他把胳膊放在身前做拉伸,然后慢慢屈膝进入水中;再来便是凯特了,一个喜欢螺旋式蹬水的人。

凯特和罗斯玛丽一起从夏末游到入秋,落叶犹如一艘艘小船漂在水面上。她们每天都在凉水中游泳,再到泳池外面的凳子上坐一会儿,聊天的同时等着头发晾干。

"明天还是这个时候?"凯特起身准备离开时问道。

"明天还是这个时候。"罗斯玛丽说道。

第六十五章

穿梭于都市里的狐狸

狐狸依旧在布里克斯顿街区穿梭，边跑边抖动着尾巴。即使是白天也不担心被人看到，这里就是它的家，只要它愿意，随时可以去任何地方。它沿着学校的围墙跑，那里满操场都是孩子，他们把一堆树叶踢散，还捡起树叶朝别人身上扔。下午，操场上没人的时候，它回到这里，把人们掉落的三明治外皮和吃了几口的饼干偷偷叼走。吃完后，它就跟着那些在布里克斯顿跑来跑去的孩子进入公园，尽情享受这秋日里不多的温暖天气。孩子们有的直接朝游乐园跑去，有的则拎着泳装袋走向泳池。

到了晚上，狐狸从小酒馆经过，每当人们开门出来吸烟，音乐声就会跟着飘出来。每当这些人围着户外暖炉站着的时候，狐狸就趁机从他们身后向垃圾箱冲过去，直到主厨拎着一袋垃圾出来时，再把它赶走。

在这寒冷的早晨，市场上的摊主裹上厚厚的衣服缩成一团，为了挡雨，他们还给摊位罩上苦布。到了晚上，狐狸又跑到空空荡荡的大街上，闻闻垃圾箱里有没有鱼头和坏掉的水果。车站路拐角处，拱门店铺的卷帘门被拉下了——有的只是晚上关门，有些则永远关门。

清晨，狐狸在公园里穿过层层雾气赶超几个慢跑者，目睹他们身上裹着的东西越来越多——先是套上夹克，接着戴上围巾和手套。人们跑步的时候呼出的气会在前面聚成一团水雾,篝火的烟气沾到衣服上,像挂在草叶上的露珠一样。

就这样,狐狸每天都在布洛克韦尔公园跑一圈,跑得树叶由黄色变成红色,再变成黄铜色。片片树叶从树干上飘落,翩翩起舞,直至留下光秃秃的树枝。

泳池里,前来游泳的人穿上潜水服御寒。不怕冷的人依旧穿着泳装,深吸一口气跳下水去。

第六十六章

她拼尽全力，并赢得了胜利

再后来，冬天来了。布里克斯顿庄园的餐馆给顾客们分发毯子，好让那些穿着外套喝鸡尾酒和红酒的人暖和身体。沿路往前走便能看到一家电影院，影院旁边摆着一个收集衣物和食物的小摊，供那些无家可归的人抵御寒冬。

公园里遛狗人的步伐比夏天快了很多。网球场里空荡荡的，花园像冬眠了一般，等着春天的来临。

泳池里还是那么多人，他们有的待在咖啡馆里，有的站在泳池边上。

"听说你找了份新工作？"霍普对凯特说。

凯特笑了。"是的，下周就去上班。"

"听说是去《卫报》！"

"只是一名小记者。"凯特红着脸说道。不过，她还是笑了。

"那也很棒啊！"弗兰克走上前跟霍普和凯特说道，杰梅因陪在他旁边。

"恭喜你，凯特，"杰梅因说道，"搞研究的时候若是需要什么书，你知道该去哪里找的。"

"当然了，"凯特说道，"当然是去我最喜欢的书店。"

霍普询问书店近来的经营状况如何。他们对她说，正打算引进几本畅销新书，还要把作者邀请到店里做新书发布会。人们正聊得火热，凯特朝屋子的另一边望去。艾琳和马克也来了，还有她们的父母，此刻他们正站在那儿跟杰伊聊天。艾琳穿着一身黑色连衣裙，能够看出肚子微微隆起。一周前，她打电话告诉凯特说自己怀孕了，两人在电话里激动得哭了起来。凯特都等不及要当小姨了。

看到杰伊跟家人聊天，凯特紧张得浑身发热。没关系的，她想着，他一定会表现得很好。他发觉她一直在往这边看，于是转身对她笑了笑。两人对视一下后，他就回身继续跟大伙聊天。此刻，她想象着下午跟他回家时的情景——回到他的家，如今他们俩已经把衣服挂在了同一个衣柜里。她知道这进度有些快，不过当杰伊的室友尼克说要搬出去住的时候，两人都觉得这是一次难得的机会。她将原来住的那间屋子的破旧的门关上，又对着走廊吼了一嗓子，虽然没人应答，不过感觉爽极了。当她把门锁上，将钥匙投放到邮箱等新住户入住时再取出来，霎时间，她觉得连恐慌症都一同被锁进了箱子里。接着，她头也不回地走了。

埃利斯、杰克、艾哈迈德和杰夫一同站在咖啡吧里聊天。艾哈迈德正准备迎接自己的大学新生活。此刻，他身上穿的西装再合身不过了。

霍普说了句话，起初凯特没有听清楚。看到人们纷纷朝身边围拢过来，一时间她有些糊涂了。

"我想，咱们该出去了。"霍普一边说，一边把一只手温柔地搭在凯特的胳膊上。

"是的，当然了。"凯特说道。她回过头环视了一下整个房间。弗兰克和杰梅因正朝这边走来。他们看了看她，朝她点点头。她也回应着点了点头。

霍普拉起凯特的胳膊，同她一起出了门，来到寒冷的户外。杰伊和她的家人正在那里等着她，霍普见了便退回来，让凯特和家人在一起。杰伊吻了吻她的脸颊。艾琳朝她伸出手，凯特拉着姐姐的手，使劲儿攥了攥，想起之前她们坐在泳池边上的情景。那时，她们也是手

- 287 -

拉着手。

人们在泳池对面的泳台上聚拢来。水里什么都没有，安静极了，池水上方的天空是灰色的，布满了云朵。那位年轻的小伙子正背对着泳池，他系着一条黑色领带，身上那件衬衫太大了，胸前以及腹部的褶皱依旧清晰可见。

他手里拿着一张纸，他时而低头看纸，时而抬头看看大家。他父母正站在泳池的一边看着他。他的母亲朝他微笑，恨不得奔上前一把抱住他，不过她知道，他得学会独当一面。大家在他身边围成一个半圆，他面朝泳池，开始了他的讲话。

"第一次来泳池时，我就遇到了皮特森夫人，也就是罗斯玛丽·皮特森。那已经是几年前的事了。当时，她夸我游泳游得好——说我身体健壮。"

近来，他嗓子不好，他正努力地适应自己的嗓音。他独自站在那里，身后那一池水铺散开来，衬得他整个人小了很多，不过音调却很高。

"刚开始，我不认为她的话是真的，可是每次见到她，她都这样说。'你的身体很强壮。'她对我说。可能一开始不像她说的那样，可是我坚持来游泳，坚持练习，她也一直鼓励我，后来我才意识到，她说得没错。我确实变得很强壮。"

说完这番话，他抬起头。一群身穿黑色葬礼服的人正站在泳池台上看着他。

"这正是她教会我的——教我如何变得强壮。而且我知道，她对在场的很多人都这样，如此，才有了今天的我们。"

男孩儿把手里的纸叠起来，放回了口袋。接着，他朝父母走去，母亲上前来迎他，把他拉到身边。他自然而然地躲到了母亲的臂弯里，头靠在母亲身上。母亲搂着他的头。一会儿，父亲走上前，抱着母子俩。

霍普说了几句话，把罗斯玛丽和同学们一起穿衣服跳进泳池的故事又讲了一遍，惹得大家哈哈大笑。她还讲述了当初刚搬到布里克斯顿到图书馆工作时罗斯玛丽对她百般照顾，还说那时候学校的孩子们一放假就来图书馆选书，她对孩子们十分和蔼，而且她总是尊重所有人的选择，即便一眼就能从书名上看出那不是浪漫小说（或者某类"指导"书），她也不会加以干涉。

大家纷纷点头微笑。即便人们在生活中对罗斯玛丽的了解不是很多，听到这些评价，还是一致表示认可，这就是人们所认识的罗斯玛丽。仪式上只是将她早年的一些故事讲给大家听，加深人们对她的了解。听后，人们觉得仿佛与她早就相识。说结束语时，霍普哽咽起来，想到她这位最亲密的朋友，真希望今天她能在场。她在想，如今的自己该跟谁一起分享一块蛋糕、每周见一次面聊聊天呢？一想到这里，她就想爬到床上，再也不起来。她深吸一口气，退回到人群中，杰米拉见状张开胳膊给了母亲一个拥抱。

接下来轮到凯特发言了，只见她看了看艾琳，又看了看杰伊。他们都朝她点了点头，使得她备受鼓舞。她独自走到泳池边，背对着水面，面朝大家。看着泳池台上的一张张面容。她的家人跟杰伊站在一起，正向她投来温柔的微笑，鼓励着她。

她看了看泳池边上的其他人。弗兰克和杰梅因站在一起，都在用纸巾擦眼睛。艾哈迈德则和埃利斯、杰克、杰夫站在一起。周围都是布里克斯顿的人，他们都是来跟罗斯玛丽告别的。年轻的妈妈抱着孩子，想起以前怀孕在泳池游泳遇到罗斯玛丽时的场景，她常常停下来跟自己聊天。男孩儿跟父母站在一起，旁边是慈善店的店员兼咖啡馆（罗斯玛丽和霍普最喜欢去的那家）老板。此外，还有很多凯特不认识的人。凯特看着大家——罗斯玛丽的朋友，想着她所在的社区、她的家——心头突然涌上一股感激之情。一年前，她的生活圈子还很小，如今交际范围不知扩大了多少。

灰色的天空中，一只飞翔的鸟儿停在树上休息。它叽叽喳喳地叫着。她抬起头，只见昏暗的树枝间有一只黄绿相间的鸟儿飞过。那是一只长尾鹦鹉。她先是盯着那鸟看了一会儿,接着又回过头来看了看躲在咖啡馆遮阳伞下面的人们。这才开口说话。

"结识罗斯玛丽之前,我还是个孤独鬼,对我来讲,这个世界太大,太复杂。我无时无刻不生活在恐惧中——真的很害怕。此时我才领悟到,当时的自己陷入了迷茫期,需要有人拉我一把。"

接着,她深深地吸了一口气,想起自己在卧室里偷偷地哭,总觉得黑暗会将自己完全吞没,将自己拖进深渊,再也爬不上来的情景。

"第一次遇到罗斯玛丽是因为工作,可当时并没有把那当成工作。本来是我去采访她,可后来却变成了她采访我。她帮我从迷茫中走出来。要不是罗斯玛丽,我可能不会结识这座泳池;要不是罗斯玛丽,我可能不会认识大家,不会在这座城市里找到自己的位置;要不是她,可能我至今还在迷茫。"

说到这里,她抬高语调,像是在释放内心的感伤。

"罗斯玛丽拯救了我。为了让泳池继续营业,她拼尽全力,并赢得了胜利,这一点,大家会永远记得。同时她也救了我,让我不再孤独。她是我的朋友。我想她。"

她脖子上的黑色围巾在微风中翩翩起舞,微风吹拂着她的脸颊。大家静静地站在那里。

"我们大家都很想念她,"一会儿,她又说道,"正是这个原因,我才邀请各位同我一起用这种特别的方式来悼念她,我们的罗斯玛丽。"

她转过身,绕泳池边走到对面。其他人都跟在她身后,等队伍走得远些,又有人加入队伍,剩下的人都站在离咖啡馆最近的泳池边上。

凯特站在杰伊对面,两人隔水相望。他笑了。艾琳、马克和凯特的父母亲也都跟杰伊一同站在对面。布莱恩正把眼镜折叠起来,放到身后的地上。马克拉起艾琳的手。艾哈迈德站在杰夫身边,杰夫一只胳膊搭在他的肩上。凯特看了看脚下那条线。霍普和杰米拉站在埃利斯和杰克旁边,弗兰克和杰梅因在另一边。男孩儿站在深水区,两旁是他的父母。三人手拉着手。这时，大家纷纷走过来，围在泳池周围。

凯特解开上衣扣子，把衣服放到地上。接着，她把黑色套头连衣裙脱下来，露出泳衣站到水边。

接着，大家纷纷把黑色的葬礼服脱下来，露出五颜六色的游泳套装和男士泳裤。当时，大家收到这份非同寻常的葬礼邀请时都会心地笑了，知道这是自己应该做的事。把葬礼服脱掉的时候，大家开始说笑起来，接着纷纷跳到水里。凯特突然想起罗斯玛丽的故事——霍普刚刚讲过的——于是，她把地上的衣服捡起来。她捡起衣服，又穿上，在泳装外面套上外衣，系上扣子。其他人看见她这个样子，都忍不住大笑起来，接着都把各自的外套和夹克捡起来。

最后，站在泳池边的人都把外套套在了泳衣外面。

凯特向前走了一小步，眼看就要到水边的位置，她低下头看着水面。此时此刻，她想起了罗斯玛丽和乔治，在这座泳池游了一辈子。

"一、二、三……"她数着。

接着，大家纷纷跳入水中。

第六十七章

为他守护好这片风景

春天来了,布洛克韦尔公园里遍地的野花又开了。曾几何时,它们仿佛再也不会回来。那时地面被冰冻,有了裂纹,冰天雪地中,绿草在人们脚下失去了知觉。可是,它们一定会再次苏醒。当霜覆盖在草地上,树木枝丫光秃,人们很难想象它们来过。可是,随着下一个季节的脚步越来越近,地表又泛起了绿油油的生机。一个个含苞待放的花蕾犹如人舒展拳头一般慢慢张开。一夜之间,花儿又都回来了。岸边开着浅黄色的万寿菊,悄然盛开的还有金凤花和水仙。公园那边是布里克斯顿和它的喧嚣,公园这边却是一片平和与新绿。

公园又恢复了生机,里面长满了各种各样的植物,它们在清晨第一缕阳光中舒展着身姿。一对花儿在草地上睡着了,一朵搭在另一朵上。慢跑者正沿路上山,一位男士正从山坡上下来,他停住脚步鼓励后面那位跑上来的女士说:"你能行的。"

山顶上有一张凳子。它俯视着公园,看人们享受着这生机盎然的晨光。山脚下的人正带着泳装袋和毛巾沿路走向泳池,他们恨不得立即做完拉伸,到这城市泳池的一角找到属于自己的那片净土。

凳子上有一处干净的地方,上面写着一行字:"乔治爱这片风景,所以罗斯玛丽要为他守护好这片风景。"

作者寄语

本书中的故事纯属虚构，部分灵感源自我学生时代在布里克斯顿度过的那段时光。当时，社区的氛围震撼了我，那时人们确实发现了一些悄然发生的变化——伦敦和其他城市的诸多街区都面临着这种变化。

虽然书中的故事是虚构出来的，但是的确有布洛克韦尔·利多这个地方。这家室外泳池位于伦敦南部，于1937年开始营业。这座真实的泳池背后有着一段很长、很复杂的故事，而且它确实在20世纪90年代时被关停过一段时间。后来，它重新营业，部分原因在于当地游泳爱好者极力反对关停。不过，本书选择将这一情节进行虚构化处理——若是在当今的时代，泳池面临关停的威胁，将会有什么样的事发生。

其实，书中的其他几个地方也可以在布里克斯顿找到原型——我的灵感便源自这些地方，不过为了写成这个故事，我还是添加了一些自己的想象。

作为一个地地道道的伦敦人，能在居住的城市找到几处漂亮的泳池实属难得：陶婷碧、国会山、伦敦场地和蛇形丽都都是我喜欢的去处。室外泳池遍布英国和国外，但近几年来，很多泳池被关停，不过后来，有些得以重新营业——通常都是因为当地人积极开展示威活动。

如果您从未去过泳池游泳，那么我建议您去一次，到水里感受一下。如果您经常去游泳，那么进入水里的时候还请多多留意，看看您的身边是否也有凯特或罗斯玛丽。或许我也会去那里。最后祝您泳途愉快。

鸣 谢

书的封面上虽然只署着我一个人的名字,但是这书的背后蕴含着诸多人的心血,在这里,我要向这些人表示衷心的感谢。

首先,我要感谢家人,在我的写作生涯中,是他们一直在支持、鼓励我。从一开始带我参加各种写作班、艺术节到为我朗读作品(如今,我将毕生所学都展示在读者面前)。尤其要感谢我的姐姐艾莉克斯,她是本书初稿的第一位读者,也是教会我游泳的人,是姐姐的耐心和鼓励改变了我的生活。再来,我要感谢布鲁诺,感谢他送给我红酒、茶,还请我吃饭,谢谢他一直在用他自己的方式爱护着我。还要感谢我最最亲爱的朋友们(需要感谢的人太多,此处便不一一列举),他们就是我的智囊团——能够有你们的帮助我深感幸运。接着,我要特别提一位名叫汉娜·弗兰德的人,此人是我之前的同事,是她一直鼓励我下水游泳,每当我需要人陪伴的时候,我就拉上她一起去游泳。虽然生活中我们的接触并不多——但与她相处所领悟到的东西令我受用终身。

这里还要感谢我那位出色的经纪人罗伯特·卡斯基,是他一直相信我,他对这本《与罗斯玛丽的夏日》充满信心,在整个写作过程中,他一直在耐心地引领着我。真想不出身边还有谁能比得上他这位得力干将。此外,还要感谢娜莎莉·哈莱姆,有了她的帮助,《与罗斯玛丽的夏日》这本书才得以出版！

感谢我那位出色的猎户星出版集团编辑克莱尔·海尔：在你身上，我学到了太多的东西，从编写本书开始，你就一直保持着那份令人惊羡的热情。谢谢猎户星的每一个人，尤其是莎拉·班顿、雷蓓卡·格雷、凯特·戴维斯、乔·卡朋特、安德鲁·泰勒保尔·斯塔克拉巴·亚当斯、蕾切尔·哈姆、莎莉·帕丁顿和凯蒂·艾斯宾纳。

最后，我要感谢过去和当下的游泳爱好者们，是你们给予了我创作的灵感。过去的几年里，我遇见并仔细观察过来自各行各业的游泳爱好者，他们热爱泳池、湖泊、河流和海洋。这些人身上有着一个共同点，那就是热爱生活，能够从生活中寻找乐趣。本书亦为他们所著，向他们致敬。

图书在版编目（CIP）数据

与罗斯玛丽的夏日 /（英）莉比·佩吉著；王冬佳译. -- 杭州：浙江人民出版社，2022.10
ISBN 978-7-213-10742-9

Ⅰ.①与… Ⅱ.①莉… ②王… Ⅲ.①长篇小说—英国—现代 Ⅳ.①I561.45

中国版本图书馆CIP数据核字（2022）第157525号

浙江省版权局
著作权合同登记章
图字：11-2022-223号

The Lido by Libby Page
Copyright © 2018 by Elisabeth Page
The moral right of Elisabeth Page to be identified as the author of this work has been asserted in accordance with the Copyright, Design and Patents Act of 1988.
Published in arrangement with Caskie Mushens Ltd., through The Grayhawk Agency Ltd.
Simplified Chinese translation copyright ©2022 by Beijing Xiron Culture Group Co., Ltd.
All Rights Reserved.

与罗斯玛丽的夏日
YU LUOSIMALI DE XIARI

[英] 莉比·佩吉 著　王冬佳 译

出版发行	浙江人民出版社（杭州市体育场路347号 邮编 310006）
责任编辑	钱　丛
责任校对	陈　春
封面设计	彭崇峯
电脑制版	刘珍珍
印　　刷	嘉业印刷（天津）有限公司
开　　本	880毫米×1230毫米　1/32
印　　张	9.375
字　　数	251千字
版　　次	2022年10月第1版
印　　次	2022年10月第1次印刷
书　　号	ISBN 978-7-213-10742-9
定　　价	52.00元

如发现印装质量问题，影响阅读，请与市场部联系调换。
质量投诉电话：010-82069336